DE SAC ET DE CORDE

(UNE ENQUETE DE RILEY PAIGE—TOME 7)

BLAKE PIERCE

ISBN : 978-1-64029-646-6

PROLOGUE

Tiffany était déjà habillée quand sa mère l'appela du rez-de-chaussée.

— Tiffany ! Tu es prête pour aller à la messe ?

— J'arrive, Maman, lui cria Tiffany. Encore quelques minutes.

— Eh bien, dépêche-toi. On doit partir dans cinq minutes.

— D'accord.

En vérité, Tiffany s'était habillée juste après avoir englouti une gaufre pour le petit déjeuner, avec Maman et Papa. C'était juste qu'elle n'avait pas envie de descendre. Elle regardait des vidéos marrantes avec des animaux sur son téléphone portable.

Elle avait vu un pékinois faire du skateboard, un bulldog monter une échelle, un chat essayer de jouer de la guitare, un gros chien qui courait après sa queue dès que quelqu'un chantait « Pop Goes the Weasel » et une garenne de lapins partir en galopant.

Celle qu'elle regardait maintenant la faisait beaucoup rire. C'était un écureuil qui essayait de se servir dans une mangeoire à oiseaux justement conçue pour que les animaux de son espèce ne puissent pas s'y accrocher. Chaque fois qu'il sautait dessus, la mangeoire tournait sur elle-même comme une toupie et l'écureuil dégringolait. Il semblait pourtant bien décidé à ne pas se laisser abattre.

Elle gloussait encore quand sa mère l'appela à nouveau.

— Tiffany ! Ta sœur vient avec nous ?

— Je ne pense pas, Maman.

— Va lui demander, s'il te plait.

Tiffany soupira. Elle avait bien envie de répondre : « Vas-y toi-même ! ».

Au lieu de cela, elle cria :

— D'accord.

Lois, sa sœur de dix-neuf ans, n'était pas descendue pour le petit déjeuner. Tiffany était presque sûre qu'elle n'avait pas l'intention d'aller à la messe. Elle avait dit à Tiffany la veille qu'elle ne voulait pas.

On voyait Lois de moins en moins depuis qu'elle avait commencé les cours à l'université en automne. Elle revenait à la maison le week-end et pour les vacances, mais elle passait beaucoup de temps avec ses amis et dormait tard le matin.

Tiffany ne lui reprochait rien, bien au contraire.

Pour une adolescente, la famille Pennington était à mourir d'ennui, surtout quand il fallait aller à la messe.

En soupirant, elle arrêta la vidéo et sortit de sa chambre. Celle de Lois était à l'étage. C'était une chambre immense aménagée dans le grenier. Elle avait même une salle de bain et une penderie. Tiffany était coincée dans sa petite chambre du premier étage depuis aussi loin que remontaient ses souvenirs.

Ce n'était pas juste. Tiffany avait espéré qu'elle hériterait de la chambre de sa sœur quand elle partirait à l'université. Lois n'avait pas besoin de tout cet espace : après tout, elle n'était là que le week-end. Pourquoi ne pouvaient-elles pas échanger ?

Elle s'en plaignait souvent, mais personne ne faisait attention.

Au pied des escaliers menant au grenier, Tiffany appela :

— Eh, Lois ! Tu viens avec nous ?

Pas de réponse. Tiffany roula les yeux au ciel. Cela arrivait souvent quand elle venait chercher Lois.

Elle monta les marches et frappa à la porte.

— Eh, Lois ! hurla-t-elle à nouveau. On va à la messe. Tu veux venir ?

Encore une fois, pas de réponse.

Tiffany se dandina avec impatience. Elle frappa à nouveau.

— Tu es réveillée ? demanda-t-elle.

Toujours pas de réponse.

Tiffany poussa un grognement. Lois était peut-être en train de dormir, ou alors elle avait ses écouteurs dans les oreilles, mais il était plus probable qu'elle ignorait sa sœur, tout simplement.

— Bon, d'accord, dit-elle. Je vais dire à Maman que tu ne viens pas.

En redescendant les marches, Tiffany ne put s'empêcher de ressentir un peu d'inquiétude. Lois avait l'air déprimé ces derniers temps. Pas dépressive, mais pas aussi heureuse que d'habitude. Elle avait même dit à Tiffany que l'université, c'était plus difficile qu'elle ne le pensait. Elle ressentait la pression.

En bas des escaliers, Papa regardait sa montre d'un air impatient. Il était prêt à partir, bien emmitouflé dans son manteau, son écharpe, ses gants et sa casquette fourrée. Maman mettait son manteau.

— Lois vient ? demanda Papa.

— Elle a dit non, répondit Tiffany.

Ce n'était qu'un petit mensonge. Papa se mettrait en colère si

Tiffany lui disait que Lois n'avait même pas pris la peine de répondre.

— Ce n'est pas surprenant, dit Maman en enfilant ses gants. Je l'ai entendue se garer très tard, la nuit dernière. Je ne sais même pas quelle heure il était.

Tiffany ressentit une autre pointe d'envie en pensant à la voiture de sa sœur. Lois était tellement libre depuis qu'elle était à l'université ! Et personne ne faisait attention à l'heure à laquelle elle rentrait. Tiffany ne l'avait même pas entendue monter.

Je devais dormir…, pensa-t-elle.

Pendant que Tiffany enfilait son manteau, Papa grommela :

— Vous traînez. On va être en retard à la messe.

— On sera à l'heure, répondit calmement Maman.

— Je vais démarrer la voiture.

Il ouvrit la porte et sortit en tapant des pieds. Tiffany et sa mère terminèrent rapidement de se préparer, avant de le suivre.

L'air frais fouetta le visage de Tiffany. Il restait de la neige par terre. Tiffany aurait préféré rester dans son lit douillet. Il faisait trop mauvais pour aller où que ce soit.

Soudain, sa mère poussa un hoquet de surprise.

— Lester, qu'est-ce que tu as ? s'écria-t-elle.

Tiffany vit que Papa s'était arrêté devant la porte ouverte du garage. Il avait le regard fixe, choqué et horrifié.

— Que se passe-t-il ? s'exclama à nouveau Maman.

Papa se tourna vers elle. Il semblait avoir du mal à parler. Enfin, il lâcha :

— Appelle le 911.

— Pourquoi ? répondit Maman.

Papa ne répondit pas. Il entra dans le garage. Maman se précipita à sa suite. Quand elle atteignit la porte, elle poussa un cri qui pétrifia Tiffany d'effroi.

Maman se précipita dans le garage.

Pendant un long moment, Tiffany resta immobile, incapable de faire un geste.

— Qu'est-ce qu'il y a ? appela-t-elle.

La voix de sa mère lui répondit, chargée de sanglots :

— Retourne à l'intérieur, Tiffany.

— Pourquoi ? s'écria Tiffany.

Maman sortit du garage en courant. Elle attrapa Tiffany par le bras et l'entraina de force vers la maison.

— Ne regarde pas, dit-elle. Retourne dans la maison.

Tiffany se débattit, se dégagea et courut vers le garage.

Elle eut besoin de quelques secondes pour comprendre ce qu'elle voyait. Il y avait les trois voitures garées à l'intérieur. Au fond, à gauche, Papa se débattait avec une échelle.

Quelque chose était pendu par une corde au plafond.

C'était une personne.

C'était sa sœur.

CHAPITRE UN

Riley Paige venait de se mettre à table pour dîner, quand sa fille dit soudain quelque chose qui la fit sursauter :

— On n'est pas beaux, tous ensemble ? La petite famille parfaite !

Riley fixa du regard April, qui rougit d'embarras.

— J'ai dit ça à voix haute ? bredouilla-t-elle. C'était un peu bête ou quoi ?

Riley éclata de rire et balaya l'assemblée du regard. Son ex-mari, Ryan, était assis en bout de table. A sa gauche, sa fille de quinze ans, April, était assise à côté de leur bonne, Gabriela. A sa droite, il y avait Jilly, nouvelle venue dans la famille. Elle était âgée de treize ans.

April et Jilly avaient préparé des hamburgers pour le repas du dimanche soir, offrant à Gabriela un repos bien mérité.

Ryan mordit dans le sien, en disant :

— On est une famille, après tout. Regardez-nous.

Riley ne répondit pas.

Une famille, pensa-t-elle. *C'est vraiment ce qu'on est ?*

Cette idée la prenait au dépourvu. Après tout, elle et Ryan s'étaient séparés pendant presque deux ans et ils étaient divorcés depuis six mois. Même s'ils passaient à nouveau du temps ensemble, Riley évitait de trop réfléchir à leur relation. Elle avait mis de côté des années de trahison et d'incompréhension pour se focaliser sur la paix retrouvée.

Bien sûr, il y avait April, dont l'adolescence n'avait pas été facile. Son désir de construire une famille tous ensemble allait-il durer ?

Riley savait encore moins ce qui se passait dans la tête de Jilly. La gamine avait essayé de vendre son corps dans un relais routier de Phoenix. C'était là que Riley l'avait trouvée. Elle l'avait sauvée de cette triste vie et d'un père violent. Maintenant, elle espérait pouvoir l'adopter, mais Jilly était une fille perturbée. Avec elle, il fallait vivre au jour le jour.

La personne sur laquelle Riley était certaine de pouvoir compter, c'était Gabriela. La bonne guatémaltèque travaillait dans la famille depuis longtemps, bien avant le divorce. Gabriela était une femme responsable, solide et aimante.

— Qu'en pensez-vous, Gabriela ? demanda Riley.

Gabriela sourit.

— On peut choisir sa famille au lieu d'en hériter, dit-elle. Le sang ne fait pas tout. L'amour, c'est tout ce qui compte.

Sa déclaration réchauffa immédiatement Riley. Elle pouvait toujours compter sur Gabriela pour dire ce qu'il fallait. Elle balaya à nouveau l'assemblée du regard avec un nouveau sentiment de satisfaction.

En congé depuis un mois, elle était contente de passer du temps dans sa maison.

Et de profiter de ma famille, pensa-t-elle.

Puis April dit autre chose qui la fit sursauter, une fois encore :

— Papa, quand est-ce que tu reviens t'installer avec nous ?

Ryan resta bouche bée. Comme souvent, Riley se demanda si ses efforts allaient durer ou si c'était trop beau pour être vrai.

— Ce n'est pas une question qui va se régler comme ça, dit Ryan.

— Ah bon ? s'étonna April. Tu ferais mieux de vivre ici. Je veux dire, toi et Maman, vous couchez ensemble et tu es là presque tous les jours.

Riley sentit qu'elle devenait écarlate. Choquée, Gabriela donna à April un coup de coude dans les côtes.

— *¡Chica! ¡Silencio!* dit-elle.

Jilly eut un large sourire.

— Eh, c'est une super idée. Comme ça, je suis sûre d'avoir des bonnes notes.

C'était vrai : Ryan avait aidé Jilly à rattraper son retard dans sa nouvelle école, surtout en sciences sociales. Il était très présent pour tout le monde, ces derniers mois.

Riley croisa son regard. Il était rouge, lui aussi.

Elle ne savait que dire. L'idée n'était pas déplaisante. Elle s'était habituée à passer la nuit avec Ryan. La routine s'était mise en place facilement et rapidement – peut-être un peu trop. Ce qui rendait les choses si faciles, c'était peut-être qu'elle n'avait justement pas pris le temps d'y réfléchir et de prendre une décision claire et définitive.

Elle pensa à ce qu'April venait de dire :

« La petite famille parfaite. »

C'était l'image qu'ils renvoyait aujourd'hui, mais Riley n'était pas très à l'aise. Et si cette perfection n'était qu'une illusion ? Comme lire un bon roman ou regarder un bon film ?

Elle ne savait que trop bien combien le monde pouvait être

cruel. Elle avait consacré sa vie à traquer les monstres. Depuis un mois, elle avait presque réussi à l'oublier.

Un sourire fendit le visage de Ryan.

— Pourquoi on ne s'installerait pas tous chez moi ? dit-il. Il y a de la place pour tout le monde.

Riley ravala un hoquet.

Elle ne comptait pas retourner vivre dans la grande maison de banlieue qu'elle avait partagée avec Ryan pendant des années. Elle y avait trop de souvenirs déplaisants.

— Je ne pourrais jamais partir d'ici, dit-elle. J'y suis vraiment bien.

April regardait son père avec un mélange d'impatience et d'enthousiasme.

— C'est à toi de décider, Papa, dit-elle. Tu viens ou pas ?

Riley se tourna vers lui d'un air interrogateur. Elle savait pourquoi il avait du mal à prendre sa décision. Il travaillait pour un cabinet d'avocats basé à Washington, mais il passait beaucoup de temps chez lui. Ici, il n'aurait pas de place pour travailler.

Enfin, Ryan dit :

— Il faudrait que je garde la maison. Ce serait mon bureau.

April faillit bondir d'excitation.

— Alors, tu dis oui ? demanda-t-elle.

Ryan sourit silencieusement pendant un instant.

— Je suppose que oui, répondit-il enfin.

April poussa un couinement de joie. Jilly applaudit des deux mains en gloussant.

— Super ! dit Jilly. Passe-moi le ketchup, s'il te plait… Papa.

Ryan, April, Gabriela et Jilly se lancèrent dans des conversations animées.

Riley tâcherait de profiter de leur bonne humeur tant qu'elle durerait. Un jour ou l'autre, on l'appellerait pour qu'elle se lance à la poursuite d'un monstre – encore un autre. Cette pensée la fit frémir. Etait-il déjà là, dans l'ombre, prêt à frapper ?

*

Le lendemain, April n'avait pas école toute la journée : des cours avaient été supprimés pour organiser des rencontres entre les parents et les enseignants. Devant les suppliques de sa fille, Riley avait cédé et lui avait permis de ne pas y aller. Elles avaient décidé d'aller faire du shopping pendant que Jilly était en classe.

Le rayons paraissaient interminables et toutes les boutiques se ressemblaient. Des mannequins très minces vêtus de vêtements tendance prenaient des poses physiquement improbables dans les vitrines. Ils se ressemblaient d'autant plus qu'ils n'avaient pas de tête. Cependant, April savait dès le premier coup d'œil ce qu'il y avait dans telle ou telle boutique et ce qui lui plaisait. Elle voyait apparemment beaucoup de diversité là où Riley ne voyait qu'une triste uniformité.

Un truc d'adolescente, je suppose…, pensa Riley.

Au moins, il n'y avait pas foule aujourd'hui dans le centre commercial.

April pointa du doigt une boutique appelée Towne Shoppe.

— Regarde ! dit-elle. C'est marqué : « Le luxe pour toutes les bourses ». Allons voir !

Dans la boutique, April se précipita vers un rayon de jeans et de vestes. Elle choisit plusieurs vêtements pour les essayer.

— J'ai bien besoin de nouveaux jeans, moi aussi, dit Riley.

April leva les yeux au ciel.

— Ah non, Maman, pas tes jeans de vieille !

— Je ne risque pas de choisir le même que toi Je dois pouvoir me déplacer sans m'inquiéter de faire craquer les coutures. Pas d'accident de garde-robe, merci bien.

April éclata de rire.

— Ce qu'il te faut, ce sont des pantalons. Et t'en trouveras pas ici.

Riley passa en revue les jeans sur le présentoir. Il n'y avait que des jeans slim taille basse déchirés à des endroits stratégiques.

Elle soupira. Elle connaissait quelques boutiques dans le centre commercial où elle trouverait quelque chose de plus à son goût mais, si elle y allait, April n'hésiterait pas à se moquer.

— Je reviendrai un autre jour, dit-elle.

April s'enferma dans une cabine avec un tas de jeans. Quand elle sortit pour se montrer, elle portait exactement les pantalons que Riley détestait : très serrés, déchirés à certains endroits, le nombril à l'air.

Riley secoua la tête.

— Tu devrais peut-être essayer mes jeans de vieille, dit-elle. C'est beaucoup plus confortable. Mais tu n'aimes pas le confort, je crois.

— Non, répondit April en tournant devant le miroir. Je les prends. Je vais essayer les autres.

April fit plusieurs allers-retours dans la cabine. Riley détesta tout ce qu'elle lui montra, mais elle n'en dit rien. Cela ne valait pas le coup de se disputer. Et puis, Riley n'en sortirait pas gagnante.

En voyant sa fille poser devant le miroir, Riley réalisa soudain qu'elle était aussi grande qu'elle et que son tee-shirt révélait une silhouette bien développée. Avec ses cheveux bruns et ses yeux noisette, la ressemblance entre la mère et la fille était frappante. Bien sûr, April n'avait pas encore les cheveux gris qui commençaient à apparaître sur la tête de Riley. Mais tout de même…

Elle est en train de devenir une femme, pensa Riley.

L'idée la mettait mal à l'aise.

April grandissait-elle trop vite ?

Elle avait traversé des moments difficiles l'année dernière. Elle avait été enlevée deux fois. La première fois, elle avait été enfermée dans le noir par un sadique armé d'un chalumeau. Elle avait aussi affronté un tueur dans leur propre maison. Et un petit copain violent l'avait droguée pour essayer de vendre son corps.

Riley savait que c'était beaucoup trop pour une adolescente de quinze ans. Elle savait également que c'était son travail qui mettait sa famille en danger. Elle culpabilisait.

Pourtant, April était remarquablement mature, même si elle faisait tout pour ressembler à une adolescente comme une autre. Elle semblait avoir surmonté le stress post-traumatique et ses symptômes, mais quelles peurs lui demeuraient au fond d'elle ? S'en débarrasserait-elle un jour ?

Riley paya les nouveaux vêtements d'April et sortit du magasin. L'assurance d'April balaya quelques doutes. Tout allait mieux, maintenant. Ryan était en train de déménager ses affaires. April et Jilly avaient de bonnes notes à l'école.

Riley était sur le point de proposer à sa fille d'aller manger quand le téléphone d'April sonna. Elle s'éloigna pour prendre l'appel, au grand étonnement de Riley. C'était comme si le téléphone était un être vivant qui exigeait de recevoir toute l'attention de sa propriétaire.

— Eh, qu'est-ce qu'il y a ? demanda April.

Puis les jambes d'April flageolèrent et elle fut obligée de s'asseoir sur le banc. Son visage pâlit et se tordit de douleur. Des larmes se mirent à rouler sur ses joues. Inquiète, Riley se précipita pour s'asseoir à côté d'elle.

— Oh là là ! s'exclama April. Mais comment… pourquoi… je

peux pas…

Un frisson de panique parcourut le corps de Riley.

Que s'était-il passé ?

Quelqu'un était-il blessé ou en danger ?

S'agissait-il de Jilly, Ryan, Gabriela ?

Si c'était le cas, Riley aurait reçu ce coup de fil, pas April.

— Je suis vraiment désolée, vraiment désolée…, répétait April.

Enfin, elle raccrocha.

— C'était qui ? demanda Riley avec angoisse.

— C'était Tiffany, dit April d'une toute petite voix.

Riley connaissait ce nom. Tiffany Pennington était la meilleure amie d'April en ce moment. Riley l'avait rencontrée deux ou trois fois.

— Qu'est-ce qui s'est passé ? demanda Riley.

April la regarda avec un mélange de chagrin et d'horreur.

— La sœur de Tiffany est morte, dit-elle enfin.

Elle le disait comme si elle n'en croyait pas ses oreilles. D'une voix étranglée, elle ajouta :

— Ils disent que c'est un suicide.

CHAPITRE DEUX

Au diner, April essaya d'expliquer à sa famille le peu qu'elle savait sur la mort de Lois. Sa propre voix lui semblait étrange, comme si c'était une autre personne qui parlait.

C'est comme si ce n'était pas vrai…, ne cessait-elle de se répéter.

April avait rencontré Lois plusieurs fois en rendant visite à Tiffany. Elle se souvenait très bien de la dernière fois qu'elle l'avait vue. Elle avait trouvé Lois souriante et pleine de vie. La jeune fille lui avait raconté des anecdotes sur son quotidien à l'université. C'était impossible qu'elle soit morte.

La mort n'était pas une inconnue dans la vie d'April. Sa mère affrontait la mort tous les jours. Elle avait même tué au cours de sa carrière, mais uniquement des monstres qui devaient être arrêtés. April l'avait même aidée à se débarrasser d'un sadique qui les avait enlevées toutes les deux. Elle savait aussi que son grand-père était mort depuis quatre mois, mais elle ne l'avait jamais bien connu.

Le décès de Lois la touchait de plus près. C'était une mort qui paraissait à la fois plus réelle et dénuée de sens. C'était impossible…

Sa famille partageait son incompréhension et son émotion. Sa mère lui prit la main. Gabriela se signa et murmura une prière en espagnol. Jilly était bouche bée d'horreur et d'effroi.

April essaya de se rappeler tout ce que Tiffany lui avait dit quand elles en avaient reparlé dans l'après-midi. Elle lui avait expliqué qu'hier matin, Tiffany, sa mère et son père avaient trouvé le corps de Lois pendu dans le garage. La police avait conclu au suicide. En fait, tout le monde disait que c'en était un. Comme si c'était réglé.

Tout le monde, sauf Tiffany. Tiffany pensait que ce n'était pas un suicide.

Quand elle termina son récit, le père d'April frissonna.

— Je connais les Pennington, dit-il. Lester est le directeur financier d'une entreprise de construction. Ils ne sont pas nécessairement très riches, mais ils vivent bien. Je pensais que c'était une famille heureuse et stable. Pourquoi Lois ferait une chose pareille ?

April s'était posé la même question toute la journée.

— Tiffany dit que personne ne sait. Lois était en première

année à l'université Byars. Elle était un peu stressée par ses cours, mais quand même...

Papa secoua la tête avec compassion.

— C'est peut-être l'explication, dit-il. Byars, c'est une école difficile. C'est même plus difficile que Georgetown. Et très cher. Je suis surpris que les Pennington aient les moyens.

April soupira et ne répondit pas. Elle pensait que Lois avait eu une bourse, mais à quoi servait-il de le dire ? Elle n'avait plus envie d'en parler. Elle n'avait plus envie de manger non plus. Gabriela avait fait une de ses spécialités : une soupe de poisson appelée *tapado* qu'April adorait. Pourtant, elle n'avait mangé qu'une bouchée.

Pendant quelques instants, tout fut silencieux autour de la table.

Puis Jilly dit :

— Elle ne s'est pas suicidée.

April la dévisagea avec stupéfaction, comme tous les autres. Jilly croisa les bras sur sa poitrine. Elle avait l'air très sérieux.

— Quoi ? fit April.

— Lois ne s'est pas suicidée, répéta Jilly.

— Comment tu le sais ?

— Je l'ai rencontrée, tu te souviens ? Je le saurais. Ce n'était le genre de fille à faire ça. Elle ne voulait pas mourir.

Jilly se tut. Puis elle reprit :

— Je sais ce que ça fait quand on veut mourir. Elle ne voulait pas mourir. J'en suis sûre.

Le cœur d'April lui remonta dans la gorge.

Elle savait que Jilly avait vécu l'enfer. Jilly lui avait dit qu'une fois, son père l'avait enfermée dehors toute la nuit. Jilly avait dormi dans un tuyau d'évacuation. Le lendemain, elle s'était rendue dans un relais routier avec l'intention de se prostituer. C'était là que Maman l'avait trouvée.

Si quelqu'un savait ce que ça faisait d'avoir envie de mourir, ce devait être Jilly.

Une bouffée de chagrin et d'horreur serra la poitrine d'April. Et si Jilly avait tort ? Lois était-elle si malheureuse ?

— Excusez-moi, dit-elle. Je n'ai plus faim.

April se leva de table et se précipita dans sa chambre. Elle ferma la porte et se jeta sur le lit en sanglotant.

Elle n'aurait su dire combien de temps passa. Au bout d'un long moment, on frappa à la porte.

— April, je peux entrer ? demanda sa mère.

— Oui, répondit-elle d'une voix étranglée.

April se redressa. Maman entra dans la pièce avec un sandwich au fromage posé dans une assiette, un sourire compatissant aux lèvres.

— Gabriela s'est dit que ce serait plus facile à digérer qu'une soupe de poisson, dit Maman. Elle était inquiète : elle ne veut pas que tu te rendes malade en sautant un repas. Je m'inquiète aussi.

April sourit entre ses larmes. C'était vraiment gentil de la part de Gabriela et de Maman.

— Merci, dit-elle.

Elle s'essuya les yeux et mordit dans son sandwich. Maman s'assit au bord du lit, à côté d'elle, et lui prit la main.

— Tu veux qu'on en parle ? demanda-t-elle.

April ravala un sanglot. Elle pensa soudain à sa meilleure amie, Crystal, qui avait déménagé. Son père, Blaine, s'était fait tabasser ici-même, dans la maison. Et même si Maman et lui se plaisaient beaucoup, il avait été tellement secoué par les événements qu'il avait décidé de partir.

— J'ai une drôle d'impression, dit April. Comme si c'était de ma faute. Il se passe toujours des choses terribles chez nous. C'est comme si c'était contagieux. Je sais que ça n'a pas de sens mais…

— Je comprends ce que tu ressens, dit Maman.

April s'étonna :

— Ah bon ?

Maman avait l'air triste.

— Je ressens souvent la même chose, dit-elle. Mon travail est dangereux. Je mets en danger tous ceux que j'aime. Je me sens coupable, vraiment coupable.

— Mais ce n'est pas de ta faute, dit April.

— Alors, pourquoi penses-tu que ce serait de la tienne ?

April ne sut que dire.

— Qu'est-ce qui te tracasse ? demanda Maman.

April prit le temps de réfléchir avant de répondre.

— Maman, Jilly a raison. Je ne pense pas que Lois se serait suicidée. Et Tiffany non plus. Je connaissais Lois. Elle était heureuse et une des personnes les plus solides que je connaissais. Tiffany l'admirait beaucoup. C'était un peu son héroïne. Je ne comprends pas.

April comprit à l'expression sur le visage de sa mère que celle-ci ne la croyait pas.

Elle pense que je suis hystérique, pensa April.

— April, si la police a conclu au suicide et si ses parents…

— Eh bien, ils se trompent, insista April, surprise par la sècheresse de sa propre voix. Maman, tu devrais vérifier. Tu connais tout ça mieux qu'eux. Même mieux que la police.

Maman secoua la tête tristement.

— April, je ne peux pas faire ça. Je ne peux pas m'imposer sur une enquête, surtout si le dossier est refermé. Pense à ce que ressentiraient ses proches.

April se retint d'éclater en sanglots.

— Maman, je t'en supplie. Si Tiffany n'apprend jamais la vérité, ça va lui gâcher la vie. Elle ne s'en remettra jamais. S'il te plait, tu dois faire quelque chose.

April demandait une très grande faveur à sa mère. Elle en avait bien conscience. Maman ne répondit pas tout de suite. Elle se leva et se pencha à la fenêtre, visiblement plongée dans ses pensées.

Sans détourner le regard, Maman dit enfin :

— Je vais parler aux parents de Tiffany demain. S'ils acceptent, bien sûr. C'est ce que je vais faire.

— Je peux venir avec toi ? demanda April.

— Tu as école demain, dit Maman.

— On peut y aller après l'école.

Maman se tut, avant de répondre simplement :

— D'accord.

April se leva et la prit dans ses bras. Elle aurait voulu lui dire merci, mais elle était tellement bouleversée que le mot ne voulait pas sortir.

Si quelqu'un peut découvrir la vérité, c'est Maman, pensa April.

CHAPITRE TROIS

L'après-midi suivant, Riley conduisit April chez les Pennington. Malgré ses doutes, elle savait que c'était la meilleure chose à faire.

Je le dois à April, pensa-t-elle en roulant.

Après tout, elle savait ce que ça faisait d'être sûr d'une chose que tous les autres refusaient de croire.

Et April était certaine que Lois avait été assassinée.

Quant à Riley, elle attendait d'avoir une intuition. En s'engageant dans le quartier de la classe aisée de Fredericksburg, elle se rappela que les monstres se cachaient parfois derrière les façades les plus tranquilles. Il y avait peut-être de noirs secrets dans ces charmants pavillons. Riley avait affronté trop souvent la mort pour ne pas s'en douter.

Que la mort de Lois soit ou non un suicide, un monstre était bel et bien entré dans la famille Pennington.

Riley se gara devant la maison. Il y avait deux étages, sans compter le rez-de-chaussée. Riley pensa à ce qu'avait dit Ryan à propos des Pennington.

« Ils ne sont pas nécessairement très riches, mais ils vivent bien. »

La maison le confirmait. C'était un bon quartier. La seule chose qui sortait de l'ordinaire, c'était la rubalise de la police autour du garage où la famille avait retrouvé leur fille pendue.

Une brise fraiche fouetta le visage de Riley quand elle descendit de son véhicule et se dirigea vers la maison. Plusieurs voitures étaient garées dans l'allée.

Elles sonnèrent. Tiffany vint ouvrir et April se jeta dans ses bras. Les deux filles se mirent à sangloter.

— Oh, Tiffany, je suis tellement désolée, dit April.

— Merci. Merci d'être venue, répondit Tiffany.

Leur douleur serra la gorge de Riley. Les deux filles étaient si jeunes, à peine sorties de l'enfance. Il semblait injuste qu'elles soient confrontées à une telle épreuve. Pourtant, elle ne put s'empêcher d'être fière d'April et de sa compassion.

Je ne me débrouille peut-être pas si mal dans mon rôle de mère, pensa Riley.

Tiffany était un peu plus petite qu'April et un peu plus dégingandée comme pouvait l'être une adolescente. Elle avait des cheveux blond vénitien et la peau constellée de taches de son, ce qui faisait ressortir ses yeux rouges.

Tiffany conduisit Riley et April dans le salon. Les parents de Tiffany étaient assis sur le canapé, séparés l'un de l'autre par quelques centimètres. Leur langage corporel révélait-il des informations ? Riley n'en était pas certaine. On faisait son deuil de bien des manières différentes.

D'autres personnes étaient debout, en retrait, et se parlaient à voix basse. Ce devait être de la famille et des amis. Ils étaient venus voir s'ils pouvaient être d'aucune aide.

On s'agitait dans la cuisine. Quelqu'un devait préparer à manger. A travers une arche menant sur la salle à manger, elle vit deux couples disposer des photos et des souvenirs sur la table. Il y avait également des photos de Lois et de sa famille à différentes périodes de leur vie dans le salon.

Seulement deux jours plutôt, la fille sur les photos était encore en vie. Riley frémit en y pensant. Que ferait-elle si elle perdait April de manière si brutale ? C'était une pensée glaçante, d'autant plus que ce n'était pas passé loin à plusieurs reprises.

Qui viendrait chez elle pour la réconforter ?

Et voudrait-elle vraiment qu'on la réconforte ?

Riley chassa ses idées noires quand Tiffany la présenta à ses parents, Lester et Eunice.

— Je vous en prie, ne vous levez pas, dit Riley quand ils firent mine de bouger.

Riley et April s'assirent à côté d'eux. Eunice avait les mêmes taches de son que sa fille et le même couleur de cheveux. Lester avait le teint plus mat, et le visage long et fin.

— Toutes mes condoléances, dit Riley.

Le couple la remercia. Lester parvint même à esquisser un sourire.

— On ne s'était jamais rencontrés, mais je connais un peu Ryan, dit-il. Comment va-t-il ?

Tiffany tapa sur l'épaule de son père et lui souffla :

— Ils ont divorcé, Papa.

Lester s'empourpra.

— Oh, je suis vraiment désolé, dit-il.

Riley rougit à son tour.

— Ne le soyez pas. Comme disent les jeunes, c'est compliqué.

Lester hocha la tête, un sourire triste aux lèvres.

Pendant de longues minutes, personne ne dit rien. Les gens

continuaient de s'agiter autour d'eux en faisant le moins de bruit possible.

Puis Tiffany dit :

— Maman, Papa… La mère d'April est un agent du FBI.

Lester et Eunice restèrent bouche bée, ne sachant visiblement que dire. Embarrassée, Riley chercha ses mots. Elle savait qu'April avait téléphoné à Tiffany la veille pour leur dire qu'elles passeraient. Apparemment, Tiffany n'avait pas expliqué à ses parents ce que Riley faisait dans la vie.

Tiffany regarda tour à tour son père et sa mère. Puis elle dit :

— Je me suis dit qu'elle pourrait nous aider à savoir… ce qui s'est vraiment passé.

Lester poussa un hoquet et Eunice un soupir amer.

— Tiffany, on en a déjà parlé, dit-elle. On sait ce qui s'est passé. La police en est sûre. On n'a aucune raison de penser le contraire.

Lester se leva sur des jambes flageolantes.

— Je ne veux pas entendre ça, dit-il. Je ne… je ne peux pas.

Il déambula en direction du salon. Riley vit deux couples se précipiter pour le réconforter.

— Tiffany, tu devrais avoir honte, dit Eunice.

Les yeux de la jeune fille se mouillèrent de larmes.

— Mais je veux seulement connaitre la vérité, Maman. Lois ne s'est pas suicidée. Elle n'aurait jamais fait ça. J'en suis sûre.

Eunice se tourna vers Riley.

— Je suis désolée que vous soyez obligée d'assister à ça, dit-elle. Tiffany a du mal à accepter la vérité.

— C'est toi et Papa qui avez du mal à accepter la vérité, rétorqua Tiffany.

— Chut, souffla sa mère.

Eunice tendit un mouchoir à sa fille.

— Tiffany, il y a des choses que tu ne savais pas à propos de Lois, dit-elle d'une voix prudente. Elle était plus malheureuse qu'elle ne le laissait entendre. Elle adorait l'université, mais ce n'était pas facile pour elle. Il fallait qu'elle ait de très bonnes notes pour garder sa bourse, et c'était difficile pour elle de quitter la maison. Elle commençait à prendre des antidépresseurs et elle voyait un psy à Byars. Ton père et moi, on pensait qu'elle allait mieux, mais on avait tort.

Tiffany essayait de se calmer, mais elle était encore très en colère.

— Je déteste cette école, dit-elle. Je n'irai jamais là-bas.

— C'est un endroit très bien, dit Eunice. Une très bonne école. C'est très difficile, c'est tout.

— Je parie que les autres filles la trouvaient pas si bien que ça, dit Tiffany.

April écoutait son amie avec attention.

— Quelles autres filles ? demanda-t-elle.

— Deanna et Cory, répondit Tiffany. Elles sont mortes aussi.

Eunice secoua la tête tristement et dit à Riley.

— Ces deux filles se sont suicidées à Byars le semestre dernier. C'est une année funeste là-bas.

Tiffany regarda sa mère fixement.

— C'étaient pas des suicides, dit-elle. Lois n'y croyait pas. Elle disait toujours qu'il y avait quelque chose de pas normal. Elle ne savait pas ce que c'était, mais elle m'a dit que ça devait être horrible.

— Tiffany, elles se sont suicidées, insista Eunice d'un air las. Tout le monde le dit. Ces choses-là arrivent.

Tiffany se leva, en tremblant de rage et de frustration.

— Lois n'est pas morte comme ça, dit-elle.

Eunice dit :

— Quand tu seras plus âgée, tu comprendras que la vie est plus dure que tu ne l'imagines. Maintenant, rassied-toi, s'il te plait.

Tiffany s'assit en silence. Le regard d'Eunice se perdit dans le vide. Riley se sentit soudain très mal à l'aise.

— On ne voulait pas vous déranger comme ça, dit Riley. Je vous présente mes excuses. Il vaut mieux qu'on y aille.

Eunice hocha la tête en silence. Riley et April quittèrent la maison.

— On aurait dû rester, dit April d'une voix maussade une fois dehors. On aurait dû poser plus de questions.

— Non, on ne faisait que leur causer du chagrin, dit Riley. C'était une très mauvaise idée.

April partit en courant vers le garage.

— Qu'est-ce que tu fais ? s'exclama Riley.

April s'arrêta devant la barrière de rubalise installée par la police.

— April, ne t'approche pas !

April ignora les scellés et sa mère : elle tourna la poignée. La porte tourna sur ses gonds. April se glissa sous la rubalise et entra dans le garage. Riley la suivit, avec la ferme intention de la gronder.

Mais sa curiosité prit le dessus et elle jeta un œil dans le garage.

Il n'y avait pas de voiture à l'intérieur, ce qui rendait le grand espace vide étrangement caverneux. Des rais de lumière se faufilaient par les fenêtres.

April lui montra du doigt un coin de la pièce.

— Tiffany m'a dit que Lois a été retrouvée là, dit-elle.

Il y avait du ruban adhésif au sol et de grosses poutres au-dessus de leurs têtes, ainsi qu'une échelle posée contre le mur.

— Viens, dit Riley. On ne devrait pas être ici.

Elle traina sa fille vers la sortie et referma la porte. En marchant vers la voiture, Riley visualisa la scène. Il était facile d'imaginer la jeune fille monter à l'échelle et se pendre toute seule là-haut.

Mais est-ce vraiment ce qui s'est passé ? se demanda-t-elle.

Elle n'avait aucune raison de penser le contraire.

Pourtant, elle commençait à avoir un petit doute.

*

Peu après, de retour à la maison, Riley appela le médecin légiste, Danica Selves. Elle s'entendait très bien avec Danica depuis des années. Quand Riley évoqua le décès de Lois Pennington, Danica eut l'air surpris :

— Pourquoi tu t'intéresses à ce dossier ? demanda-t-il ? C'est pour le FBI ?

— Non, c'est personnel.

— Personnel ?

Riley hésita avant de répondre :

— Ma fille est très proche de la sœur de Lois. Elle connaissait aussi un peu Lois. Ma fille et son amie ont toutes les deux du mal à croire à la thèse du suicide.

— Je vois, dit Danica. Eh bien, la police n'a trouvé aucun signe de lutte. Et j'ai effectué moi-même les tests et l'autopsie. D'après les résultats sanguins, elle a ingurgité une forte dose d'alprazolam avant de mourir. Je pense qu'elle voulait être sûre de ne rien sentir. Quand elle s'est pendue, elle ne se rendait peut-être même plus compte de ce qu'elle faisait. Elle s'est rendu la tâche plus facile.

— Ce serait une évidence, dit Riley.

— Pour moi, oui, répondit Danica.

Riley la remercia et raccrocha. Ce fut alors qu'April monta l'escalier avec une calculette et du papier.

— Maman, je crois que j'ai trouvé ! dit-elle avec excitation. C'est forcément un meurtre.

Elle s'assit à côté de Riley et lui montra les nombres qu'elle venait d'écrire.

— J'ai fait des recherches sur Internet, dit-elle. J'ai lu que sur cent mille étudiants, sept virgule cinq se suicidaient. Ça correspond à zéro virgule zéro zéro soixante-quinze pour cent. Il n'y a que sept cents étudiants à Byars et trois d'entre eux se seraient suicidés ces derniers mois. Ça fait plus de zéro virgule quarante-trois pour cent, c'est-à-dire cinquante-sept fois plus que la moyenne ! C'est impossible !

Le cœur de Riley se serra. April avait beaucoup réfléchi au sujet et c'était appréciable. Elle faisait même preuve d'une grande maturité.

— April, je suis sûre que ton calcul est logique, mais…

— Mais quoi ?

Riley secoua la tête.

— Ça ne prouve rien du tout.

April écarquilla les yeux.

— Comment ça ? Pourquoi ça ne prouve rien ?

— Quand on fait des statistiques, on tombe parfois sur ce qu'on appelle des aberrations. Ce sont des exceptions qui ne suivent pas la moyenne. Par exemple, ma dernière affaire… L'empoisonneuse, tu te souviens ? La plupart des tueurs en série sont des hommes. Cette fois, c'était une femme. Et la plupart des tueurs aiment voir leurs victimes mourir, mais celle-ci n'en ressentait pas le besoin. C'est la même chose. Dans certaines universités, le taux de suicide est beaucoup plus élevé que la moyenne.

April la regarda fixement.

— April, je viens de parler au médecin légiste qui a procédé à l'autopsie. Elle est certaine que la mort de Lois était un suicide. Et elle connait son boulot. C'est une experte. Nous devons faire confiance à son jugement.

Le visage d'April se tordit de colère.

— Pourquoi ce n'est pas à mon jugement que tu ferais confiance pour une fois !?

Elle sortit en trombe de la pièce et descendit les marches au pas de course.

Au moins, elle est sûre de savoir ce qui s'est passé, pensa Riley.

Riley ne pouvait pas en dire autant.

Son intuition ne lui disait encore rien.

CHAPITRE QUATRE

Ça ne s'arrêtait jamais.

Le monstre qui s'appelait Peterson retenait April prisonnière, quelque part, au-dessus de sa tête.

Riley se débattait pour trouver la sortie dans le noir. Chaque pas était difficile, mais elle savait que le temps pressait.

Son fusil en bandoulière sur l'épaule, Riley tituba et dégringola une pente boueuse. Elle atterrit dans une rivière. Soudain, ils étaient là. Peterson était debout. Il avait de l'eau jusqu'aux chevilles. A quelques pas, April était allongée dans la rivière, à moitié immergée, les mains et les pieds entravés.

Riley tendit la main vers son fusil, mais Peterson leva son pistolet et pointa le canon sur April.

— N'y pense même pas, hurla-t-il. Un geste et c'est fini.

Riley resta paralysée d'horreur. Si elle levait son fusil, Peterson tuerait April avant même qu'elle ait eu le temps de tirer.

Elle posa lentement son fusil par terre.

La terreur dans le regard de sa fille la hanterait pour toujours...

Riley s'arrêta de courir et se pencha, les mains sur les cuisses, pour reprendre son souffle.

Il était encore très tôt. Elle était sortie faire son jogging, mais l'horrible souvenir l'avait stoppée dans son élan.

L'oublierait-elle jamais ?

Arrêterait-elle un jour de se sentir coupable d'avoir mis April en danger de mort ?

Non, pensa-t-elle, *et c'est normal. Je ne dois pas oublier.*

Elle inspira à pleins poumons l'air glacé, jusqu'à ce qu'elle se sente mieux. Puis elle se remit en marche sur le sentier familier. De pâles rayons du soleil passaient entre les branches des arbres.

Le parc n'était pas loin de la maison. Il était facile de s'y rendre. Riley venait souvent courir dans la matinée. L'exercice l'aidait à chasser les fantômes et les démons. Aujourd'hui, cependant, son jogging avait eu l'effet inverse.

Ce qui s'était passé la veille – la visite chez les Pennington, puis dans le garage et la colère d'April – avait ravivé un torrent de mauvais souvenirs.

Et c'est à cause de moi, pensa Riley en pressant le pas pour retrouver une petite foulée.

Elle pensa alors à ce qui s'était passé ensuite, dans la rivière.

Le pistolet de Peterson s'était enrayé. Riley planta son couteau entre ses côtes, avant de tituber et tomber dans la rivière glacée. Blessé, Peterson parvenait pourtant à la maintenir sous l'eau.

Du coin de l'œil, elle vit April lever dans ses mains ligotées le fusil que Riley avait elle-même laissé tomber. La crosse s'écrasa sur la nuque de Peterson.

Le monstre se tourna vers April et lui plongea la tête sous l'eau.

Sa fille allait se noyer.

Riley saisit un caillou pointu.

Elle se jeta sur Peterson et le frappa à la tête.

Il tomba à la renverse. Elle bondit sur lui.

Encore et encore, elle jeta sa pierre sur le visage de Peterson.

L'eau de la rivière se chargea de sang.

Riley accéléra l'allure, réveillée par le souvenir.

Elle était fière de sa fille. April avait fait preuve de courage et de débrouillardise cette terrible nuit. Elle avait fait preuve des mêmes qualités en d'autres circonstances dangereuses.

Et maintenant, April était en colère contre Riley.

Et Riley ne pouvait pas s'empêcher de penser qu'elle avait de bonnes raisons.

*

Riley ne se sentait pas à sa place aux funérailles de Lois Pennington.

Elle allait rarement à l'église. Son père était un ancien Marine endurci qui ne croyait en personne d'autre que lui-même. Riley avait vécu une partie de son enfance et de son adolescence chez un oncle et une tante qui avaient bien essayé de l'emmener à l'église, mais Riley avait refusé par esprit de rébellion.

Et Riley détestait les funérailles. Elle avait vu trop souvent la mort de près dans tout ce qu'elle avait de brutal, au cours de sa carrière dans le maintien de l'ordre public. Les funérailles avaient un côté artificiel. Elles maquillaient la mort pour en faire quelque chose de paisible et de propre.

C'est trompeur, ne cessait-elle de penser. Cette fille était décédée d'une mort violente, que ce soit un suicide ou un meurtre.

Mais April avait insisté pour y aller et Riley n'avait pas voulu la laisser seule. C'était assez ironique : maintenant, c'était Riley qui se sentait seule. Elle était assise au dernier rang dans le sanctuaire surpeuplé. April était devant, assise juste derrière la famille, aussi près de Tiffany que possible. Riley était contente de savoir qu'elle était avec son amie et cela ne la dérangeait pas d'être toute seule.

Le soleil traversait les vitraux. Le cercueil était décoré de bouquets de fleurs et de couronnes. C'était un service très digne et le chœur chantait bien.

Le prêcheur parlait d'un ton monocorde de la foi et du salut, assurant à tous que Lois avait trouvé la paix. Riley ne faisait pas attention à ce qu'il disait. Elle cherchait des indices. Pourquoi Lois Pennington était-elle décédée ?

La veille, elle avait remarqué que les parents de Lois s'étaient assis sur le canapé de manière à ne pas se toucher. Elle n'avait pas su interpréter leur langage corporel. A présent, Lester Pennington tenait contre lui sa femme Eunice pour la réconforter. Ils avaient l'air de parents ordinaires pleurant la mort de leur enfant.

Rien ne faisait tiquer Riley. Et c'était cela qui la mettait mal à l'aise.

Elle se considérait comme un observateur averti de la nature humaine. Si Lois s'était réellement suicidée, sa vie de famille avait dû être perturbée. Mais rien ne le laissait penser… Ils étaient en deuil.

Le prêcheur termina son sermon, sans mentionner une seule fois la cause supposée du décès de Lois.

Des amis et des parents se succédèrent pour parler avec émotion de Lois. Ils évoquèrent de bons souvenirs, notamment des histoires drôles qui provoquèrent des rires tristes et étouffés dans l'assemblée.

Rien qui parle du suicide, pensa Riley.

Quelque chose n'allait pas.

Un proche de Lois allait-il finir par reconnaitre qu'elle ne se sentait pas bien, qu'elle se battait contre la dépression et contre des démons intérieurs, ou qu'elle avait appelé au secours ? Quelqu'un allait-il proposer de tirer les leçons de cette mort tragique en se soutenant les uns les autres ?

Mais personne ne prononça un mot à ce sujet.

Personne ne voulait en parler.

Comme s'ils avaient honte ou qu'ils étaient surpris. Ou les

deux.

Peut-être qu'ils n'y croyaient pas tout à fait.

Après les témoignages, on invita les personnes présentes à s'approcher du corps. Riley resta bien assise. Elle était certaine que le croque-mort avait fait du bon travail. Ce qui restait de la pauvre Lois ne ressemblait plus à ce que ses parents avaient trouvé dans le garage. Et Riley savait déjà reconnaitre un corps mort par strangulation.

Enfin, le prêcheur donna sa bénédiction et on emporta le cercueil. La famille sortit la première, puis tout le monde suivit.

En sortant, Riley vit Tiffany et April échanger une étreinte larmoyante. Quand Tiffany l'aperçut, elle se précipita vers elle.

— Vous pouvez faire quelque chose ? demanda-t-elle d'une voix étranglée.

Secouée, Riley parvint à lui répondre :

— Non, je suis désolée.

Avant que Tiffany n'ait eu le temps d'insister, son père l'appela. La famille monta dans une limousine noire. Tiffany les rejoignit et le véhicule démarra.

Riley se tourna vers April, qui refusa de croiser son regard.

— Je vais prendre le bus pour rentrer, dit-elle.

Elle tourna les talons et Riley n'essaya pas de l'en empêcher. Le cœur serré, elle se dirigea vers sa voiture dans le parking.

*

Ce soir-là, le diner fut beaucoup moins joyeux qu'il ne l'avait été deux jours plus tôt. April ne parlait toujours pas à Riley, ou à qui que ce soit. Son chagrin était contagieux. Ryan et Gabriela avaient la mine sombre.

Au milieu du repas, Jilly s'exclama soudain :

— Je me suis fait une copine à l'école aujourd'hui. Elle s'appelle Jane. Elle a été adoptée, comme moi.

Le visage d'April s'éclaira.

— C'est génial, Jilly !

— Ouais, on a beaucoup de choses en commun. On parle beaucoup.

Le moral de Riley remonta un peu. C'était bien que Jilly commence à se faire des amis. Et Riley savait qu'April s'inquiétait pour elle.

Les deux filles discutèrent un peu, puis le silence s'installa à nouveau, aussi sombre qu'auparavant.

Riley savait que Jilly essayait de remonter le moral d'April, mais la jeune fille avait l'air inquiet à présent. La tension au sein de sa nouvelle famille devait la mettre mal à l'aise. Jilly avait peur de perdre ce qu'elle venait tout juste de trouver.

J'espère qu'elle se trompe, pensa Riley.

Après le diner, les filles montèrent dans leurs chambres et Gabriela nettoya la cuisine. Ryan versa à Riley un verre de bourbon, puis un autre pour lui, et tous deux s'assirent dans le salon.

Ni l'un ni l'autre ne parla pendant un long moment.

— Je vais à l'étage parler à April, dit enfin Ryan.

— Pourquoi ?

— Elle est injuste et elle te manque de respect. On ne devrait pas la laisser s'en tirer comme ça.

Riley soupira.

— Elle n'est pas injuste, dit-elle.

— Comment tu appelles ça, toi ?

Riley réfléchit quelques instants.

— Elle est très investie, dit-elle. Elle s'inquiète pour son amie Tiffany et elle se sent impuissante. Elle a peur que quelque chose de terrible soit arrivé à Lois. On devrait être contents qu'elle pense aux autres. Ça veut dire qu'elle grandit.

Ils se turent à nouveau.

— Alors, à ton avis, que s'est-il passé ? demanda enfin Ryan. Tu penses que Lois s'est suicidée ou qu'elle a été assassinée ?

Riley secoua la tête d'un air las.

— Si seulement je le savais. J'ai appris à suivre mon instinct, mais mon instinct ne me dit rien du tout. Je n'ai aucune intuition.

Ryan lui tapota la main.

— Peu importe ce qui s'est passé. Dans tous les cas, ce n'est pas ta responsabilité, dit-il.

— Tu as raison.

Ryan bâilla.

— Je suis fatigué, dit-il. Je crois que je vais me coucher de bonne heure.

— Je vais rester un peu là, dit Riley. Je n'ai pas encore envie de dormir.

Ryan monta à l'étage et Riley se versa un autre grand verre. La maison était silencieuse et Riley se sentit seule et étrangement impuissante – comme April, probablement. Après un autre verre, elle se détendit. Elle retira ses chaussures et s'allongea sur le canapé.

Peu après, quand elle se réveilla, elle se rendit compte que quelqu'un avait déposé une couverture sur elle. Ryan avait dû descendre pour voir ce qu'elle faisait et il s'était assuré qu'elle ait chaud.

Riley sourit, un peu moins seule. Puis elle s'endormit à nouveau.

*

Riley eut une impression de déjà-vu quand April se précipita dans le garage des Pennington.

Comme elle l'avait fait la première fois, Riley l'appela :

— April, n'y va pas !

Cette fois, April tira sur la rubalise de la police avant d'ouvrir la porte.

Elle disparut dans le garage.

Riley lui courut après.

Le garage est beaucoup plus grand et sombre, comme un hangar abandonné.

Riley ne voyait April nulle part.

— April, où es-tu ? appela-t-elle.

La voix d'April résonna :

— Je suis là, Maman.

Riley n'aurait su dire d'où venait la voix.

Elle tourna lentement sur elle-même en fouillant les ténèbres du regard.

Enfin, un plafonnier s'alluma. Riley resta pétrifié d'horreur.

Une fille à peine plus âgée qu'April était pendue à une poutre.

Elle était morte, mais ses yeux étaient ouverts. Elle fixait Riley du regard.

Autour de la fille, par terre et sur des étagères, il y avait des centaines de photos encadrées la représentant avec sa famille à différents moments de sa vie.

— April ! cria Riley.

Personne ne répondit.

Riley se réveilla en sursaut et se redressa sur le lit. Elle hyperventilait.

Elle se retint de hurler à pleins poumons, comme dans son cauchemar : « April ! ».

Elle savait qu'April était endormie dans son lit.

Toute la famille dormait, sauf elle.

Pourquoi ai-je fait ce rêve ? se demanda-t-elle.

Elle n'eut besoin que d'un instant pour comprendre.

C'était enfin son instinct.

April avait raison. Quelque chose n'allait pas dans la mort de Lois.

Et Riley devait découvrir ce que c'était.

CHAPITRE CINQ

En sortant de sa voiture, garée devant l'université Byars, Riley sentit un frisson la parcourir. Ce n'était pas seulement la température. Il y avait de mauvaises ondes dans cette école.

Elle frémit en balayant le campus du regard.

Des étudiants allaient et venaient, emmitouflés pour se protéger du froid, sans se parler, pressés d'arriver. Aucun n'avait l'air particulièrement heureux d'être là.

Pas étonnant que les étudiants aient envie de se tuer, pensa Riley.

L'école semblait appartenir au passé. Riley avait l'impression de faire un voyage dans le temps. Les vieux bâtiments de brique étaient en parfait état, tout comme les colonnes blanches, reliques d'une époque où l'on copiait les monuments antiques.

Le parc était immense – d'autant plus impressionnant qu'il était planté au milieu d la capitale. Bien sûr, la ville de Washington avait grandi autour de l'université depuis sa fondation. La petite école élitiste avait prospéré, formant des étudiants qui intégraient ensuite avec succès les programmes de master et de doctorat les plus réputés du pays, puis le monde des affaires et de la politique. Les étudiants qui fréquentaient des écoles comme celle-ci se construisaient un réseau qui leur servait toute la vie.

Naturellement, c'était beaucoup trop cher pour la famille de Riley, même avec une bourse que l'école accordait occasionnellement aux très bons élèves. Cela n'avait pas d'importance : Riley n'aurait jamais eu l'idée d'envoyer April étudier ici. Ou Jilly.

Riley entra dans le bureau réservé à l'administration et trouva le bureau du doyen, où elle fut accueillie par une secrétaire à l'air revêche.

Riley lui montra son badge.

— Je suis l'agent spécial Riley Paige, FBI. Je vous ai appelée aujourd'hui.

La femme hocha la tête.

— M. Autrey va vous recevoir, dit-elle.

La femme fit entrer Riley dans un bureau grand et sinistre, aux boiseries sombres.

Un homme élégant, d'âge mûr, se leva de son siège pour l'accueillir. Il était grand, il avait les cheveux argentés et il portait un costume trois pièces visiblement hors de prix, avec un nœud papillon.

— Agent Paige, je suppose, dit-il avec un sourire froid. Je suis le doyen, Willis Autrey. Je vous en prie, asseyez-vous.

Riley s'assit devant son bureau. Autrey fit de même et pivota sur son siège.

— Je ne suis pas sûr de comprendre le but de votre visite, dit-il. Il s'agit du décès tragique de Lois Pennington, c'est bien ça ?

— Son suicide, vous voulez dire.

Autrey hocha la tête et joignit les mains.

— Rien qui nécessite l'intervention du FBI, il me semble, dit-il. J'ai appelé les parents de la jeune fille et je leur ai transmis nos plus sincères condoléances. Ils étaient bouleversés, bien entendu. C'est fâcheux, mais ils ne semblaient pas avoir de doutes ou d'inquiétudes.

Riley comprit qu'elle allait devoir choisir ses mots avec attention. Elle n'était pas là pour son travail – en fait, ses supérieurs à Quantico n'auraient pas approuvé sa démarche. Mais peut-être qu'elle pouvait se débrouiller pour le cacher à Autrey.

— Un autre membre de la famille a exprimé des doutes, dit-elle.

Il était inutile de lui dire qu'il s'agissait de la sœur de Lois, une adolescente.

— Comme c'est fâcheux, dit-il.

Il utilise beaucoup ce mot – fâcheux, pensa Riley.

— Que pouvez-vous me dire sur Lois Pennington ? demanda Riley.

Autrey commençait visiblement à s'ennuyer, comme si son esprit était ailleurs.

— Eh bien, rien de plus que la famille, j'imagine, dit-il. Je ne la connaissais pas personnellement, mais…

Il se tourna vers son ordinateur et tapa une commande.

— Il me semble que c'était une étudiante en première année parfaitement ordinaire, dit-il en regardant son écran. Des notes assez bonnes. Pas de commentaire sur son comportement. Même si je vois qu'elle consultait pour dépression.

— Elle n'est pas la seule à s'être suicidée dans l'école cette année, dit Riley.

Autrey s'assombrit. Il ne répondit pas.

Avant de partir, Riley avait fait quelques recherches sur les suicides dont Tiffany lui avait parlé.

— Deanna Webber et Cory Linz se seraient tuées le semestre dernier, dit Riley. Cory est morte ici-même, sur le campus.

— Se seraient tuées ? répéta Autrey. Un emploi très fâcheux du conditionnel. Rien ne prouve le contraire.

Il se détourna légèrement de Riley, comme si elle n'était déjà plus là.

— Mme Paige…, commença-t-il.

— Agent Paige, corrigea Riley.

— Agent Paige… Je suis certain qu'une professionnelle telle que vous sait que le taux de suicide chez les étudiants à l'université a augmenté au cours des dernières décennies. C'est la troisième cause de décès dans cette tranche d'âge. Il y a plus de mille suicides sur les campus chaque année.

Il se tut, comme pour la laisser réfléchir à tous ces chiffres.

— Et bien sûr, dit-il, ces événements tragiques sont plus susceptibles d'arriver dans certains établissements. Byars est une école difficile. Il est fâcheux mais inévitable que nous soyons confrontés à de nombreux suicides.

Riley réprima un sourire.

Les statistiques qu'April avait cherchées sur Internet allaient lui être utiles.

Ça lui ferait plaisir de le savoir, pensa-t-elle.

Elle dit :

— Dans les universités américaines, la moyenne est de sept virgule cinq suicides pour cent mille étudiants. Mais, seulement cette année, trois étudiants sur les sept cents inscrits chez vous se sont suicidés, c'est-à-dire cinquante-sept fois la moyenne nationale.

Autrey haussa les sourcils.

— Comme vous le savez certainement, il y a toujours…

— Des aberrations, dit Riley en s'obligeant à ne pas sourire. Oui, je sais ce que c'est qu'une aberration. Malgré tout, le taux de suicide dans votre école est exceptionnellement… fâcheux.

Autrey ne broncha pas.

— M. Autrey, j'ai l'impression que vous n'êtes pas content qu'un agent du FBI s'intéresse à l'université, dit-elle.

— Vous avez raison, dit-il. Pourquoi serais-je content ? C'est une perte de temps, le vôtre et le mien, et une perte d'argent pour le contribuable. Et votre présence pourrait laisser penser que quelque chose ne va pas. Tout va bien à l'université Byars, je vous assure.

Il se pencha par-dessus son bureau vers Riley.

— Agent Paige, à quelle branche du FBI appartenez-vous ?

— L'Unité d'Analyse Comportementale.

— Ah oui, à Quantico. Ce n'est pas loin. Eh bien, vous devriez peut-être savoir que de nombreux étudiants viennent de familles politiques. Certains parents ont une influence considérable au sein du gouvernement, notamment sur le FBI, j'imagine. Nous n'aimerions pas qu'ils entendent parler de votre visite.

— De ma visite ? répéta Riley.

Autrey pivota sur sa chaise.

— Certaines personnes n'hésiteraient pas à se plaindre auprès de vos supérieurs, dit-il avec un regard entendu.

Un frisson de gêne chatouilla la nuque de Riley.

Elle sentit qu'il avait deviné que ce n'était pas une visite officielle.

— Il vaut mieux ne pas créer des problèmes là où il n'y en a pas, poursuivit Autrey. Je dis cela pour vous. Je n'aimerais que vous ayez des ennuis avec vos supérieurs.

Riley faillit éclater de rire.

Elle avait l'habitude d'avoir des « ennuis » avec ses supérieurs.

Tout comme elle avait l'habitude de se faire virer puis réintégrer.

Cela ne lui faisait pas peur.

— Je vois, dit-elle. Il ne faudrait pas salir la réputation de l'école.

— Je suis content que nous nous comprenions, dit Autrey.

Il se leva, comme pour raccompagner Riley.

Mais Riley n'avait pas encore envie de partir. Pas encore.

— Je vous remercie de m'avoir reçue, dit-elle. Je partirai dès que vous m'aurez donné les coordonnées des familles des autres étudiants qui se sont suicidés.

Autrey la foudroya du regard. Riley ne broncha pas.

Autrey baissa les yeux vers sa montre.

— J'ai un autre rendez-vous. Je dois y aller.

Riley sourit.

— Je suis un peu pressée, moi aussi, dit-elle en baissant elle aussi les yeux vers sa montre. Plus vite vous me donnerez ces coordonnées, plus vite nous pourrons vaquer à nos occupations. Je vais attendre.

Autrey fronça les sourcils, puis il se rassit devant son ordinateur. Il tapa une commande et son imprimante se mit à ronronner. Il tendit à Riley un document.

— J'ai bien peur de devoir déposer une plainte auprès de vos supérieurs, dit-il.

Riley ne bougea pas. Il piquait sa curiosité.

— M. Autrey, vous venez de dire qu'il y avait de nombreux suicides à Byars. Quels sont les chiffres exacts ?

Autrey ne répondit pas. Le visage rouge de colère, il répondit d'une voix plate :

— Vos supérieurs à Quantico vont entendre parler de moi, dit-il.

— Bien sûr, répondit Riley avec une politesse mesurée. Merci de m'avoir reçue.

Riley quitta le bureau et le bâtiment réservé à l'administration. Cette fois, elle trouva l'air frais revigorant.

L'attitude fuyante et évasive d'Autrey l'avait convaincue qu'il se passait quelque chose. Elle avait trouvé des problèmes.

Les problèmes, c'était toute la vie de Riley.

CHAPITRE SIX

Sitôt dans la voiture, Riley passa en revue les informations que lui avait données le doyen. Des détails sur la mort de Deanna Webber lui revinrent en mémoire.

Bien sûr, se rappela-t-elle en cherchant des articles sur son téléphone. *La fille du membre du Congrès.*

La représentante Hazel Webber était une femme politique en pleine ascension, mariée à un grand avocat du Maryland. La mort de leur fille avait fait les gros titres en automne dernier. Riley n'avait pas suivi le fait divers, qui ressemblait plus à un ragot sordide qu'à une véritable info – le genre de chose qui ne regarde que la famille et personne d'autre, selon Riley.

Elle avait changé d'avis.

Elle trouva le numéro de téléphone du bureau de la représentante Hazel Webber à Washington. Quand elle le composa, une réceptionniste lui répondit d'un ton compétent.

— C'est l'agent spécial Riley Paige, de l'Unité d'Analyse Comportementale du FBI, dit Riley. J'aimerais rencontrer Mme Webber.

— Puis-je vous demander pourquoi ?

— J'ai besoin de lui parler de la mort de sa fille en automne.

Un silence passa.

Riley dit :

— Je suis navrée de déranger Mme Webber et sa famille pour lui parler de cette terrible tragédie. Mais j'ai besoin d'éclaircir certaines choses.

Un autre silence.

— Je suis désolée, dit lentement la réceptionniste. Mais la représentante Webber n'est pas à Washington en ce moment. Vous allez devoir attendre qu'elle rentre du Maryland.

— A quelle date ? demanda Riley.

— Je ne saurais pas vous le dire. Il faudra que vous rappeliez.

La réceptionniste raccrocha sans ajouter un mot.

Elle est dans le Maryland, pensa Riley.

En faisant une recherche, elle découvrit rapidement où vivait Hazel Webber. Ça ne devrait pas être difficile à trouver.

Mais avant que Riley n'ait eu le temps de démarrer sa voiture, son téléphone vibra.

— Ici Hazel Webber, dit la personne au bout du fil.

Riley sursauta. La réceptionniste avait dû contacter la représentante tout de suite après avoir raccroché. Riley ne s'attendait pas à recevoir un appel de Webber elle-même, et certainement pas si vite.

— En quoi puis-je vous aider ? demanda Webber.

Riley lui expliqua qu'elle voulait éclaircir certains points sur la mort de sa fille.

— Pourriez-vous être plus précise ? demanda Webber.

— Je préfèrerais vous voir, dit Riley.

Webber ne répondit pas tout de suite.

— J'ai bien peur que ce ne soit impossible, dit-elle enfin. Et je vous serais reconnaissante de ne pas nous déranger, moi ou ma famille. Nous sommes en train de nous remettre de cette terrible perte. Je suis sûre que vous comprenez.

Le ton cassant de la femme prenait Riley au dépourvu. Il n'y avait pas une seule trace de chagrin dans cette voix.

— Mme Webber, si vous vouliez bien m'accorder un peu de votre temps…

— J'ai dit non.

Webber raccrocha.

Riley resta bouche bée. Comment interpréter cet étrange échange téléphonique ?

Tout ce qu'elle savait, c'était qu'elle avait touché un point sensible.

Et elle devait aller dans le Maryland.

*

La route était agréable. Comme il faisait beau temps, Riley passa par le pont de Chesapeake pour avoir le plaisir de rouler au-dessus de l'eau.

Elle se retrouva bientôt dans la campagne du Maryland, entre les prés clôturés et les belles demeures ou les granges cachées derrière les allées d'arbres.

Riley se gara devant le portail du domaine des Webber. Un homme en uniforme sortit de sa cahute pour venir lui parler.

Riley montra son badge et se présenta :

— Je viens voir la représentante Hazel Webber, dit-elle.

Le garde parla dans son micro, puis il s'approcha à nouveau de Riley.

— Mme Webber dit qu'il doit y avoir une erreur, dit-il. Elle ne vous attend pas.

Riley lui adressa un large sourire.

— Oh, elle est occupée en ce moment ? Ce n'est pas grave : je ne suis pas pressée. J'attendrai qu'elle ait le temps.

Le garde fronça les sourcils, sans doute pour l'intimider.

— J'ai bien peur de devoir vous demander de partir, madame, dit-il.

Riley haussa les épaules et fit comme si elle n'avait pas compris :

— Vraiment, ça ne me dérange pas du tout. Je peux l'attendre.

Le garde s'éloigna et parla à nouveau dans son micro. Après avoir foudroyé Riley du regard, il retourna dans sa cahute et ouvrit le portail. Au volant de sa voiture, Riley entra dans le domaine.

Elle passa devant un pré couvert de neige, où deux chevaux trottaient. C'était un spectacle très apaisant.

La maison au bout de l'allée était plus grande qu'elle ne s'y attendait – un manoir contemporain. Il y avait d'autres bâtiments bien entretenus de l'autre côté d'une colline.

Un homme asiatique l'accueillit sans un mot à la porte. Il était assez grand et fort pour être un sumo. Son costume de majordome lui donnait l'air presque grotesque tant il semblait inapproprié. Il conduisit Riley dans un couloir dont le parquet était d'un riche bois brun-rouge.

Une petite femme morne prit le relais et fit entrer Riley dans un bureau sinistrement propre et bien tenu.

— Attendez ici, dit-elle.

Elle sortit, en fermant la porte derrière elle.

Riley s'assit devant le bureau. Les minutes passèrent. Riley fut tentée plusieurs fois de jeter un coup d'œil aux documents qui se trouvaient sur le bureau ou dans l'ordinateur. Mais il y avait très probablement des caméras de sécurité.

Enfin, la représentante Hazel Webber entra dans le bureau.

C'était une femme grande, mince mais intimidante. Elle ne semblait pas assez âgée pour siéger au Congrès aussi longtemps que Riley ne l'avait supposé – et certaine pas assez âgée pour avoir une fille à l'université. La raideur de ses traits tenait peut-être de l'habitude ou trahissait l'usage du Botox – ou les deux.

Riley se rappela l'avoir vue à la télévision. Quand elle rencontrait quelqu'un qu'elle avait déjà vu dans une émission de télé, elle était souvent frappée par les différences. Etonnamment, Hazel Webber semblait exactement la même, comme si elle était réellement une personne en deux dimensions – anormalement creuse.

Sa tenue étonna Riley. Pourquoi portait-elle une veste par-dessus son pull ? Il faisait assez chaud.

Ça fait partie de son style, je suppose, pensa Riley.

La veste lui donnait l'air plus formel et plus professionnel qu'un pull et un pantalon. C'était une sorte d'armure, une protection contre le contact humain.

Riley se leva pour se présenter, mais Webber parla la première.

— Agent spécial Riley Paige de Quantico, dit-elle. Je sais.

Sans ajouter un mot, elle s'assit à son bureau.

— Que venez-vous me dire ? demanda Webber.

Une bouffée d'inquiétude remonta dans la poitrine de Riley. Bien sûr, elle n'avait rien à dire à la représentante. Toute cette visite n'était qu'un coup de poker, et Riley comprit soudain que Webber n'était pas le genre de femme à se laisser manipuler. Riley allait devoir marcher sur des œufs.

— En fait, je suis là pour vous demander des informations, dit Riley. Vous mari est à la maison ?

— Oui, dit la femme.

— Serait-il possible de vous parler à tous les deux ?

— Il sait que vous êtes là.

Sa réponse déstabilisa Riley, mais elle prit soin de ne pas le montrer. La femme l'épinglait de son regard bleu et froid. Riley ne broncha pas. Elle se contenta de lui renvoyer son regard fixe, en se préparant à répondre coup pour coup.

Elle dit :

— L'Unité d'Analyse Comportementale enquête sur une recrudescence inhabituelle de suicides présumés à Byars.

— De suicides *présumés* ? répéta Webber en haussant un sourcil. Je ne parlerais pas en ces termes du suicide de Deanna. Mon mari et moi, nous ne présumons de rien. La mort de notre fille est bien réelle.

Riley eut l'impression que la température dans la pièce chutait de quelques degrés. Webber n'avait pas trahi la moindre émotion en évoquant le suicide de sa propre fille.

Elle a de la glace dans les veines, pensa Riley.

— J'aimerais savoir ce qui s'est passé, dit-elle.

— Pourquoi ? Je suis sûre que vous avez lu le rapport.

Bien sûr, ce n'était pas le cas, mais Riley devait continuer de bluffer.

— J'aimerais l'entendre de votre bouche, dit-elle.

Webber ne répondit pas pendant quelques secondes. Son regard fixe ne quittait pas celui de Riley.

— Deanna a eu un accident en faisant de l'équitation l'été dernier, dit Webber. Sa hanche était très abimée. Il aurait fallu la remplacer. Pour elle, l'équitation et la compétition, c'était terminé. Elle était bouleversée.

Webber se tut.

— Elle prenait de l'oxycodone pour la douleur. Elle a fait une overdose, délibérément. C'était intentionnel. Il n'y a rien à dire de plus.

Riley sentit que Webber lui cachait volontairement quelque chose.

— Où ça s'est passé ?

— Dans sa chambre, dit Webber. Elle était dans son lit. Le médecin légiste dit qu'elle est morte d'un arrêt respiratoire. Elle avait l'air endormi quand la bonne l'a trouvée.

Et puis, Webber cligna des yeux.

Elle cligna des yeux.

Dans la bataille des volontés qui l'opposait à Riley, elle venait de perdre du terrain.

Elle ment ! comprit Riley.

Son pouls s'accéléra.

Maintenant, Riley devait presser son avantage, en posant exactement les bonnes questions.

Mais avant que Riley n'ait eu le temps de reprendre la parole, la porte du bureau s'ouvrit. La femme qui avait conduit Riley dans la pièce entra.

— Mme la représentante, j'aimerais vous dire un mot, dit-elle.

Webber eut l'air soulagé. Elle se leva et suivit son assistante dans le couloir.

Riley prit de longues inspirations.

Si seulement elle n'avait pas été interrompue…

Son avantage s'était envolé.

Quand Webber reviendrait, Riley devrait tout recommencer.

Au bout de moins d'une minute, Webber revint. Elle semblait avoir retrouvé son assurance.

Debout près de la porte ouverte, elle dit :

— Agent Paige, si c'est bien vous, j'ai bien peur de devoir vous demander de partir.

Riley avala sa salive.

— Je ne comprends pas.

— Mon assistante vient d'appeler Quantico. Ils n'ont aucune enquête en cours concernant des suicides à Byars. Alors qui que vous soyez…

Riley sortit son badge.

— Je suis l'agent spécial Riley Paige, dit-elle avec détermination. Et je vais faire tout mon possible pour que le FBI ouvre cette enquête.

Elle sortit du bureau en passant devant Hazel Webber.

En traversant la maison, elle sut qu'elle venait de se faire un ennemi – et un ennemi dangereux.

Hazel Webber n'était pas un psychopathe avec un penchant pour les chaînes, les couteaux, les pistolets ou les chalumeaux.

C'était une femme qui n'avait pas de conscience. Ses armes, c'étaient l'argent et le pouvoir.

Riley préférait un ennemi qu'elle pouvait frapper ou blesser d'un coup de pistolet. Pourtant, elle était prête à affronter Webber et ses menaces.

Elle m'a menti sur sa fille, se répétait Riley.

Et maintenant, Riley était bien décidée à découvrir la vérité.

La maison semblait vide, à présent. Riley fut surprise de ne croiser pas âme qui vive. A croire qu'elle aurait pu cambrioler le manoir.

Elle sortit, rentra dans sa voiture et démarra.

En s'approchant du portail, elle vit qu'il était fermé. Le garde qui l'avait laissée entrer et l'impressionnant majordome se tenaient juste devant. Les bras croisés, ils étaient visiblement en train de l'attendre.

CHAPITRE SEPT

Les deux hommes avaient l'air menaçant, mais aussi un peu ridicule. C'était le plus petit qui portait un uniforme de gardien, tandis que son collègue, beaucoup impressionnant par la taille, était engoncé dans un costume de majordome.

Deux clowns dans un cirque, pensa Riley.

Elle savait pourtant qu'ils n'essayaient pas d'être drôles.

Elle se gara à côté d'eux et fit descendre sa fenêtre pour les interpeller :

— Il y a un problème, messieurs ?

Le garde s'approcha de sa portière. Le majordome se pencha à la fenêtre, côté passager.

Il lui parla d'une voix de basse grondante :

— Mme Webber souhaiterait dissiper un malentendu.

— Quel malentendu ?

— Elle aimerait vous faire comprendre que les fouineurs ne sont pas les bienvenus chez elle.

C'était plus clair.

Webber et son assistante étaient arrivées à la conclusion que Riley était un imposteur, pas un agent de FBI. Ils la soupçonnaient d'être une journaliste en train d'écrire un dossier sur la représentante.

Et ces deux types devaient avoir l'habitude de chasser les journalistes indiscrets.

Riley sortit à nouveau son badge.

— En effet, il y a un malentendu, dit-elle. Je suis vraiment un agent spécial du FBI.

Le grand type esquissa un sourire narquois. Il croyait visiblement que le badge était faux.

— Sortez du véhicule, s'il vous plait, dit-il.

— Non merci, répondit Riley. Je vous prie d'ouvrir ce portail.

Riley n'avait pas fermé sa portière à clé. Le grand type l'ouvrit.

— Sortez du véhicule, répéta-t-il.

Riley étouffa un grognement.

Ça va mal finir, pensa-t-elle.

Riley sortit de sa voiture et ferma la portière. Les deux hommes s'arrêtèrent à quelques pas d'elle, chacun de son côté.

Riley se demanda lequel d'entre eux ferait le premier geste.

Puis le grand type fit craquer ses doigts et s'approcha.

Riley fit la moitié du chemin. Elle l'attrapa par le col et par sa manche gauche, puis le fit basculer. Elle pivota sur son pied gauche et se pencha en avant. Elle sentit à peine l'énorme poids du majordome voler par-dessus son dos. Il s'écrasa bruyamment sur la portière de sa voiture, puis face contre terre.

C'est la voiture qui a tout pris, pensa-t-elle avec incrédulité.

L'autre venait en renfort. Elle se tourna vers lui.

Elle lui envoya un coup de pied entre les jambes. Quand il se plia en deux avec un grognement, Riley sut que l'altercation était terminée.

Elle dégaina le pistolet que le garde avait à la ceinture.

Puis elle balaya du regard son travail.

Le majordome gisait au pied de la voiture, le costume tout froissé, et la dévisageait avec un mélange de terreur et d'incrédulité. La portière était abîmée, mais ce n'était pas trop grave. Le garde en uniforme était à quatre pattes, le souffle court.

Elle lui tendit son arme en lui présentant la crosse.

— Vous avez égaré ceci, dit-elle d'un ton aimable.

D'une main tremblante, il tendit la main pour prendre son pistolet.

Riley ne le laissa pas faire.

— Non, non, dit-elle. Pas avant que vous n'ouvriez le portail.

Elle l'aida à se relever. Il tituba vers sa cahute et poussa le bouton actionnant le portail. Riley marcha vers sa voiture.

— Excusez-moi, dit-elle au majordome.

L'air terrifié, l'homme rampa sur le côté, comme un crabe géant, pour laisser passer Riley. Elle rentra dans sa voiture et passa le portail, non sans jeter le pistolet par la fenêtre.

Ils savent que je ne suis pas journaliste, maintenant, pensa-t-elle.

Et ils ne manqueraient pas d'en informer la représentante.

*

Environ deux heures plus tard, Riley se garait sur le parking de l'Unité d'Analyse Comportementale. Elle resta assise quelques minutes derrière son volant. Elle n'était pas revenue depuis le début de son congé… Et elle ne pensait pas revenir aussi vite. C'était une sensation étrange.

Elle coupa le moteur, récupéra ses clés, sortit de la voiture et rentra dans le bâtiment. Sur le chemin de son bureau, des amis et des collègues la saluèrent avec un mélange de surprise, d'amabilité et de retenue.

Elle s'arrêta devant le bureau de son partenaire habituel, Bill Jeffreys, mais il n'était pas là. Il devait travailler sur une affaire avec quelqu'un d'autre.

En y pensant, elle ressentit une pointe de tristesse – et même de jalousie.

A bien des égards, Bill était le meilleur ami qu'elle avait dans ce monde.

Mais c'était peut-être aussi bien qu'il ne soit pas là. Bill ne savait pas qu'elle était de nouveau avec Ryan. Ça ne lui plairait pas. Il lui avait trop souvent tenu la main pendant la séparation et le divorce. Il aurait du mal à croire que Ryan avait changé.

En poussant la porte de son bureau, elle se sentit obligée de vérifier qu'elle était au bon endroit. Tout était trop propre et bien organisé. Avaient-ils donné son bureau à un autre agent ? Quelqu'un travaillait-il ici en son absence ?

Riley ouvrit un tiroir. C'étaient bien ses dossiers, mais tout était mieux classé.

Qui aurait pris le temps de ranger ?

Sans doute pas Bill. Bill aurait su qu'il ne fallait toucher à rien.

Lucy Vargas, peut-être.

Lucy était un jeune agent qui avait travaillé avec elle et Bill. Si c'était bien elle la coupable, elle l'avait fait avec de bonnes intentions.

Riley s'assit à son bureau quelques minutes.

Des images remontèrent à la surface – le cercueil de la fille, ses parents bouleversés et le cauchemar de ce corps pendu entouré de souvenirs. Elle se rappela également la manière dont le doyen de Byars avait évité ses questions et les mensonges de Hazel Webber.

Elle avait promis à Hazel Webber qu'on ouvrirait une enquête. C'était le moment de tenir cette promesse.

Elle décrocha le combiné du téléphone sur son bureau et appela son patron, Brent Meredith.

Quand le chef d'équipe décrocha, elle dit :

— Monsieur, c'est Riley Paige, j'aimerais savoir si…

Elle était sur le point de lui demander une entrevue, quand la voix de tonnerre répondit :

— Agent Paige, dans mon bureau, je vous prie.

Riley frissonna.

Meredith lui en voulait.

CHAPITRE HUIT

En se précipitant dans le bureau de Brent Meredith, Riley le trouva debout devant la porte.

— Fermez derrière vous, dit-il. Asseyez-vous.

Riley fit ce qu'on lui demandait.

Toujours debout, Meredith ne parla pas pendant quelques minutes. Il se contenta de fusiller Riley du regard. C'était un homme grand, au visage sombre et anguleux. Même quand il était de meilleure humeur, il était intimidant.

Et il n'était pas de bonne humeur.

— Il y a quelque chose que vous aimeriez me dire, Agent Paige ? demanda-t-il.

Riley avala sa salive. Il avait dû entendre parler de ses investigations.

— Vous devriez peut-être commencer, monsieur, dit-elle faiblement.

Il s'approcha.

— Je viens de recevoir deux plaintes venues d'en-haut, dit-il.

La gorge de Riley se serra. D'en-haut ? Cela signifiait que les plaintes venaient de l'agent spécial chargé d'enquête Carl Walder lui-même – un méprisable petit homme qui avait déjà suspendu Riley plusieurs fois pour insubordination.

Meredith grogna :

— Walder a reçu un coup de téléphone du doyen d'une petite université.

— Oui, Byars. Mais si vous me laissiez vous expliquer…

Meredith l'interrompit.

— Le doyen dit que vous êtes entrée dans son bureau et que vous avez fait d'absurdes allégations.

— Ce n'est pas exactement ce qui s'est passé, monsieur, supplia Riley.

Mais Meredith enchaîna :

— Walder a aussi reçu un coup de téléphone de la représentante Hazel Webber. Elle dit que vous êtes venue chez elle pour la harceler, en lui racontant que vous étiez sur une affaire qui n'existe pas. Et vous avez agressé deux membres de son personnel. Vous les avez menacés avec une arme à feu.

Riley se raidit.

— Ce n'est vraiment pas ce qui s'est passé, monsieur.

— Alors que s'est-il passé ?

— C'était l'arme du gardien, lâcha-t-elle maladroitement.

Dès que les mots eurent quitté sa bouche, Riley réalisa ce qu'elle venait de dire…

C'est sorti de travers.

— J'essayais de lui rendre ! dit-elle.

Encore une fois, elle sut…

Ça ne va pas m'aider.

Un long silence passa.

Meredith prit une grande inspiration. Enfin, il dit :

— J'espère que vous avez une bonne explication, Agent Paige.

Riley prit une grande inspiration.

— Monsieur, il y a eu trois morts suspectes à Byars, pendant l'année universitaire. Ce sont officiellement des suicides, mais je n'y crois pas.

— C'est la première fois que j'entends parler de ça, dit Meredith.

— Je comprends, monsieur. Et je suis justement venue vous en parler.

Meredith ne répondit pas. Il attendait visiblement de plus amples explications.

— Une amie de ma fille avait une sœur à Byars : Lois Pennington, en première année. Sa famille l'a trouvée pendue dans le garage dimanche dernier. Sa sœur ne croit pas au suicide. J'ai interrogé ses parents et…

Meredith hurla si fort qu'on l'entendit certainement dans le couloir :

— Vous avez interrogé ses parents ?

— Oui, monsieur, répondit Riley à voix basse.

— Ai-je besoin de vous rappeler que ce n'est pas une affaire pour le FBI ?

— Non, monsieur, dit Riley.

— En fait, pour ce que j'en sais, ce n'est une affaire pour personne.

Riley ne sut que dire.

— Que vous ont dit les parents ? demanda Meredith. Ils croient au suicide ?

— Oui, dit Riley d'une voix étouffée.

Cette fois, c'était Meredith que ne savait visiblement plus que dire. Il secoua la tête avec incrédulité.

— Monsieur, je sais ce que vous pensez, mais le doyen de

Byars cache quelque chose. Et Hazel Webber m'a menti sur la mort de sa propre fille.

— Comment le savez-vous ?

— Je le sais, c'est tout !

Riley adressa à Meredith un regard implorant.

— Monsieur, après toutes ces années, vous savez que j'ai de bonnes intuitions. Quand je le sens, j'ai presque toujours raison. Il faut me faire confiance. Il y a quelque chose qui cloche dans cette histoire de suicides.

— Riley, vous savez que ce n'est pas comme ça que ça marche.

Riley sursauta. Meredith l'appelait très rarement par son prénom – uniquement quand il s'inquiétait pour elle. Elle savait qu'il l'appréciait et la respectait beaucoup, et c'était réciproque.

Il se pencha par-dessus son bureau et haussa les épaules d'un air agacé.

— Vous avez peut-être raison ou vous avez peut-être tort, dit-il en soupirant. Dans un cas comme dans l'autre, je ne peux pas ouvrir une enquête parce que vous avez une intuition. Il me faut beaucoup plus que ça.

Meredith la couva d'un regard inquiet.

— Agent Paige, vous avez traversé beaucoup d'épreuves récemment. Vous avez travaillé sur des affaires dangereuses. Et votre partenaire a failli mourir d'un empoisonnement la dernière fois. Et votre famille vient de s'agrandir. Et…

— Et quoi ? demanda Riley.

Meredith se tut, avant de répondre :

— Je vous ai donné un congé il y a un mois. Vous aviez l'air de penser que c'était une bonne idée. La dernière fois que nous avons parlé, vous m'avez même demandé de lever le pied. Je crois que c'est le mieux. Prenez tout le temps dont vous avez besoin. Il vous faut du repos.

Riley était abattue et découragée, mais elle savait aussi qu'il ne servait à rien d'insister. En vérité, Meredith avait raison. Il ne pouvait tout simplement pas ouvrir une enquête sur la base de ce qu'elle lui avait dit, encore moins s'il devait répondre à un écœurant bureaucrate comme Walder.

— Je suis désolée, monsieur, dit-elle. Je vais rentrer chez moi.

Elle se sentit terriblement seule en quittant le bureau de Meredith et en sortant du bâtiment. Mais elle n'était pas prête à oublier ses soupçons. Son intuition était bien trop forte. Elle savait qu'elle devait faire quelque chose.

Commençons par le commencement, pensa-t-elle.

Il devait obtenir des informations. Elle devait prouver que quelque chose n'allait pas.

Mais comment allait-elle faire ça toute seule ?

*

Riley rentra à la maison une demi-heure avant le diner. Elle trouva Gabriela dans la cuisine, en train de préparer une de ses délicieuses spécialités guatémaltèques – *gallo en perro*, un ragout épicé.

— Les filles sont à la maison ? demanda-t-elle.

— *Sí.* Elles sont en train de faire leurs devoirs ensemble dans la chambre d'April.

Riley en fut soulagée. A la maison, au moins, elle ne se débrouillait pas si mal.

— Et Ryan ? demanda-t-elle.

— Il a appelé. Il rentre tard.

Riley fut soudain plus mal à l'aise. Cette réponse lui rappelait des mauvais moments passés avec Ryan. Elle se dit qu'elle n'avait pas à s'inquiéter. Ryan avait un travail très prenant. Et puis, le métier de Riley l'obligeait souvent à rester loin de sa famille.

Elle monta à l'étage et alluma son ordinateur. Elle fit une recherche sur la mort de Deanna Webber, mais elle ne trouva rien qu'elle ne savait déjà. Puis elle chercha des informations sur Cory Linz, l'autre fille qui était morte. Une fois encore, il n'y avait pas grand-chose.

Elle fit une recherche sur les avis de décès qui mentionnaient Byars. Elle en trouva six. Une personne était morte à l'hôpital des suites d'un cancer. Sur trois autres, elle reconnut les photos de Deanna Webber, Lois Pennington et Cory Linz. Mais elle ne reconnut pas le jeune homme et la jeune femme des deux derniers avis de décès. Ils s'appelaient Kirk Farrell et Constance Yoh. Ils étaient en deuxième année au moment du décès.

Bien sûr, aucun avis ne précisait que c'était un suicide. La plupart étaient très vagues sur la cause de la mort.

Riley s'appuya sur son dossier et soupira.

Elle avait besoin d'aide, mais vers qui se tourner ? Elle ne pouvait pas contacter les techniciens de Quantico.

Elle frémit en pensant à Shane Hatcher.

Non, pas lui, pensa-t-elle.

Le génie criminel qui s'était échappé de Sing Sing lui était déjà venu en aide plus d'une fois. Quand on avait demandé à Riley de l'appréhender, son échec – ou ses réticences – avait entraîné la consternation de ses supérieurs à Quantico.

Elle savait très bien comment le contacter.

En fait, elle pouvait le faire immédiatement, depuis son ordinateur.

Non, pensa Riley en frissonnant. *Hors de question.*

Mais vers qui pouvait-elle se tourner ?

Elle se rappela ce que lui avait dit Hatcher quand elle s'était retrouvée dans une situation similaire.

« Je pense que vous savez à qui il faut s'adresser au FBI quand on est persona non grata. *Il faut parler à quelqu'un qui se fiche des règles. »*

Un frisson d'excitation lui parcourut l'échine.

Elle savait exactement qui pourrait l'aider.

CHAPITRE NEUF

Riley ramassa son téléphone et composa un numéro.

Une voix répondit :

— Roff à l'appareil.

Le geek socialement inapte était technicien analyste au bureau de terrain du FBI à Seattle. Van Roff avait aidé Riley à résoudre sa dernière affaire et, comme de nombreux geeks qu'elle connaissait au FBI, il sautait sur la moindre occasion de contourner les règles.

Riley expliqua avec agitation :

— Van, j'ai besoin de votre aide. Et je crains que ce ne soit pas très bien vu par les pouvoirs en place.

Avant que Riley n'ait eu le temps d'en dire davantage, Roff la coupa bruyamment :

— Eh, Rufus, mon pote ! Comment ça va à Cancun ? J'espère que tu te protèges. Va pas nous choper une maladie tropicale, si tu vois ce que je veux dire. Tu mets bien une capote ?

Stupéfaite, Riley bafouilla :

— Heu, quoi ?

Roff dit :

— Bon, Rufus, je suis sûr que t'as tout un tas d'histoire juteuses à me raconter. J'ai hâte d'en savoir plus. Moi, j'ai la sexualité d'un vicaire. Mais je peux pas te parler maintenant. Je te rappelle.

Il raccrocha.

Riley fixa son téléphone du regard. Elle mit quelques instants à comprendre.

Bien sûr. Il n'était seul.

Les supérieurs de Roff devaient le garder à l'œil. Peut-être même qu'ils espionnaient ses conversations téléphoniques ou ses activités sur son ordinateur.

C'était un jeu auquel le geek aimerait jouer. Il serait même tout excité de relever le défi et de faire exactement ce qu'il voudrait.

Riley était certaine qu'il allait la recontacter. Elle espéra que ce ne serait pas trop long.

*

Peu après, Riley rejoignit Gabriela, April et Jilly à table pour le diner.

— Alors, ça avance, ton affaire ? demanda April avec enthousiasme.

— Ce n'est pas vraiment une affaire, dit Riley.

— Mais tu y travailles, non ? Tu essayes de savoir ce qui est arrivé à ces filles ?

Riley hésita. Que pouvait-elle dire à April de ses activités ?

— J'y travaille, dit-elle, mais je ne veux pas en parler pour le moment.

Le sourire d'April la rasséréna. Au moins, sa fille n'était plus fâchée contre elle. Riley espérait seulement qu'April ne serait pas déçue. Même si Riley était maintenant certaine qu'il y avait matière à investigation, elle était encore loin de faire des progrès. Elle devait en apprendre beaucoup plus pour que ça devienne une affaire officielle au FBI. Et pour cela, il fallait fouiller dans les placards des familles des victimes.

April et Jilly discutaient joyeusement de choses et d'autres. April sortit son téléphone et fit apparaître sur son écran des questions de contrôle. Elle interrogea Jilly pour vérifier qu'elle avait bien révisé.

— Les filles, pas pendant le diner, s'il vous plait, dit Riley.

Elle fut surprise que Gabriela la contredise :

— Non, c'est très bien. C'est bien de réviser, à table ou ailleurs.

Riley sourit. Oui, Gabriela avait sûrement raison. Gabriela voyait Jilly hésiter entre une vie de misère et une vie de bonheur. Elle savait que l'école et une bonne éducation pouvaient faire la différence.

Riley dit :

— Bon, d'accord, révisez. Où vous voulez, quand vous voulez.

Elle était heureuse que les filles s'entendent bien. Et Jilly aimait de plus en plus l'école.

Le téléphone de la maison sonna pendant le repas. Riley se leva et répondit. C'était Ryan.

— Salut, dit-elle. Tu es en route ? J'ai gardé ton assiette.

— Je crois que je vais rentrer très tard, dit-il. J'ai énormément de travail à faire. J'espère que ce n'est pas grave.

Riley étouffa un soupir.

— Ce n'est pas grave, dit-elle.

Elle raccrocha et retourna dans la cuisine.

— C'était Papa ? demanda April. Il rentre quand ?

— Il dit qu'il revient tard, dit Riley en se rasseyant.

Le sourire d'April disparut.

Riley eut un pincement au cœur. Elle savait que Ryan était souvent surchargé de travail. Comme elle, il était souvent absent.

Mais elle et April avaient toutes deux de mauvais souvenirs. Ryan n'avait pas toujours fait très attention à sa famille. Tout se passait bien ces derniers temps. Ryan semblait un homme nouveau. Riley espérait que c'était vrai.

*

Dans la nuit, Riley reçut un texto de Van Roff. Il lui donnait son adresse pour une conversation vidéo, en lui disant qu'il pouvait parler. Riley l'appela. A sa grande satisfaction, la large silhouette de Roff apparut sur son écran.

— Eh, Rufus ! s'exclama-t-il. Comment vous trouvez Cancun ? Vous avez une bonne réserve de capotes ?

— Très drôle, dit Riley.

— Alors, qu'est-ce que vous faites qui déplait tant que ça aux pouvoirs en place ?

— J'enquête sur des morts suspectes dans une école près d'ici. L'université Byars.

— Je suppose que ce n'est pas une enquête officielle, sinon vous passeriez par Quantico.

— Officiellement, ce sont des suicides. Si c'est vrai, les suicides sont cinquante-sept fois plus fréquents à Byars que dans les autres universités.

Roff se gratta le menton.

— Une aberration ? proposa-t-il.

— J'ai l'intuition qu'il y a une autre explication.

Roff hocha la tête.

— Les aberrations, ce sont des aberrations. Les intuitions, ce sont des intuitions. Et je préfère les intuitions aux statistiques.

Riley vit que Roff se mettait déjà au travail : il pianota sur son clavier.

— Byars, vous dites ? A Washington ?

— C'est ça. J'ai interrogé le doyen Willis Autrey, mais il n'était pas très coopératif. J'ai aussi parlé à la représentante Hazel Webber, la mère d'une des victimes. Elle cache quelque chose. Et elle m'a envoyé deux armoires à glace pour me donner une bonne leçon.

Roff pianotait toujours.

— Et ça a marché ?

— Pas très bien.

Roff étouffa un rire.

— J'aurais bien aimé voir ça.

Il cessa soudain d'écrire et dit :

— D'accord. Je vois les avis de décès dont vous parlez.

Riley dit.

— Pennington, Webber et Linz, ce sont officiellement des suicides. Je ne sais rien sur Kirk Farrell et Constance Yoh. Ils étaient en deuxième année.

Riley tapa quelques commandes, puis s'arrêta. Il eut l'air surpris.

— Bordel ! s'exclama-t-il.

— Que se passe-t-il ?

Roff secoua la tête d'un air incrédule.

— Le doyen vous a dit qu'il n'y avait eu que trois suicides cette année à Byars ?

— Il ne m'a rien dit du tout.

— Eh bien, il va falloir revoir vos chiffres. C'est plutôt quatre-vingt-seize fois la moyenne nationale.

Roff expliqua :

— Il y a eu cinq suicides depuis le début de l'année universitaire, pas trois. Kirk Farrell se serait tué d'une balle dans la tête, chez lui, à Atlanta. Constance Yoh s'est pendue chez elle, pas loin de Washington.

Riley resta bouche bée.

— Cinq, pas trois.

— Le suicide, ça peut être contagieux, surtout chez les jeunes qui vivent dans le même environnement.

— Je sais, dit Riley, mais je ne pense pas que ce soit la raison.

— Alors, vous avez un gros problème sur les bras.

— Van, envoyez-moi ce que vous avez. Et vous pourriez me donner les coordonnées des familles que je ne connais pas déjà ?

— Je m'en occupe. Je vous envoie ça dans une minute.

Riley remercia Roff pour son aide et raccrocha. Elle resta assise quelques minutes à réfléchir à ce qu'elle venait d'apprendre. Avait-elle maintenant suffisamment d'informations pour convaincre Meredith d'ouvrir une enquête ?

Elle soupira. Sans doute pas. Du moins, pas tant que Walder se plaindrait. Il fallait trouver mieux. Et elle devait marcher sur des œufs.

Mais il était tard, et elle ne pouvait rien faire de plus pour le moment.

*

Riley ne passa pas une très bonne nuit. Ryan n'était pas rentré du tout : il lui avait envoyé un texto pour la prévenir qu'il passait la nuit chez lui, puis qu'il irait à Washington le lendemain.

Le lendemain matin, après le départ des enfants à l'école, elle s'assit pour étudier les nouvelles informations qu'elle avait appris sur la mort des étudiants. Elle se demanda quelle pourrait être sa prochaine étape.

Devait-elle contacter les autres familles ?

L'idée la fit frémir. Ses visites chez les Pennington et les Webber avaient été catastrophiques. Elle n'avait aucune raison de penser qu'elle se débrouillerait mieux avec les autres.

Mais que pouvait-elle faire d'autre ?

Elle ressembla son courage, ramassa son téléphone et composa le numéro de la famille de Cory Linz.

L'homme qui répondit se présenta sous le nom de Conrad Linz.

Riley dit :

— M. Linz, c'est l'agent spécial Riley Paige du FBI, et…

Conrad l'interrompit :

— Le FBI ! C'est à propos de la mort de notre fille ?

— Oui, c'est bien ça. Vous voyez…

— Attendez une seconde. J'appelle ma femme.

Riley l'entendit crier :

— Olivia, c'est le FBI !

Quelques secondes plus, la femme était également en ligne.

— Oh, s'il vous plait, dites-moi que vous enquêtez sur ce qui est arrivé à notre pauvre Cory !

Son mari ajouta :

— Ni la police, ni l'école n'ont voulu nous aider.

Riley avala sa salive. Que pouvait-elle leur dire ?

— Cela m'ennuie de discuter de ça au téléphone, dit-elle enfin. Puis-je passer vous voir chez vous ? Ce matin, peut-être ?

Conrad dit :

— Je me préparais à partir travailler, mais je vais rester à la maison pour vous attendre.

— Je serai là aussi, dit Olivia.

— Bien. Je vois que vous habitez Mirabel. Je pars de

Fredericksburg. Je serai bientôt là.

Le couple la remercia vivement. A les entendre, ils étaient peut-être en larmes.

Quand Riley raccrocha, elle n'était pas loin de pleurer, elle aussi.

Elle monta d'un pas lourd dans sa chambre et se prépara. Elle était peut-être sur le point de faire une découverte capitale.

Mais qu'allait-elle leur dire ? Allait-elle mentir à nouveau et leur dire qu'elle enquêtait pour le FBI ? Ou allait-elle leur dire la vérité, c'est-à-dire qu'elle enquêtait seule, dans son coin et contre les ordres de ses supérieurs ?

CHAPITRE DIX

Ça circulait beaucoup entre Fredericksburg et Mirabel. Tout en conduisant, Riley se demandait ce qu'elle allait dire aux Linz.

C'était une chose de rouler ses supérieurs – elle évitait parfois de dire la vérité à Brent Meredith lui-même. Ses collègues savaient qu'elle suivait ses propres règles. Et Riley connaissait et acceptait les conséquences professionnelles qui en découlaient – réprimandes ou même suspensions. Cela faisait partie du jeu. Ses méthodes peu orthodoxes avaient prouvé leur efficacité.

Mais pouvait-elle mentir à un couple qui avait perdu sa fille ?

C'était une limite qu'elle ne se souvenait pas d'avoir franchi.

Pourtant, plus elle y pensait, plus elle comprenait qu'elle n'avait pas le choix. Si elle avouait qu'elle enquêtait sans l'appui du FBI, les Linz seraient stupéfaits et peut-être même horrifiés.

Si elle obtenait suffisamment d'informations, elle pourrait enfin convaincre Meredith d'ouvrir une enquête.

Si seulement la fin justifiait les moyens…

En s'engageant dans la ville de Mirabel, Riley constata que les maisons étaient proprettes et les pelouses bien entretenues. Même avec de la neige, on aurait dit un village de poupées. Comme les maisons voisines, celle des Linz était un bâtiment en briques de style colonial, avec un porche très accueillant.

Je ne savais pas qu'ils faisaient encore des maisons comme ça, pensa Riley.

Olivia Linz lui ouvrit la porte. C'était une femme grande, impeccablement habillée, aux cheveux courts bien peignés. Elle avait le teint un peu rougeaud. Riley fut surprise de la voir sourire.

— Entrez donc ! dit-elle avant que Riley n'ait eu le temps de se présenter ou de montrer son badge.

Elle conduisit Riley dans un salon avec une grande hauteur sous plafond et un feu dans la cheminée. Le mari d'Olivia, Conrad, était également grand, bien habillé et étonnamment rayonnant. Il se leva et serra la main de Riley. Comme sa femme, il lui adressa un doux sourire.

— Asseyez-vous, je vous en prie ! dit-il.

— Vous voulez quelque chose à boire ? demanda Olivia. J'ai de la tisane : citron, cynorhodon et menthe poivrée.

Riley était un peu décontenancée. Les Linz la traitaient comme s'il s'agissait d'une visite de courtoisie. Elle n'avait pas l'habitude de recevoir un tel accueil dans une famille qui venait de perdre un proche. Pour une raison ou pour une autre, elle ne voulut pas refuser :

— Oui, j'aimerais beaucoup une tisane, merci, dit-elle.

Olivia disparut dans la cuisine. Riley remarqua deux pianos disposés l'un contre l'autre au bout de la pièce. Conrad suivit son regard.

— Olivia est professeur de piano, expliqua-t-il. Elle fait des récitals de temps en temps. Elle est très douée. J'aurais bien aimé avoir du talent pour la musique. Je n'étais pas mauvais au saxophone quand j'étais gamin, mais ça n'a mené à rien. Je n'ai pas la fibre artistique, contrairement à Olivia. Alors, je suis devenu comptable. Les chiffres sont très ennuyeux, tout comme moi, j'en ai bien peur.

Il laissa échapper un rire d'autodérision.

Riley était de plus ne plus étonnée.

Il me fait la conversation ? se demanda-t-il. *Alors que je viens pour parler de la mort de sa fille ?*

Riley se demanda presque si elle était à la bonne adresse. Peut-être qu'il s'agissait d'un malentendu sordide et embarrassant.

Cependant, Riley se força à sourire.

Olivia revint avec un plateau argenté, une théière et trois tasses en porcelaine. Elle s'assit, posant le plateau à un endroit stratégique, où tout le monde pourrait l'attendre. Riley se versa du thé et sirota une gorgée. C'était délicieux, mais elle aurait préféré boire quelque chose avec de la caféine.

— Maintenant, dites-nous..., commença Olivia d'un ton impatient. Pourquoi le FBI s'intéresse à ce qui est arrivé à la pauvre Cory ?

— Oui, nous sommes surpris, renchérit son mari. Les policiers étaient vraiment fermés d'esprit. Et nous pensions que le FBI enquêtait uniquement si la police réclamait de l'aide.

Ils avaient l'air à la fois optimiste et excité.

C'était une situation surréaliste. Au téléphone, elle les avait trouvés dans tous leurs états. Où était passée l'émotion ?

— Oui, c'est le cas, en général, commença Riley d'une voix hésitante. Mais cette situation est...

Elle se tut.

Le regard brillant et alerte du couple – les yeux bleus d'Olivia, les yeux verts de Conrad – la prenait totalement au dépourvu.

Riley réalisa soudain quelque chose.

Les réactions émotionnelles des Linz lui paraissaient peut-être étranges mais…

Ils sont sincères. Complètement honnêtes.

Elle ne pouvait tout simplement pas leur mentir.

— M. et Mme Linz…

— Conrad, s'il vous plait, dit le mari.

— Et Olivia, ajouta la femme.

Riley se tut une seconde, en se demandant quel était le meilleur moyen de leur dire la vérité. Elle sortit son badge et le leur montra.

— Je dois vous expliquer quelque chose, dit-elle. Tout d'abord, je vous prie de croire que je suis réellement un agent du FBI, de l'Unité d'Analyse Comportementale de Quantico. Mais, la vérité, c'est que nous n'enquêtons pas sur la mort de votre fille au FBI. Pas officiellement et pas pour le moment, du moins. Ce n'est pas une visite officielle. En fait…

Riley avala sa salive. Pour une raison ou pour une autre, elle ressentait le besoin d'être parfaitement honnête.

— Je ne suis pas censée enquêter sur la mort de votre fille.

Olivia et Conrad penchèrent la tête d'un air surpris. Ni l'un, ni l'autre ne parut s'inquiéter ou s'agacer.

— Je ne suis pas sûre de comprendre, dit Olivia.

— Moi non plus, renchérit son mari.

— Eh bien, disons que c'est personnel. Je suis là en mon nom uniquement. J'ai découvert par ma fille qu'une jeune femme – pas Cory – s'était pendue le week-end dernier. Elle était aussi étudiante à Byars. En faisant des recherches, j'ai appris qu'au total, ce sont cinq étudiants de Byars qui se seraient suicidés, en comptant votre fille, depuis le début de l'année universitaire.

Olivia et Conrad échangèrent un regard incrédule.

— C'est beaucoup pour être une coïncidence, dit Olivia.

— C'est ce que je pense aussi, dit Riley, mais je ne peux pas le prouver. Pas encore.

— Que peut-on faire pour vous aider ? demanda Conrad.

Riley se détendit. Cela faisait du bien de savoir que les Linz étaient de son côté.

— Je n'ai pas pu avoir accès aux dossiers. Je ne connais donc pas les détails. Par exemple, que pouvez-vous me dire sur la mort de votre fille ?

Un nuage de tristesse passa dans le regard du couple – le premier signe de chagrin que Riley remarquait.

— Ça n'a aucun sens, dit Olivia. Nous avons reçu un coup de

téléphone de l'école. C'était le doyen, Willis Autrey. Il nous a dit que Cory s'était pendue dans le vestiaire du gymnase.

Riley se redressa instinctivement.

Une autre pendaison – comme Lois Pennington et Constance Yoh !

Olivia poursuivit :

— Le doyen Autrey nous a dit qu'elle devait être victime de harcèlement et que c'était devenu trop dur à supporter. Mais ce n'est pas…

Elle ravala un sanglot, incapable de finir sa phrase. Son mari lui donna un mouchoir.

Il dit :

— Cory nous a dit qu'elle n'était pas très bien intégrée. Elle était différente et les gens peuvent être méchants. Mais elle a toujours vécu comme ça. Ça ne l'avait jamais dérangée. Elle était très indépendante. Parfois, elle déprimait un peu… comme tout le monde ! Mais elle ne souffrait pas de dépression. Elle était même très heureuse.

Olivia reprit un peu d'aplomb :

— Le doyen nous a dit qu'elle avait pris une forte dose d'antidouleurs, dit-elle.

— Alprazolam ? demanda Riley, en pensant à ce que lui avait dit le médecin légiste sur la mort de Lois Pennington.

— Eh bien, oui, dit Olivia. Mais c'est impossible. Elle ne prenait pas de médicaments. Pas même de l'aspirine.

Conrad serra la main de sa femme et dit :

— Vous comprenez, c'était une scientiste. Nous sommes tous scientistes dans la famille.

Riley fronça les sourcils.

Avait-il voulu dire des *scientifiques* ? Mais Conrad ne lui avait-il pas dit qu'il était comptable et sa femme professeur de piano ?

Puis elle comprit.

— Vous êtes des *scientistes chrétiens*, dit-elle.

— C'est ça, répondit Olivia.

Soudain, le comportement du couple ne semblait plus si étrange.

Riley ne connaissait pas de scientistes pratiquants, mais elle savait qu'ils pouvaient être très optimistes et positifs, au point de paraitre mystiques. Après tout, ils croyaient que le monde matériel était une illusion et que la mort n'était pas réelle.

Ils ne faisaient pas vraiment le deuil de leurs proches.

Mais ces gens souffraient, parce qu'ils pensaient qu'une terrible injustice se cachait derrière la mort de leur fille.

Riley ne put s'empêcher de ressentir un profond élan de compassion. Pourtant, elle devait également prendre en considération l'éventualité que le couple ait mal jugé Cory.

— Olivia, Conrad, excusez-moi de vous faire cette remarque… Mais j'élève deux filles adolescentes et je sais que c'est difficile parfois. Vous êtes absolument sûrs que votre fille partageait toujours vos croyances ? On utilise parfois l'alprazolam comme une drogue à usage récréatif. Et il arrive que les enfants se rebellent.

Olivia secoua lentement la tête.

— Oh non, dit-elle sans le moindre agacement. C'est vraiment impossible.

— Je vais vous montrer quelque chose, dit son mari.

Conrad conduisit Riley vers un mur rempli de photos de Cory, prises tout au long de sa vie. Elle était aussi enjouée que ses parents. Entre les photos étaient encadrées des lettres manuscrites que Cory avait écrites à ses parents – des lettres en bâtons quand elle commençait à écrire à une magnifique écriture.

Riley resta bouche bée.

Quels enfants écrivaient encore des lettres à ses parents – ou à qui que ce soit ?

Combien de lettres April avait-elle écrit à Riley ?

Probablement aucune. Et Riley n'attendait pas qu'elle lui en écrive – pas avec toutes les nouvelles technologies.

Il était également beau et étrange que les parents de Cory aient encadré les lettres et tant de photos pour faire à leur fille une sorte d'autel.

Ce devait être une famille très unie.

Conrad attira l'attention de Riley vers les photos et les lettres les plus récentes. Cory leur avait envoyé des selfies pris sur le campus de Byars, toujours souriante et enjouée. Riley balaya du regard les lettres. Toutes parlaient de cours, de notes et de sa vie quotidienne. Cory signalait de temps à autre qu'elle ne s'entendait pas très bien avec les autres étudiants, mais elle semblait le prendre avec humour.

Ce n'était pas surprenant qu'une fille si optimiste et joyeuse ne s'entende pas avec ses pairs. Ce devait être le cas depuis le début de son existence. Mais Cory n'avait jamais laissé sa différence l'arrêter. C'était une personne très stable, émotionnellement parlant.

Conrad le lui avait dit :

« Elle était très indépendante. »

Riley se retourna vers eux.

Olivia dit :

— Cinq étudiants se seraient suicidés ? Vous avez contacté les autres familles ?

Riley hésita. Que pouvait-elle dire aux Linz ?

En croisant leurs regards bienveillants, elle décida de leur dire tout ce qu'elle savait.

— Eh bien, j'ai eu vent de cette histoire par ma propre fille. La sœur de son amie a été retrouvée pendue dans le garage. J'ai parlé aux parents, mais ils croient à la théorie du suicide. L'amie de ma fille n'y croit pas, cependant. Et ma fille non plus. C'est comme ça que j'ai commencé.

Riley se tut un instant, avant de demander :

— Vous avez entendu parler de la mort de Deanna Webber, le semestre dernier ? La fille de la représentante Webber ?

— Ah oui, dit Olivia. C'est arrivé peu de temps avant… avant Cory. Cory nous a écrit pour nous en parler. Elle connaissait un peu Deanna. Elle était un peu chamboulée.

— J'en ai parlé à la représentante, dit Riley en choisissant ses mots avec prudence. Elle a essayé de me convaincre que Deanna s'était bien suicidée. Elle dit que Deanna a fait une overdose délibérément et qu'elle est morte dans son lit.

Olivia et Conrad échangèrent un regard.

Olivia dit :

— Je ne sais pas si j'ai le droit de vous dire ça, mais…

— S'il vous plait, dites-moi tout ce que vous pouvez, dit Riley.

Olivia hésita.

— Je ne pense pas que la représentante vous ait dit la vérité.

CHAPITRE ONZE

Une bouffée d'excitation coupa le souffle de Riley. Elle savait qu'Olivia et Conrad étaient parfaitement honnêtes. Hazel Webber ne lui avait pas inspiré la même confiance. Et Riley était déjà certaine que la représentante lui cachait quelque chose.

— C'est très important, dit-elle à Conrad et Olivia. S'il vous plait, dites-moi ce que vous savez.

Au bout d'un instant de silence, Conrad dit :

— On va plutôt vous montrer.

Il se dirigea vers son bureau et sortit une lettre qu'il tendit à Riley. C'était l'écriture de Cory. Dès les premiers mots, Riley comprit que ce n'était pas le genre de lettre que ses parents voulaient encadrer.

Chers Papa et Maman,

Il est arrivé quelque chose d'horrible. Deanna Webber, la fille de la représentante, s'est tuée hier. Du moins, c'est ce qu'on nous a dit. Je ne sais pas si c'est vrai. Je la connaissais un peu et je lui parlais de temps en temps. Elle n'avait pas l'air d'être très heureuse, mais elle avait plein de projets. Elle fait de la compétition et elle était tout excitée d'en faire une cet été...

Riley s'interrompit. Elle se rappela ce que lui avait dit Hazel Webber. La représentante lui avait dit que la hanche de Deanna était en mauvais état et qu'il faudrait la remplacer.

« Pour elle, l'équitation et la compétition, c'était terminé. Elle était bouleversée. »

Avait-elle menti ?

Riley se remit à lire.

Il y a quelque chose de bizarre. Deux employés de la famille sont venus chercher ses affaires (un homme et une femme). Je suis passée devant la chambre de Deanna pendant que la dame rangeait des trucs. Je lui ai dit que j'étais désolée pour Deanna et je lui ai demandé ce qui s'était passé. Elle m'a dit qu'elle s'était droguée et pendue dans l'écurie de la famille.

J'ai porté un carton dans le van où l'homme était en train de ranger des caisses. Je lui ai dit que j'étais triste et choquée d'apprendre que Deanna s'était pendue.

Il s'est mis en colère. Il m'a demandé qui m'avait dit ça. Je lui ai répondu que c'était la dame, sa collègue. Il m'a dit que Deanna ne s'était pas pendue, mais qu'elle avait fait une overdose dans son sommeil et que je n'avais pas intérêt à dire le contraire.

Maman, Papa, je crois que c'était une menace !

Puis l'homme est monté dans la chambre de Deanna et je l'ai entendu hurler sur la dame, comme quoi elle savait bien qu'il ne fallait pas dire une chose pareille et qu'elle devait apprendre à la fermer.

J'ai eu peur et je suis partie. Mais je ne peux pas m'empêcher de penser qu'il y a quelque chose qui cloche...

Le reste de la lettre était moins intéressant : Cory parlait de ses cours et de ses activités.

— Quand vous a-t-elle écrit ça ? demanda-t-elle.

— Quelques semaines avant… ce qui s'est passé, dit Olivia.

Le cœur de Riley battit plus vite dans sa poitrine.

— Vous a-t-elle donné le nom de la femme qui lui a dit que Deanna s'était pendue ?

— Non, répondit Olivia. Je pense même qu'elle ne connaissait pas son nom.

— Vous a-t-elle dit à quoi elle ressemblait ?

— Non, je ne me souviens pas qu'elle en ait reparlé.

— Cela m'ennuie de vous demander ça, dit Riley, mais puis-je emporter la lettre ? Cela pourrait m'aider à convaincre mes supérieurs d'ouvrir une enquête.

— Bien sûr, dit Olivia.

— Si ça peut vous aider, renchérit Conrad.

Riley les remercia et quitta la maison. En montant dans sa voiture, elle était maintenant certaine que ces fameux suicides étaient en réalité des meurtres. Mais elle savait également qu'il lui faudrait encore plus d'informations pour convaincre Meredith et Walder. Elle savait qui pouvait l'aider. Elle passa un bref coup de téléphone pour prendre un rendez-vous.

*

Une heure plus tard, Riley était arrivée à Manassas et se garait dans le parking du laboratoire du Département de sciences judicaires de l'état de Virginie. Elle se dirigea sans hésiter vers le bureau de son amie Danica Selves, le médecin légiste qu'elle avait appelée mardi dernier. C'était une femme trapue, aux cheveux courts. Elle l'attendait derrière son bureau.

— Salut, Riley. Qu'est-ce qui se passe ? Au téléphone, ça avait l'air important.

Riley et Danica s'assirent.

— Danica, il y a quelques jours, je t'ai appelée pour te parler de la mort de Lois Pennington, commença Riley.

Danica hocha la tête.

— Tu te demandais si c'était bien un suicide. Je t'ai dit que j'en étais certaine.

— Et maintenant, je suis certaine du contraire, dit Riley.

Danica eut l'air surpris.

— Riley, j'ai effectué l'autopsie moi-même. Je ne vois pas où j'aurais pu me tromper.

Riley ne répondit pas tout de suite.

— Danica, je suis en train d'enquêter sur une série de suicides présumés d'étudiants à Byars et…

Danica la coupa d'une voix douce :

— D'enquêter ? Riley, tu ne fais pas ça pour le FBI. Je me trompe ?

Riley sourit. Danica la connaissait trop bien.

— Disons que mon enquête n'est pas encore officielle. Pour l'instant. C'est pour ça que j'ai besoin de toi. J'ai besoin de quelque chose de solide pour convaincre Meredith et Walder.

Danica eut l'air intrigué.

— Dis-moi ce que tu as, dit-elle.

— Cinq étudiants de Byars se seraient suicidés seulement cette année. Lois Pennington en fait partie, tout comme Deanna Webber.

Les yeux de Danica pétillèrent de curiosité :

— La fille de la représentante du Maryland ? demanda-t-elle. J'ai lu qu'elle s'était suicidée. Je ne savais pas qu'elle était allée à Byars, elle aussi.

— J'ai rendu visite à la représentante…

Danica laissa échapper un petit rire.

— Je suis sûre qu'elle était ravie !

— Pas exactement, mais j'ai pu l'interroger. Et elle m'a dit très clairement que sa fille avait fait une overdose d'oxycodone et qu'elle était morte dans son lit. Elle m'a dit que Deanna était dépressive parce qu'elle ne pouvait plus faire de compétition à cause d'une fracture à la hanche.

Riley sortit la lettre de Cory Linz de son sac à main.

Elle dit :

— Mais je viens de parler aux parents d'une autre victime. Elle s'appelle Cory Linz. Quelques semaines avant sa mort, elle a envoyé ceci à ses parents.

Riley tendit la lettre à Danica. Au fur et à mesure de sa lecture, le médecin légiste écarquilla les yeux.

— C'est effectivement très bizarre, dit Danica. Et le taux de suicide serait extrêmement élevé. Je me demande... Je me suis peut-être trompée en faisant l'autopsie de Lois Pennington.

Riley passa en revue dans sa tête ce qu'elle devait dire à Danica.

Puis elle reprit :

— Une des cinq victimes est morte près de Washington. Elle s'appelle Constance Yoh. Une autre pendaison et une autre étudiante à Byars. Mais c'est tout ce que je sais sur elle. Tu as des informations ?

Danica tapa une commande sur son ordinateur.

— Je ne pense pas avoir travaillé sur ce dossier...

Quand les documents apparurent, Danica écarquilla les yeux.

— Mon Dieu, dit-elle. Constance Yoh avait aussi ingurgité une forte dose d'alprazolam.

Danica secoua la tête.

— C'est très étrange, dit-elle. Et tu sais ce qui est arrivé à la fille Webber ?

— Pas vraiment. Je sais juste que sa mère a menti.

Danica réfléchit quelques minutes, puis elle dit :

— Je connais le médecin légiste de Baltimore, Colin Metcalf. Appelons-le.

Quelques minutes plus tard, Riley et Danica parlaient au Dr. Metcalf grâce au haut-parleur.

— Que peux-tu nous dire sur la mort de Deanna Webber ? demanda Danica.

Il y eut un silence.

— Pourquoi tu veux savoir ? demanda Metcalf, visiblement mal à l'aise.

Riley et Danica échangèrent un regard circonspect.

— Eh bien, il y a des incohérences dans la version de la famille, dit Danica.

Un autre silence. Puis Metcalf reprit d'une voix lente et prudente :

— J'ai fait l'autopsie moi-même. C'était assez clair. Ils ont trouvé son corps pendu dans l'écurie de la famille. Mais…

— Mais quoi ? insista Riley.

— J'ai reçu un appel de l'avocat de la famille. Il m'a demandé de ne pas ébruiter le fait qu'elle s'était pendue et de ne rien dire aux médias.

Riley se pencha vers le téléphone.

— Vous avez eu l'impression que c'était une menace ? demanda-t-elle.

— Je n'étais pas certain, mais c'est une famille qui a beaucoup d'influence. Je vous mentirais si je vous disais que ça ne m'a pas fait un peu peur. Mais jusqu'à aujourd'hui, je n'avais aucune raison d'ébruiter quoi que ce soit. Je n'ai rien dit aux journalistes. Je dois admettre que j'y pense souvent. Et ma version est dans le rapport officiel, si quelqu'un s'y intéresse.

Riley réfléchit.

Puis elle demanda :

— L'autopsie révélait-elle des blessures sérieuses ? Des os fracturés, par exemple ? La hanche ?

— Laissez-moi voir…

Riley entendit Metcalf pianoter sur son clavier d'ordinateur.

— Oui, elle avait bien une fracture. Plutôt une fissure, en fait, mais à la cuisse, pas à la hanche. La blessure devait dater de deux ou trois ans. C'était une fissure très nette qui a bien cicatrisé. Elle ne sentait probablement plus rien.

Riley se rappela une fois encore ce que lui avait dit Hazel Webber.

« Sa hanche était très abimée. Il aurait fallu la remplacer. »

Encore un mensonge !

La représentante avait-elle menti sur toute la ligne ou y avait-il une once de vérité ?

— Que voulez-vous savoir d'autre ? demanda Metcalf.

Riley passa en revue ce qu'elle avait appris chez Hazel Webber. La représentante lui avait dit autre chose :

« Elle prenait de l'oxycodone pour la douleur. »

Quelle douleur ?

Riley demanda :

— Je crois qu'elle prenait un médicament. C'était quoi ?

Encore une fois, on entendit le médecin pianoter sur son clavier.

— Alprazolam, dit Metcalf. Pas assez pour que ce soit fatal, mais elle était probablement groggy.

Riley échangea un regard avec Danica.

— On utilise l'alprazolam comme antidouleur ?

Danica fronça le nez.

— Non, dit-elle. C'est un sédatif. On l'utilise contre l'anxiété. Ça ne sert à rien comme antidouleur.

Riley sentit un frisson d'excitation la parcourir. Maintenant, elle devait avoir toutes les preuves nécessaires pour convaincre Meredith. Walder, ce serait plus difficile, mais elle était prête à essayer.

Riley demanda :

— Dr. Metcalf, vous voulez bien m'envoyer votre rapport d'autopsie ?

— Bien sûr, dit-il.

Riley lui donna ses coordonnées, puis ils raccrochèrent.

Riley demanda :

— Danica, tu pourrais me donner une copie des rapports sur Lois Pennington et Constance Yoh ?

Danica ne répondit pas tout de suite. Elle était visiblement mal à l'aise.

— Riley, je pourrais, mais…

— Mais quoi ?

Danica secoua la tête d'un air inquiet.

— Nous n'avons pas dit à Colin que ce n'était pas officiel…

Elle se tut. Puis elle ajouta :

— Tu me demandes des informations sur une affaire qui n'existe pas encore. Je connais Carl Walder. Ça ne va pas lui plaire que tu aies fait tout ça dans son dos. Et la représentante Webber a de l'influence. Elle est même dangereuse…

Le cœur de Riley se serra. C'était une chose de se créer des problèmes, mais avait-elle le droit d'entrainer Danica dans sa chute ? Pourtant, il n'y avait pas d'autre solution.

— Danica, je suis désolée, mais j'ai vraiment besoin de ces rapports. C'est le seul moyen de lancer ce dossier. Je sais que tu me crois. Il y a eu cinq suicides présumés dans une seule école. Au moins quatre avaient le même médicament dans l'organisme. Un étudiant se serait tiré une balle dans la tête et il faudra que je vérifie. Mais il commence à être difficile de croire à la thèse du suicide. J'ai vraiment besoin de ton aide.

Riley et Danica se fixèrent du regard pendant un long moment.

Riley dit :

— Je te promets que c'est moi qui prendrai les coups. Je dirai à

Walder que je t'ai menti en te disant que j'étais là au nom du FBI.

Danica soupira et secoua la tête.

— Non, inutile de mentir. Tu as assez d'ennuis comme ça.

Puis elle ajouta avec un petit rire :

— Comme d'habitude.

Riley rit à son tour. Danica tapa une commande sur son ordinateur.

— Tu m'as convaincue, dit-elle. Et je suis prête à t'aider. Je vais t'envoyer le rapport par e-mail.

Riley bafouilla de chaleureux remerciements et quitta le bureau.

*

Quand Riley rentra à la maison dans l'après-midi, les filles n'étaient pas encore revenues de l'école, ni Ryan de son travail. Gabriela faisait le ménage.

Riley consulta les messages sur son répondeur. Il y en avait deux. Le premier était de Ryan :

— Salut, chérie, dit-il. Je suis désolée, mais je suis toujours débordé. Je ne sais pas si je vais pouvoir rentrer ce soir. J'espère que tu comprends.

Riley soupira. Elle ne comprenait que trop bien. C'était habituel de la part de Ryan. Riley commençait à se demander si elle avait commis une terriblement erreur de jugement en le laissant revenir dans sa vie. Elle s'inquiétait surtout pour April, qui avait été si heureuse de le retrouver. Et Jilly avait besoin d'un père.

Mais Riley ne devait pas tirer de conclusions hâtives.

Ryan était peut-être réellement débordé. Cela ne voulait pas dire qu'il ne s'intéressait plus à sa famille.

Le deuxième message la prit au dépourvu.

— Agent spécial chargé d'enquête Walder à l'appareil. Agent Paige, vous avez des explications à me donner. Rappelez-moi dès que possible.

Il avait l'air furieux. Riley pensait savoir pourquoi. Elle composa le numéro. Il décrocha, la voix tremblante de rage.

— Agent Paige, je viens de recevoir un coup de fil du médecin légiste du Maryland. Il m'a dit qu'il voulait me parler de l'affaire sur laquelle vous travaillez avec Danica Selves. Une affaire qui n'existe pas.

Riley avala sa salive. Elle savait qu'elle était obligée de

présenter ses excuses. Pour une raison ou pour une autre, les mots ne voulaient pas sortir.

— Vous lui avez menti, dit Walder.

— Je ne lui ai pas vraiment menti, répondit Riley.

— Eh bien, vous ne lui avez pas dit toute la vérité. Et je parie que vous n'avez pas été très honnête avec Danica Selves non plus.

Riley fut un peu soulagée : tant qu'elle ne le détromperait pas, Danica n'aurait pas à subir les conséquences de leurs actes.

— Je peux tout vous expliquer, dit-elle.

— Vos explications ne m'intéressent pas, dit Walder. Après ce qui s'est passé chez la représentante Webber, je m'attendais à ce que vous fassiez profil bas. Mais vous ne savez pas vous arrêter. Vous êtes allée trop loin, cette fois. Je veux vous voir dans mon bureau demain matin, à la première heure.

Il raccrocha.

Riley fixa le téléphone du regard un long moment.

Qu'allait-il faire ? La suspendre ou la renvoyer ?

Etonnamment, Riley se fichait bien de le savoir.

En fait, elle était pressée d'être à demain.

Si Walder veut une confrontation, il va en avoir une.

CHAPITRE DOUZE

A neuf heures le lendemain matin, Riley était prête. Pressée d'en finir, elle frappa à la porte du bureau.

— Entrez, dit sèchement l'agent spécial chargé d'enquête Carl Walder.

Riley entra d'un air réservé.

Le spacieux bureau de Walder était bien plus impressionnant que celui qui l'occupait. C'était un homme au visage poupin constellé de taches de rousseur et aux cheveux cuivrés. Il parlait souvent avec la voix d'un gamin capricieux. Toutefois, son influence au sein de l'Unité d'Analyse Comportementale était bien réelle. Riley savait qu'il ne fallait pas le froisser.

— Asseyez-vous. Parlons, dit-il d'un ton qu'il espérait ferme.

Mais Riley ne s'assiérait pas.

— Monsieur, si vous n'y voyez pas d'inconvénient, je crois qu'il nous faut plus d'espace.

Walder pencha la tête d'un air surpris.

— Plus d'espace ?

— S'il vous plait, rejoignez-moi dans la salle de conférence.

Sans ajouter un mot, Riley tourna les talons et quitta le bureau. Elle ne marcha pas trop vite.

Walder la suivit aussitôt. En arrivant devant la salle de conférence, Riley lui tint la porte.

Walder entra et ses yeux s'écarquillèrent.

Riley réprima un sourire.

Walder était tombé dans l'embuscade que lui avait tendue Riley.

Il y avait déjà cinq autres personnes dans la pièce, notamment Brent Meredith.

— Merci de vous joindre à nous, Agent Walder, dit Meredith d'un ton bourru. Prenez un siège.

Interloqué, Walder s'assit.

Riley sentit que Meredith prenait plaisir à commander son supérieur, du moins pour le moment.

Le partenaire de Riley, Bill Jeffreys, était là également. Ils travaillaient ensemble depuis vingt ans et Riley était heureuse qu'il soit venu. Il lui adressa un grand sourire, sans même essayer de cacher sa joie devant la déconfiture de Walder.

Les jeunes agents Lucy Vargas et Craig Huang étaient aussi là.

Riley estimait beaucoup Lucy. Huang lui avait d'abord paru trop zélé. Riley s'était souvent accroché avec lui, mais elle commençait à l'apprécier.

Sam Flores, un technicien de labo très mince aux lunettes cerclées de noir, se chargerait du dossier multimédia que Riley avait préparé la veille. Pour le moment, on voyait sur l'écran cinq visages.

— Qu'est-ce qui se passe ici ? marmonna Walder qui essayait de reprendre contenance.

— J'ai des informations qui devaient vous intéresser, dit Riley.

Elle pointa du doigt le visage le plus à gauche.

— Voici Deanna Webber, la fille de Hazel Webber, représentante du Maryland au Congrès. Le sept octobre l'année dernière, son corps a été retrouvé pendu dans les écuries de la famille. Officiellement, c'est un suicide. Il y avait une forte dose d'alprazolam dans son organisme. C'est un médicament contre l'anxiété.

Riley croisa le regard de Walder.

— Mais quand j'ai interrogé sa mère, elle m'a dit que Deanna était morte dans son sommeil d'une overdose d'oxycodone.

Walder s'empourpra de colère.

— C'est scandaleux ! dit-il. Hazel a appelé pour se plaindre de votre comportement. Je connais les Webber depuis des années. Je suis allé en prépa avec le mari de Hazel, Heath. Ce sont des gens bien. Ce ne sont pas des menteurs.

Meredith se tourna vers Walder.

D'une voix calme et raisonnable, il dit :

— Dans ce cas, comment expliquez-vous cette divergence ? Êtes-vous en train de nous dire que le médecin légiste du Maryland a menti ? Je pense que nous devrions écouter l'agent Paige jusqu'au bout.

Walder poussa un soupir qui ressemblait à la fois à un grognement et à un gémissement.

Riley pointa du doigt la photo suivante.

— Voici Cory Linz. Elle a été retrouvée morte, pendue dans le gymnase, sur le campus de Byars, le vingt-et-un octobre, seulement deux semaines après la mort de Deanna Webber. Il y avait également une forte dose d'alprazolam dans son organisme. J'ai parlé à ses parents, qui ne croient pas à la thèse du suicide. Pour commencer, c'était une scientiste chrétienne très dévote, qui n'a jamais pris de médicaments. Elle n'a sans doute jamais pensé au suicide.

Riley fit signe à Flores de montrer une autre image : la lettre que Cory avait écrite à ses parents. Plusieurs passages étaient surlignés.

— Comme vous le voyez, Cory avait découvert la vérité sur la mort de Deanna. Une employée des Webber a commis l'erreur de ne pas lui donner la version officielle de la famille. Et cette employée en a subi les conséquences, à ce qu'il semble.

Après avoir laissé le temps au groupe de lire la lettre, Flores fit réapparaître les photos.

Riley pointa du doigt la photo d'une jeune fille asiatique.

— Et maintenant, voici Constance Yoh. Elle été retrouvée pendue, chez elle, à Washington, le vingt novembre. Encore un suicide, officiellement. Encore une forte dose d'alprazolam dans l'organisme.

Puis elle montra la photo d'un jeune homme souriant.

— Voilà Kirk Farrell. Il a été retrouvé mort d'une blessure par balle, chez lui, à Atlanta, le vingt-et-un novembre. Encore un suicide présumé.

Enfin, elle pointa du doigt la dernière image :

— Voici Lois Pennington, retrouvée pendue dans le garage de ses parents dimanche dernier. Un autre suicide, officiellement.

Riley regarda tour à tour les personnes assemblées.

— Je devrais peut-être vous dire que tous étaient étudiants à Byars, une école qui compte environ sept cents étudiants. Sam, vous pouvez nous montrer les statistiques ?

Sam Flores fit apparaître la feuille de statistiques que Riley avait préparée.

Riley dit :

— Il semblerait que le taux de suicide à Byars soit quatre-vingt-seize fois supérieur à la moyenne nationale. Je pense qu'il est temps d'arrêter d'appeler ça des suicides. Il se passe quelque chose à Byars. Nous devons mener l'enquête.

Walder roula les yeux au ciel.

— C'est ridicule. J'ai parlé au doyen, Willis Autrey. Il m'a certifié qu'il ne se passait rien d'anormal dans son école. En fait, nous devrions l'appeler maintenant. Il pourra clarifier la situation et nous allons laisser toute cette histoire derrière nous. C'est du temps perdu.

Riley hocha la tête.

— D'accord, dit-elle.

— Flores, contactez Autrey, poursuivit Walder. Mettez le haut-parleur.

Sam Flores composa le numéro. La secrétaire d'Autrey répondit et transmit l'appel au doyen.

— Willis Autrey à l'appareil.

Walder esquissa un rictus suffisant.

— M. Autrey, c'est l'agent spécial chargé d'enquête Carl Walder, de Quantico. Nous nous sommes parlé au téléphone hier.

Autrey étouffa un rire.

— Ah oui. A propos de cette dame un peu siphonnée qui est venue sans autorisation. C'est très fâcheux. J'espère que vous avez mis de l'ordre.

Avec un rire gras, il ajouta :

— Une bonne fessée serait la bienvenue.

Walder jeta un coup d'œil à Riley et rougit.

— Eh bien, figurez-vous que j'essaye de remettre de l'ordre…, dit-il. Vous comprenez, elle n'en démord pas…

Autrey l'interrompit :

— Je pensais avoir été clair la dernière fois que nous nous sommes parlé : trois suicides en un an, c'est inhabituel, mais ce n'est pas improbable d'un point de vue statistique.

Walder pâlit. Il ne savait visiblement plus que dire.

Riley se racla la gorge.

— M. Autrey, c'est la dame siphonnée qui vous parle. Trois suicides, ce pourrait être une aberration, mais vous savez parfaitement qu'il y en a eu deux de plus ces derniers mois. Je trouve intéressant que vous n'ayez pas pris la peine de m'en parler. Cinq suicides depuis le début de l'année, dont quatre par pendaison… C'est une aberration, mais au sens premier du terme.

Un silence passa, suivi de quelques mots bredouillés au bout du fil :

— Excusez-moi. J'ai un rendez-vous urgent…

Autrey raccrocha.

Walder resta bouche bée.

Pendant de longues minutes, il ne dit rien.

Enfin, il bafouilla :

— C'est de la folie. Vous accusez quelqu'un de meurtre, mais qui ? Qui sont les suspects ? Le doyen de Byars ? Ses employés ? La famille Webber ? Cela n'a pas de sens.

Personne ne répondit. Tous attendaient la décision de celui qui était censé être leur supérieur.

Walder leva les mains et dit :

— J'en ai terminé. J'ai des choses plus importantes à faire. Meredith, c'est à vous de prendre la décision. Quelle qu'elle soit, veillez à ce que ça ne foire pas… et à garder l'agent Paige en laisse.

Il se leva et quitta la salle en trombe.

Au bout d'un moment, Meredith balaya l'assemblée du regard.

— Eh bien, dit-il d'une voix plate, mettons-nous au travail.

Tous étouffèrent un rire. Riley se sentit rassérénée. C'était agréable de savoir qu'elle avait des alliés.

CHAPITRE TREIZE

Tout le monde dans la pièce respira plus librement quand Walder fut parti, mais Riley ne s'autorisa pas à se détendre. Il y avait du travail urgent.

— C'est votre affaire, Agent Paige, dit Meredith. Vous l'avez bien méritée. Alors, par quoi commençons-nous ?

Riley regarda tour à tour les visages interrogateurs.

— Je suis ouverte aux propositions, dit-elle. Des idées ?

Les grands yeux sombres de Lucy Vargas s'illuminèrent d'excitation.

— Moi, je pense qu'il faut suivre les mensonges, dit-elle. Nous savons que Willis Autrey cherche à camoufler la vérité. Et la représentante Webber a menti à l'agent Paige. La question, c'est de savoir pourquoi. Qu'est-ce qu'ils cachent ?

Craig Huang fronça les sourcils d'un air pensif.

— Je ne vois pas Autrey dans le rôle du tueur, dit-il. Juste un larbin de l'administration qui veut protéger la réputation de son école.

— Ou alors il couvre quelqu'un, dit Lucy. La famille Webber, par exemple. Les victimes savaient peut-être quelque chose que les Webber ne voulaient pas ébruiter. Un secret dangereux. Ils embauchent alors quelqu'un… Un professionnel assez intelligent pour déguiser les meurtres en suicides.

Craig Huang secoua la tête.

— Je ne sais pas, Lucy, dit-il. Tu suggères que Hazel Webber aurait fait assassiner sa propre fille ?

— C'est possible. Vous avez déjà vu cette femme à la télé ? Elle est si froide !

Riley jeta un regard à Bill. A son sourire, elle comprit qu'il s'amusait, lui aussi, de l'enthousiasme des jeunes agents. Mais l'équipe aurait besoin d'un peu plus pour se lancer. Il était temps pour Riley de donner ses directives.

Elle dit :

— Dans sa lettre, Cory Linz dit qu'une employée de la famille Webber lui a avoué la vérité sur ce qui était arrivé à Deanna. Elle était à l'université pour ranger les affaires de la jeune fille. Flores, il faut trouver cette femme.

— Je m'y mets, dit Flores.

Riley examina les photos sur l'écran.

— Il nous reste deux familles à interroger, dit-elle. Constance Yoh vivait ici, à Washington. Kirk Farrell vivait à Atlanta.

Riley réfléchit un moment.

— Huang, Vargas, vous allez rendre visite aux Yoh.

— On devrait investiguer le suicide qui sort du lot, intervint Bill.

En se tournant vers Meredith, Riley demanda :

— L'avion du FBI est disponible ?

— Si vous voulez qu'il le soit, répondit Meredith.

— Bien, dit Riley. L'agent Jeffreys et moi, nous partons pour Atlanta dès qu'il sera prêt.

Riley ressentit soudain une bouffée de gratitude envers ses collègues, qu'il était difficile d'exprimer avec des mots.

— C'est tout pour le moment, dit-elle. Au boulot.

*

Peu après, Riley était assise près du hublot, dans le jet du FBI. Quantico s'éloignait en contrebas. Riley savait qu'elle devait se concentrer sur l'affaire, mais d'autres pensées l'accaparaient.

Bill dit :

— Tu essayes de recoller les morceaux avec Ryan, non ?

Riley se tourna vers lui. Il la couvait d'un regard inquiet.

— Qu'est-ce qui te fait dire ça ? demanda Riley.

Bill sourit tristement.

— Tu es très silencieuse. Quelque chose te chiffonne, mais tu ne veux pas le dire. J'ai une hypothèse…

Riley sourit. L'instinct de Bill était presque aussi affûté que celui de Riley. Elle n'avait pas voulu lui en parler, mais il ne la laisserait pas s'en tirer à si bon compte.

C'était un ami bien trop précieux.

— Peut-être, dit-elle.

— Peut-être ? Tu n'as pas l'air d'être sûre de toi.

Riley soupira.

— Pourtant, il est revenu s'installer à la maison, avec April, Jilly, Gabriela et moi.

Bill parut surpris.

— C'est une étape importante. Ça va si vite que ça ?

Riley ne répondit pas. La vérité, c'était qu'elle n'en savait rien. Avant d'embarquer, elle avait appelé la maison pour prendre des nouvelles. Gabriela lui avait affirmé que Ryan rentrerait bientôt à la maison et qu'elle s'occuperait bien des filles. Riley n'avait aucune raison de penser le contraire.

Pourtant, elle ne pouvait s'empêcher de sentir que l'équilibre de sa famille était encore instable.

— Riley, je m'inquiète, dit Bill.

— Je sais, Bill, et tu en as le droit. C'est grâce à toi que j'ai pu tourner la page après le divorce. Et si ça ne se passe pas bien la deuxième fois, ce sera encore à toi de recoller les morceaux.

— Ce n'est pas ça qui m'inquiète.

— Je sais.

Ils se turent pendant un long moment. Seul se faisait entendre le ronflement des moteurs. Bill serra la main de Riley.

— Je serai toujours là pour toi, dit-il.

Puis il retira vivement sa main. Riley comprit pourquoi. Il y avait depuis longtemps une relation de séduction entre eux, même s'ils avaient parfois essayé de se le cacher. Ils avaient tous les deux tenté de concrétiser cette attirance mutuelle, à des moments différents. Riley grinça des dents en pensant à l'appel téléphonique qu'elle avait adressé à Bill, tard dans la nuit, alors qu'il vivait encore avec sa femme, pour lui proposer de coucher ensemble.

A sa grande stupéfaction, leur relation avait survécu à ces moments difficiles.

Riley sentit soudain qu'elle avait un comportement égoïste. Bill avait aussi des problèmes. Il était encore en instance de divorce. Elle n'avait pas pris de nouvelles depuis longtemps.

— Et toi, comment ça va ? demanda-t-elle.

Bill regarda droit devant lui, les mâchoires serrées.

— C'est dur, dit-il.

Riley le couva d'un regard plein de compassion. Elle ne voulait pas l'obliger à se confier s'il n'en avait pas envie. Mais elle était prête à l'écouter.

Enfin, Bill dit :

— Ce n'est pas que Maggie me manque. Et je pense que je ne lui manque pas. C'était fini depuis longtemps entre nous. C'est juste que…

Il se tut, submergé par l'émotion.

— Elle te laisse voir les garçons ? demanda Riley.

Les fils de Bill devaient avoir neuf et onze ans maintenant.

— Oui, elle n'est pas injuste, dit Bill. Mais ce n'est pas la même chose de les recevoir dans mon appartement miteux ou de les emmener au cinéma, au musée ou ailleurs… C'est comme si on se forçait. Ce n'est pas naturel. Je n'ai plus l'impression d'être leur père. Et c'est temporaire. Je ne sais pas comment ça va évoluer. Je ne sais pas… quoi faire.

Bill baissa la tête d'un air misérable. Il semblait au bord des larmes.

Riley ressentit le besoin de le prendre dans ses bras.

Si elle le faisait, qu'allait-il se passer ?

Elle se contenta de dire :

— Je suis désolée.

Bill hocha la tête et reprit contenance.

— Peu importe. Nous avons une affaire à résoudre, dit-il. Au boulot.

Riley et Bill sortirent des calepins pour noter des idées.

— Tu as des hypothèses ? demanda Bill. Les gamins avaient l'air de croire à un complot.

Riley sourit. Elle savait que Bill parlait de Lucy Vargas et Craig Huang. Elle ressentait la même affection parentale envers les deux jeunes agents. Ils apprenaient vite, notamment grâce aux conseils de Riley et de Bill.

— Ce serait intéressant, dit-elle. Nous n'avons jamais travaillé sur un complot. Mais…

Elle se tut.

— Mais quoi ? demanda Bill.

— Si c'était un complot, le tueur aurait fait plus attention aux détails. Par exemple, aucune victime n'a laissé de lettre pour justifier son geste. Des conspirateurs auraient pensé à ça. Je pense qu'il s'agit d'un cas plus familier… Riche ou pauvre, puissant ou non, c'est un psychopathe des plus ordinaires. Qu'est-ce qui pourrait nous aider à définir son profil ?

Bill se gratta le menton d'un air pensif.

Il dit :

— La plupart des tueurs en série sont des hommes. L'empoisonneuse que nous avons arrêtée la dernière fois était une aberration statistique. Et il y a très souvent un motif lié à la sexualité derrière les meurtres. Nous avons cinq victimes, mais seulement quatre filles.

Riley comprit immédiatement où Bill voulait en venir.

— Cela signifie peut-être que le tueur est bisexuel, dit-elle.

Bill hocha la tête.

— Ou alors il se pose des questions sur sa sexualité.

Riley réfléchit.

Puis elle dit :

— Ou alors c'est encore une aberration : une femme. Pense-y. Les victimes sont toutes de petite taille. La plupart, peut-être même toutes, ont été endormies avant d'être tuées. Le tueur n'est peut-être pas assez fort pour maîtriser ses victimes.

Bill ajouta :

— Une fois que les victimes somnolent, il les fait monter sur une échelle.

Riley se rappela le garage des Pennington – la seule scène de crime qu'elle avait inspectée.

— Je crois que Lois Pennington a été pendue à une poutre. Il doit y avoir aussi des poutres dans l'écurie des Webber, et peut-être dans le gymnase des Byars. Un tueur qui n'a pas beaucoup de force dans les bras, que ce soit un homme ou une femme, pourrait hisser les victimes avec une corde.

Bill notait leurs idées.

— Nous avons besoin d'informations sur les scènes de crime.

Riley acquiesça :

— Je vais envoyer un message à Flores pour qu'il m'envoie tous les rapports de police.

Bill cessa d'écrire et se tut.

— Il y a quelque chose qui m'inquiète, dit-il.

— Quoi ?

— Les meurtres dont nous avons connaissance concernent les étudiants de Byars uniquement. Comment savoir s'il y en a d'autres, dans des universités différentes ?

— C'est vrai que le timing est un peu brouillon, dit Riley. Cela pourrait vouloir dire que le tueur n'est pas régulier. Ou qu'il agit en fonction des circonstances.

— Mais cela pourrait aussi vouloir dire que nous ne connaissons pas toutes les victimes, ajouta Bill.

Les pensées de Riley défilaient à toute allure.

Comment allaient-ils déterminer si les récents suicides dans la région de Washington étaient en réalité des meurtres ? Il y en avait une centaine chaque année.

— Commençons pas le commencement, dit-elle enfin. Nous avons une famille à interroger.

— Que savons-nous sur la famille de Kirk Farrell ? demanda Bill.

Riley ouvrit le dossier que Flores lui avait envoyé sur son ordinateur. Ils passèrent le reste du vol à le parcourir.

*

Quand l'avion atterrit à Atlanta, Riley réalisa qu'elle était trop chaudement habillée. Il faisait doux et tiède. La veste de Riley était trop lourde et trop épaisse. D'habitude, elle vérifiait la météo avant de partir, mais ce voyage l'avait prise par surprise.

Les agents Joanne Honig et Nick Ritter, du bureau de terrain à Atlanta, les accueillirent sur le tarmac. Ils conduisirent Riley et Bill à la voiture qu'ils utiliseraient pendant leur séjour.

Riley demanda :

— Quand pouvons-nous interroger la famille Farrell ?

— Vous pouvez y aller dès maintenant, répondit Ritter.

— Je viens de les appeler, ajouta Honig. Le père du garçon vous attend.

Riley et Bill échangèrent un regard étonné. Ils ne s'attendaient pas à ce que ce soit si facile.

— Comment l'avez-vous trouvé au téléphone ? demanda Riley.

— Il avait l'air enchanté, dit Honig. Il dit qu'il a hâte… Qu'est-ce qu'il a dit, déjà ? Ah oui, il a hâte d'avoir une agréable petite discussion avec vous.

Riley resta bouche bée.

Une agréable petite discussion ?

Qu'est-ce que cela voulait dire ?

CHAPITRE QUATORZE

Riley savait qu'ils allaient interroger des gens riches, mais cela ne l'empêcha pas d'avoir le souffle coupé devant le manoir Farrell. Bill, qui conduisait le véhicule du FBI, avait suivi les coordonnées du GPS dans la banlieue d'Atlanta.

Elle lui demanda :

— Tu es sûr qu'on est au bon endroit ? Ça ne ressemble même pas à une maison.

— Mais c'en est une, visiblement, répondit Bill.

C'était un bâtiment aux allures de palais, avec des toits en tuiles et des haies parfaitement taillées. On s'attendait à entrer dans un musée européen.

En lisant le dossier que lui avait fourni Flores, Riley avait appris que le patriarche, Andrew Farrell, était le fondateur et propriétaire de Farrell Fund Management. Riley ne comprenait pas ce que faisait l'entreprise, mais cela avait un lien avec la finance, peut-être les fonds spéculatifs.

Bill gara la voiture dans le parking de gravier. Tous deux descendirent. Dès qu'ils s'approchèrent de la porte, un majordome grand et mince les accueillit.

— Vous êtes les agents Paige et Jeffreys, je présume, dit-il d'un ton obséquieux. M. Farrell a hâte de vous rencontrer. Venez avec moi.

Le majordome les invita à franchir la porte, puis une rangée de colonnes, avant de les conduire dans un décor qui aurait fait passer le manoir des Webber pour un modeste chalet. Ils débouchèrent dans une salle immense, au sol dallé de marbre, avec un grand escalier. Deux personnes les attendaient au pied des marches.

La première était une femme très jeune et habillée de façon très élégante. Elle avait la silhouette et l'allure d'un mannequin, même si elle était bien trop maigre pour être vraiment en bonne santé. Riley eut l'impression qu'elle était anorexique. En outre, elle était bien trop jeune pour être la mère de la victime. Elle fixa Riley et Bill avec de grands yeux vides.

L'autre était un homme grand, qui se tenait droit. Il avait les traits ciselés, presque aristocratiques, et se déplaçait avec grâce. Riley aurait pu le trouver beau, mais il y avait quelque chose de reptilien dans son regard et son sourire fin.

Il avait les bras croisés et il ne bougea pas quand Riley et Bill se tournèrent vers lui.

Le majordome annonça les invités, s'inclina et disparut.

Andrew Farrell ne dit rien pendant un long moment. Il se contenta de sourire, en fixant du regard Riley et Bill.

C'est un homme très vaniteux, pensa Riley.

Elle sentit que Farrell leur laissait le temps de mesurer son charisme et sa présence. Riley l'observa en effet avec fascination. Le langage corporel de l'homme et de la femme était très intéressant, elle cramponnée à la rampe, lui debout avec les jambes un peu écartées.

La femme devait être l'épouse de Farrell, mais leur relation était inégale. Il s'agissait de pouvoir et de servilité. Riley sentit que la femme faisait uniquement ce que Farrell lui demandait.

Farrell prit la parole avec une voix douce de baryton.

— Je me demandais quand les autorités viendraient, dit-il. Cela fait au moins trois mois, maintenant. Et on m'envoie du lourd ! Le FBI ! Je suis flatté.

Il se tourna vers la femme et lui fit un signe de tête – l'ordre de partir.

L'espace d'une seconde, la femme croisa le regard de Riley.

Riley fut parcourue d'un frisson glacé.

Elle avait déjà vu ce regard.

Mais où et quand ?

Puis elle se rappela.

C'était quand elle travaillait sur une affaire de meurtres de prostituées. Elle avait vu ce regard dans les yeux d'une jeune pute nommée Chrissy. C'était un regard de terreur – la terreur que Chrissy ressentait devant son mari, qui était aussi son mac. Il se tenait juste à côté d'elle à ce moment-là.

C'était un appel au secours.

Riley réprima un frisson.

Cette femme n'était pas une prostituée – pas dans le sens ordinaire du terme.

Mais sa terreur valait celle de Chrissy.

Et son cauchemar devait être tout aussi réel.

La femme baissa la tête et disparut en chaloupant dans un couloir, sans avoir adressé un seul mot à Riley ou à Bill.

— Ma femme, Morgan, dit Farrell avec suffisance quand elle fut loin. Un mannequin assez connu quand je l'ai épousée. Vous l'avez peut-être vue en couverture de magazines. Je l'ai épousée l'année dernière, peu de temps avant ce qui s'est passé. Elle a été la belle-mère de Kirk pendant moins d'un mois. Et oui, elle est très jeune.

Il ajouta en étouffant un rire :

— Une belle-mère ne devrait jamais être plus vieille que le fils ainé de son mari. C'est un principe que j'applique chaque fois que je me marie.

Il fit un geste en direction des escaliers.

— Eh bien, qu'attendez-vous ? Vous venez entendre ma confession. Loin de moi l'idée de vous décevoir. Venez avec moi.

Farrell tourna les talons et monta les escaliers.

Riley et Bill échangèrent un regard stupéfait avant de le suivre.

Il les conduisit dans une grande salle aux murs lambrissés, avec des lustres. Il y avait un bureau. Riley réalisa que tout cet espace lui servait pour travailler.

Un bureau avec des lustres, pensa-t-elle.

Ça ne lui serait jamais venu à l'esprit. L'effet était criard, voyant et désagréable.

Il n'y avait que deux chaises dans la pièce : un siège en cuir pivotant derrière le bureau et un fauteuil à dossier de l'autre côté.

En montrant le fauteuil, Farrell dit à Riley :

— Je vous en prie, asseyez-vous.

Riley s'assit avec embarras, laissant Bill debout.

Elle commençait à comprendre un peu à quoi jouait cet homme. Il voulait mettre ses invités mal à l'aise. Il n'avait probablement aucune raison de le faire. C'était plutôt une sorte de jeu.

Et il était très fort à ce jeu-là.

Farrell s'assit derrière son bureau, les mains l'une contre l'autre. Il pivota lentement sur son siège, en regardant tour à tour Riley et Bill.

Le bureau était couvert de photos encadrées. La plupart montraient Farrell en compagnie de diverses personnalités, notamment des présidents des Etats-Unis. A gauche, il y avait cinq portraits bien agencés. Pendant une seconde, Riley crut qu'il s'agissait de la même femme, mais elle réalisa bien vite qu'elles étaient différentes. Elles partageaient toutefois le même charme et la même silhouette.

Elles avaient également la même expression vide et triste, comme Morgan.

Ses épouses, comprit Riley en frissonnant.

Il les exhibait sur son bureau.

Remarquant la réaction de Riley, Farrell gloussa :

— On m'appelle parfois Barbe-bleue, dit-il. Vous savez, le personnage de conte qui assassine ses femmes et garde leurs corps dans une pièce secrète. Moi, je préfère divorcer. Et je garde des photos au lieu de garder des cadavres.

Il pointa du doigt la photo la plus à droite. Le visage était particulièrement mélancolique.

— Bien sûr, parfois, la mort s'en mêle. Vous connaissez probablement Mimi, la mère de Kirk. Elle s'est suicidée l'année dernière. Une overdose de barbituriques.

Riley n'en dit rien, mais elle et Bill avaient appris l'information en consultant le dossier.

Farrell ramassa le portrait et l'examina d'un air moqueur.

— Je ne l'ai pas vu venir, dit-il. Je n'essaye pas de vous tromper. Ce n'était pas quelqu'un de très sérieux. C'est drôle comme ce sont les imbéciles qui se tuent… Du moins, selon mon expérience.

Puis il pointa du doigt les trois portraits à droite, tous de jeunes hommes qui partageaient une désagréable ressemblance avec Farrell.

— Et voilà mes fils, tous nés de mères différentes. Hugh, l'aîné, est président de notre entreprise. Sheldon, le deuxième, est vice-président. Le plus jeune, c'est Wayne, notre agent principal chargé de la conformité.

— Où est Kirk ? demanda Riley.

Le visage de Farrell s'assombrit.

— Je crains qu'il n'ait jamais eu sa place ici, dit-il.

Il soutint le regard de Riley un long moment.

Puis il lui dit, ainsi qu'à Bill :

— Je suppose que je devrais appeler mes avocats, mais je ne suis pas d'humeur.

Il se tut, puis reprit :

— Maintenant, dites-moi exactement ce que vous venez faire ici. J'ai une assez bonne idée, mais faites-moi plaisir.

Bill dit :

— L'Unité d'Analyse Comportementale enquête sur cinq suicides présumés, dont celui de votre fils.

Riley ajouta :

— Tous étaient étudiants à Byars et sont morts au cours de l'année universitaire.

Pour la première fois, Farrell parut sincèrement surpris.

— *Cinq* suicides ? répéta-t-il.

— Présumés, ajouta Riley.

Farrell partit d'un grand rire.

— Oh, je ne m'attendais pas à ça ! dit-il. Eh bien, je suis certain que vous n'avez pas de preuve. Du moins, pour quatre d'entre eux. Donnez-moi les dates et je vais vous fournir mes alibis.

Riley ne savait que penser. Elle et Bill n'avaient jamais envisagé que Farrell puisse être suspect, jusqu'à maintenant. Il semblait insister pour le devenir.

Puis il dit :

— Mais la mort de Kirk. Ça, j'avoue.

Riley ne comprenait plus rien.

— Le rapport officiel dit qu'il s'est tiré une balle, dit Riley.

— C'est le cas, répondit Farrell.

— Ici, dans la maison, ajouta Riley.

— En effet.

Un frisson d'excitation parcourut l'échine de Riley.

— Où dans la maison, exactement ? demanda-t-elle.

Le sourire reptilien de Farrell s'élargit.

— Eh bien, juste là où vous êtes assise, Agent Paige. Et j'étais assis là où je le suis en ce moment. Imaginez !

Riley en avait des frissons.

Farrell avait parfaitement organisé cet entretien. Il l'avait fait asseoir à l'endroit où elle serait le plus mal à l'aise.

Et bien sûr, il l'avait fait parce que Riley était une femme.

C'était une façon d'affirmer sa supériorité.

Et cela marchait : il avait pris le dessus.

Riley ne put s'empêcher de baisser les yeux vers le sol. Un tapis persan, visiblement précieux, recouvrait un plancher élégant. Bien entendu, il n'y avait aucune goutte de sang. Pourtant, Riley était certaine que Farrell lui avait dit la vérité. Le cerveau de Kirk avait dû exploser sur un autre précieux tapis. Farrell l'avait jeté comme si ce n'était qu'une vulgaire carpette. Il avait mis celui-ci à la place.

— Pauvre Kirk, dit Farrell avec une tristesse feinte. Il n'a jamais vraiment compris ce que cela signifiait d'appartenir à la dynastie Farrell. Je l'ai envoyé dans les mêmes écoles que mes autres fils, notamment Byars. Mais son éducation n'a pas fonctionné. Je ne sais pas pourquoi.

Farrell se remit à pivoter sur son siège en fixant le plafond.

— La mort de sa mère l'a beaucoup affecté, j'en ai peur. Selon lui, c'était de ma faute. J'ignore bien pourquoi. Il ne voulait pas que je me remarie si vite, comme s'il avait son mot à dire. Et il ne faisait pas d'effort à l'école. Il disait qu'il voulait faire de la musique. Il avait un petit groupe avec lequel il répétait. Ce n'était pas très sérieux, bien sûr. Après tout, il n'avait jamais pris de leçons. Il n'était jamais sérieux… Tout comme sa mère.

Farrell croisa le regard de Riley.

— Un jour, il est rentré dans ce bureau avec un pistolet. Il m'a dit qu'il voulait quitter l'école et se consacrer à la musique. Si je ne lui donnais pas ma bénédiction, il se faisait sauter la cervelle.

Farrell se tut.

— Je lui ai dit de ne pas se gêner, dit-il.

Il se tut à nouveau.

— Et il l'a fait.

Il sourit.

— Eh bien, voilà. Ma confession. Non, ce n'est pas moi qui ai tiré. J'imagine que c'est ce que vous pensiez. Mais j'ai pressé la détente dans son petit cerveau. Il ne l'aurait jamais fait si je ne l'avais pas encouragé. Bien sûr, les gens de mon entourage ne font rien sans recevoir mon feu vert.

Il étouffa un rire.

— Vous allez me lire mes droits ? Sans doute pas. Vous n'avez rien sur moi. La loi est ainsi faite… Elle est poreuse. Quelle est la différence entre un meurtre et un suicide, aux yeux de la loi ? C'est une question de volonté et de libre-arbitre, je suppose. Quelle chose étrange, le libre-arbitre. Certaines personnes en ont. La plupart n'en ont pas. J'en ai. Mon fils n'en avait pas.

Il resta assis, en silence, fier comme un paon, dans l'attente de leur réaction.

Riley eut envie de vomir.

Elle ne doutait pas une seconde que le récit de Farrell était exact.

Elle savait aussi quelque chose d'assez ironique.

Le suicide de Kirk Farrell n'avait aucun rapport avec les autres morts à Byars.

Et son père n'avait aucun rapport avec ce qui était arrivé aux autres étudiants.

Riley se consola en songeant qu'elle allait blesser cet homme. Ce ne serait pas une blessure très profonde, mais c'était la seule chose qui puisse lui faire mal.

Elle allait le blesser dans son amour-propre.

Elle se leva.

— Merci, M. Farrell, dit-elle. Vous ne nous êtes d'aucune utilité. Je ne perdrai pas plus de temps avec vous.

Bill ajouta :

— Nous allons trouver la sortie.

Riley soutint le regard de Farrell quelques secondes pour profiter de sa perplexité. Après tout, son petit numéro avait pour seul objectif de montrer son pouvoir. Il s'attendait à des protestations de la part des agents, et beaucoup de frustration. Mais Riley ne le prenait pas au sérieux, comme si tout son pouvoir ne signifiait rien.

Il resta assis en silence.

Riley et Bill quittèrent le bureau et descendirent les escaliers. En traversant le hall immense, Riley aperçut la jeune épouse de l'homme, debout, qui la regardait une fois encore d'un air implorant.

Un sentiment d'impuissance menaça de la submerger.

C'était son travail d'arrêter les monstres et les tueurs. Elle et Bill faisaient tout leur possible.

Mais certains monstres bénéficiaient d'une immunité – peut-être même la plupart d'entre eux, et les plus dangereux.

Sans ralentir, Riley se dirigea vers la femme. Elle mit la main dans sa poche et sortit une carte de visite de sa poche de chemise.

Elle tendit la carte à Morgan Farrell.

La jeune femme vérifia que son mari ne la surveillait pas. Puis elle glissa vivement la carte dans son soutien-gorge.

Riley poursuivit son chemin. Elle ne pouvait rien faire de plus – pour le moment. Si Morgan Farrell la contactait, il se passerait peut-être quelque chose.

Ils retournèrent à la voiture. Bill démarra.

— C'était une perte de temps, dit Bill.

C'était vrai, mais Riley ne prit pas la peine de confirmer.

— Alors, qu'est-ce qu'on fait ? demanda Bill.

— On rentre à Quantico, dit Riley. On a encore du travail à faire. Il y a certaines choses dans ce monde qu'on peut changer.

CHAPITRE QUINZE

Riley était dans le noir complet. Elle ne savait pas où elle se trouvait, mais elle entendait une voix l'appeler.

— Maman ! Maman !

C'était la voix d'April.

Mais où est-elle ? *se demanda Riley.*

Et où suis-je ?

Elle comprit soudain qu'elle était dans le garage des Pennington.

Il faisait encore plus sombre que la dernière fois, et l'espace était si vaste qu'on ne pouvait plus voir les murs.

Puis une lumière s'alluma au-dessus de sa tête. En levant les yeux, elle vit que c'était un des ridicules lustres d'Andrew Farrell.

Un lustre dans un garage ! *pensa Riley.*

C'était vulgaire et bizarre. Et cela n'éclairait pas très bien.

Cependant, Riley put apercevoir plusieurs portes autour d'elle.

Elle entendit à nouveau la voix d'April.

— Maman !

Riley essaya de répondre, mais aucun son ne sortit de sa bouche.

D'où venait la voix d'April ?

Elle devait être derrière une de ces portes. Riley était presque sûre de savoir laquelle.

Elle se précipita pour l'ouvrir.

Au lieu d'April, il y avait derrière la porte une fille inconnue, pendue par le cou. Des photos de famille étaient disposées à ses pieds.

Riley recula sous l'effet de l'horreur.

Puis la voix d'April résonna à nouveau.

— Maman !

La voix semblait venir de l'autre côté.

Riley se retourna et se précipita vers la porte.

Encore une fois, il y avait une fille pendue, et des photos à ses pieds.

Puis la voix d'April sortit d'une autre porte.

— Maman !

Riley sentit qu'on la secouait par l'épaule...

— Maman !

Riley ouvrit brusquement les yeux, avant de les refermer aussitôt, aveuglée par la lumière. Elle eut besoin de quelques secondes pour se rappeler qu'elle était dans son lit, à la maison. April était debout à côté d'elle, une main sur son épaule.

Riley lui adressa un regard vaseux.

— Il est quelle heure ? demanda-t-elle.

— Dix heures. Tu as dormi tard et très profondément.

C'était dimanche. On n'attendait pas Riley au FBI ce matin.

April ajouta :

— Tu t'agitais. Tu faisais un cauchemar ?

Riley ne répondit pas. Autour d'elle, le lit était tout froissé.

Elle commençait à se rappeler…

Elle était rentrée d'Atlanta tard la nuit dernière. Ryan dormait dans le lit. Mais il s'était réveillé quand elle s'était glissée à côté de lui.

Et puis…

Riley sourit en y pensant. Peut-être que ça allait marcher avec Ryan finalement.

— Maman, faut que tu te lèves, dit April. Il s'est passé quelque chose.

Riley bondit.

— Tu vas bien ? Et ton père ? Jilly ? Gabriela ?

— Rien de grave, dit April. Papa et Jilly sont en bas, en train de manger le petit déjeuner. Mais c'est important. Tiffany est venue.

Riley se frotta les yeux.

Ah oui, Tiffany. L'amie d'April – et la sœur d'une des victimes, Lois Pennington.

April dit :

— Tiffany n'a pas voulu aller à l'église avec ses parents. Ça fait une semaine que… qu'ils ont trouvé Lois. Elle voulait venir là, alors ils l'ont déposée.

C'était inattendu. Quand Riley avait rendu visite aux Pennington, elle n'avait pas eu l'impression de leur faire plaisir, au contraire. D'un autre côté, ils connaissaient Ryan et ils n'avaient rien contre lui ou April.

April poursuivit :

— Enfin bon, Tiffany et moi, on a pensé à un truc. Il faut que tu viennes. Descend. Je te fais du café.

— Je m'habille, dit Riley.

April quitta la chambre. Riley l'entendit dévaler l'escalier.

Riley se dirigea vers la salle de bain, s'aspergea la figure d'eau fraiche et se peigna les cheveux. Elle enfila un jean et un pull et se regarda dans la glace.

Elle fit un tour sur elle-même en souriant. Elle n'était pas si mal.

Les jeans de vieille me vont bien, pensa-t-elle. *Confortables et pratiques.*

Bien sûr, après la nuit dernière, elle se serait trouvée sexy dans un sac en toile de jute.

Alors qu'elle terminait de s'habiller, April fit irruption dans sa chambre avec une tasse de café. Riley en but quelques gorgées, puis elles descendirent.

Tiffany était assise sur le canapé du salon. Elle avait l'air fatigué, mais pas aussi bouleversé que la dernière fois.

Ryan sortit de la cuisine et l'interpella :

— Tu viens manger avec nous ? Gabriela a fait des bananes plantains frites avec des œufs. C'est délicieux !

Il adressa à Riley un regard enflammé, puis un clin d'œil.

Riley sourit, en pensant à la nuit dernière.

Puis elle rougit.

Elle espéra que personne dans la maison n'avait entendu leur folle nuit d'amour.

April dit :

— On vient dans quelques minutes, Papa. Tiffany aussi.

— D'accord, dit Ryan avant de retourner dans la cuisine.

Riley et April s'assirent près de Tiffany.

April dit à Riley.

— J'ai juste dit à Tiffany que le FBI avait ouvert une enquête sur sa sœur et les autres.

— Merci, dit faiblement Tiffany. Mes parents pensent toujours que…

Elle ne termina pas sa phrase. Puis elle dit :

— Alors, je peux vous en parler ? Ça va ?

— Bien sûr, dit Riley.

Tiffany parut à la fois rassurée et anxieuse.

— Je me suis rappelé un truc ce matin, dit-elle. Lois avait une amie à l'école qui vivait dans la même résidence. Elle s'appelle Piper Durst. Je l'ai rencontrée une ou deux fois à Byars. Elle est très gentille. Elle m'a appelée mardi dernier pour me dire qu'elle était désolée. Je lui ai dit merci et je lui ai posé des questions.

— Quelles questions ? demanda Riley.

Tiffany haussa les épaules.

— Je voulais juste savoir comment Lois allait avant ce qui s'est passé. Je veux dire… Est-ce qu'elle était déprimée ? Est-ce qu'elle avait envie de se tuer ?

— Et qu'a dit Piper ? demanda April.

— Elle a dit que Lois avait l'air d'aller bien et que c'était un choc pour elle. Elle ne comprenait pas. Mais elle a dit aussi…

Tiffany se tut, puis reprit :

— Elle a dit que Lois lui avait parlé d'un drôle de type avec qui elle discutait. Elle n'a pas dit grand-chose sur lui. Mais j'ai trouvé bizarre qu'elle m'en parle…

Tiffany leva les yeux vers Riley.

— Vous pensez que c'est important ? demanda-t-elle.

— Peut-être, dit Riley. Je peux la contacter ?

— Ouais, dit Tiffany. Par vidéo chat.

April se précipita à l'étage pour ramener son ordinateur. Puis Riley, April et Tiffany s'assirent côte à côte pour appeler.

Piper Durst était une fille au physique banal et aux cheveux noirs frisés. Derrière elle, sa chambre d'étudiante était en désordre, tout comme celle de Riley l'avait été autrefois. La jeune fille ne paraissait pas assez vieille pour être en première année de fac, mais Riley avait cette impression de plus en plus souvent. Plus elle vieillissait, plus les gamins lui semblaient jeunes.

La fille sourit en reconnaissant Tiffany entre Riley et April.

— Eh, Tiff ! Je pensais justement à toi. Tu tiens le coup ?

— Ouais, ça va, répondit Tiffany. Ecoute, voilà mon amie April. Et cette dame, c'est la mère d'April, Riley Paige. C'est un agent du FBI. Elle enquête sur les suicides de Byars, comme celui de Lois.

La fille écarquilla les yeux.

— Le FBI ? Oh, merde !

Elle plaqua aussitôt la main sur sa bouche.

— Désolée pour les gros mots.

— C'est bon. Ma mère est cool, dit April.

Piper plissa les yeux, comme si elle essayait de comprendre.

— Mais pourquoi le FBI enquête sur des suicides ? Je sais que c'est bizarre qu'il y en ait autant, mais…

Elle pâlit.

— Oh là là ! Vous pensez que ce ne sont pas des suicides !? Vous pensez qu'ils ont été…

Elle se tut.

— Nous ne savons rien pour le moment, dit Riley. Mais

Tiffany nous a dit que vous pourriez savoir quelque chose d'important. Avant sa mort, Lois fréquentait un drôle de type ?

Piper réfléchit.

— Ah ouais, mais elle n'a pas dit grand-chose sur lui.

— Elle en avait peur ? demanda Riley.

— Non, je pense pas. C'était un étudiant. C'est ce qu'elle m'a dit. Elle m'a dit qu'elle ne savait pas si elle l'aimait ou si elle avait juste pitié de lui. Elle m'a dit qu'il était gentil et qu'elle aimait bien discuter avec lui. Je sais pas pourquoi, mais j'ai eu l'impression qu'il était bizarre… Et c'était comme si Lois avait un peu honte de le connaître.

Tiffany se tourna vers Riley et dit :

— Lois craquait pour des garçons très bizarres. Des sportifs, des geeks, ça dépendait, mais ils avaient tous un truc. On se moquait d'elle à cause de ça. Quand elle vivait encore à la maison, elle me parlait parfois des types qu'elle fréquentait. Comme pour me demander mon avis. Parfois, elle sortait avec eux, parfois non. Moi, quand je les rencontrais, je les trouvais toujours normaux.

Riley prenait des notes.

Elle demanda à Piper :

— A-t-elle dit quelque chose de plus sur lui ? Son nom ? Son année ? Une description ?

— Rien du tout, répondit Piper.

Riley comprit que la fille avait dit tout ce qu'elle savait.

— Merci pour votre aide, Piper, dit Riley. Je vais devoir vous demander de ne pas en parler pour le moment.

La fille s'étonna :

— Quoi ? Vous plaisantez ? Avec un tueur sur le campus ? On devrait tous chercher ce type ! On est en sécurité ?

Riley comprenait son inquiétude, mais il ne fallait pas créer un mouvement de panique à Byars.

Riley dit :

— Je vais demander à Quantico de prévenir l'université. En attendant, s'il vous plait, ne dites rien. Il faut que ça devienne officiel.

Pier secoua la tête.

— Ouah. Bon, d'accord. Mais je vais avoir peur de quitter ma chambre.

Et tu as sûrement raison, pensa Riley.

Elle ne le dit pas à voix haute.

Riley remercia Piper et elles raccrochèrent. Tiffany et April se dirigèrent vers la cuisine pour manger le petit déjeuner, mais Riley ne les suivit pas.

Il y a un danger sur le campus, pensa-t-elle.

Elle devait faire en sorte que les étudiants soient prévenus.

CHAPITRE SEIZE

Pendant un instant, Riley hésita sur la manière de procéder. Il fallait prévenir les étudiants de Byars le plus vite possible, sans causer la panique. Elle savait qui pourrait l'aider.

Lucy Vargas avait l'intention de travailler aujourd'hui. Riley l'aurait appelée quoi qu'il arrive pour avoir des nouvelles. Elle composa son numéro.

— Salut, Riley. Je suis contente que tu m'appelles, dit Lucy. J'ai interrogé les parents de Constance Yoh hier.

Riley se redressa instinctivement. Elle ne savait pas grand-chose sur la mort de Constance Yoh, à part le fait qu'on l'avait retrouvée pendue chez elle avec une forte dose d'alprazolam dans l'organisme.

— Qu'ont-ils dit ? demanda Riley.

— Ils disent qu'ils s'inquiétaient pour les notes de Constance. Ce n'était pas *parfait*, comme ils disent… Constance s'inquiétait aussi, visiblement. Tu imagines ? Tes parents qui s'attendent à ce que tout soit parfait ? La pression doit être énorme.

Constance s'était-elle vraiment suicidée, finalement ? Et si c'était le cas, Riley se trompait-elle sur les autres étudiants ? Elle n'avait pas encore prouvé qu'il s'agissait de meurtres. Elle avait peut-être tort. Et si elle avait lancé cette enquête pour rien ?

Si c'était le cas, il devenait particulièrement important de ne pas causer la panique à Byars.

— Qu'est-ce qu'ils ont dit d'autre ? demanda Riley.

— Eh bien, c'est bizarre…, dit Lucy. Ils sont sûrs que Constance ne s'est pas suicidée. Pas parce qu'ils pensaient qu'elle ne l'aurait pas fait… Ils disent qu'elle aurait fait ça différemment. Elle aurait laissé une lettre, mais elle ne l'a pas fait. Elle serait montée sur une échelle pour se pendre, mais ils disent que c'est impossible. Elle avait un vertige terrible. Elle n'est jamais montée sur une échelle de toute sa vie.

— Pas même si on l'avait droguée ? demanda Riley.

— Ah, justement. Elle prenait des médicaments contre l'anxiété, mais c'était du lorazépam, pas de l'alprazolam. Si elle avait voulu faire une overdose, pourquoi choisir l'alprazolam ?

Alors, c'est bien un meurtre, pensa Riley.

Elle n'était pas rassurée d'avoir raison.

— Lucy, j'ai besoin que tu fasses quelque chose, dit Riley. Les étudiants à Byars doivent être prévenus qu'il y a un tueur, mais on ne veut pas causer la panique. Tu peux faire ça pour moi ?

— Bien sûr, dit Lucy. Qu'est-ce que je devrais dire, à ton avis ?

Riley réfléchit. Devait-elle dire que le suspect était un étudiant de sexe masculin, sans doute mal intégré ?

Non, elle n'avait pas assez d'informations.

— Il faut juste que les étudiants fassent attention quand ils interagissent avec les autres, notamment des étrangers ou des personnes qui ont un comportement inattendu. Et ils doivent nous prévenir s'ils remarquent quelque chose. Ils doivent surtout éviter de se retrouver dans une situation où quelqu'un pourrait leur faire ingurgiter un médicament ou de la drogue.

— Autre chose ?

Riley se tut. Oui, cela devrait suffire.

— Tu vas devoir passer par le doyen, Willis Autrey. C'est un con. Il va sûrement protester.

— Je vais me débrouiller, dit Lucy.

Riley sentit qu'elle avait raison. La jeune femme était plus douée avec les gens que Riley. Et ce serait une bonne expérience pour elle. Gérer les caprices des personnalités influentes faisait partie de leur travail.

Riley remercia Lucy et raccrocha.

Qu'est-ce que je fais maintenant ? se demanda-t-elle.

Elle réalisa qu'elle était encore un peu endormie. Il fallait qu'elle finisse son café et qu'elle mange son petit déjeuner. Elle rejoignit sa famille dans la cuisine.

*

Après le petit déjeuner, Riley monta dans son bureau. Elle allait retourner à Byars le lendemain pour interroger une deuxième fois le doyen. Après avoir parlé à Lucy, Autrey serait peut-être plus docile.

Mais Riley en doutait.

S'il est obligé de céder à Lucy, il sera plus tenace que jamais, au contraire.

Que pouvait-elle faire ?

Lucy s'acquitterait de sa tâche dès que possible. Riley connaissait une autre personne qui pouvait l'aider.

Elle alluma son ordinateur et appela par vidéo chat le psychiatre Mike Nevins.

— Riley ! s'exclama Mike. Quelle bonne surprise ! Mais je

suppose que tu n'appelles pas pour prendre de mes nouvelles.

Au grand amusement de Riley, il était aussi fringant et soigneusement habillé qu'un jour de semaine. C'était un plaisir de le voir. Il avait souvent travaillé avec elle comme consultant. Il l'avait également aidée à surmonter son stress post-traumatique.

— Mike, tu as entendu parler de l'affaire Byars ? Les fameux suicides ?

— Oui, il parait que tu as lancé le dossier avec ton panache habituel. Pauvre Walder ! Tu vas le rendre fou.

Riley étouffa un rire.

— Je fais de mon mieux, dit-elle. Sinon, j'ai besoin de toi pour gérer un cas à Byars : un type à la fois paranoïaque, crétin et peu coopératif, à un degré pathologique.

— Ah ! Un directeur d'université !

Riley sourit. Il avait vu juste.

— Exactement. Willis Autrey est le doyen de l'université. Il fait de la résistance. Il n'a pas été honnête avec nous sur le nombre de suicides dans l'année.

Mike se frotta le menton d'un air pensif.

— Il suit ses propres objectifs. Une école prestigieuse marche à la réputation. Cela ne ferait pas très joli d'avoir un tueur sur le campus. Tu dois te mettre à sa place. Bien sûr, il doit avoir la vue courte pour ne pas comprendre qu'il a tout intérêt à vous aider. Mais commençons par le commencement. Les étudiants ont été prévenus du danger ?

— L'agent Vargas y travaille, dit Riley. Avec un peu de chance, ce sera pour aujourd'hui. Autrey ne va pas apprécier et il sera certainement de mauvaise humeur quand j'irai lui parler demain.

— Ah oui… J'imagine, dit Mike.

Il se tut pour réfléchir.

— Tu penses que le tueur est un étudiant ? dit-il.

— Je ne sais pas encore, mais c'est probable. Toutes les victimes que nous connaissons étaient étudiantes.

— Si c'est le cas, le fait qu'il ait des problèmes psychologiques pourrait être inscrit dans son dossier. Tu dois demander à Autrey de faire une recherche. Plus facile à dire qu'à faire, bien sûr.

Il se tut quelques instants.

— Je pourrais lui écrire une lettre. Tu l'emporteras demain. Je lui dirai que je travaille sur l'affaire comme consultant et que je lui demande expressément de consulter les dossiers des étudiants ayant des problèmes psychiatriques.

— Tu as le droit de faire ça ? demanda Riley. Alors que nous ne savons quasiment rien ?

Mike étouffa un rire.

— Je n'en sais rien, dit-il, mais je doute qu'il en sache plus que moi.

Riley rit à son tour.

Mike ajouta :

— Si j'en crois mon expérience des directeurs d'école à la fois paranoïaques, crétins et peu coopératifs, à un degré pathologique, il ne voudra pas que ça aille aussi loin. Il devrait se montrer plus docile. Qui dois-je contacter à Quantico pour proposer mes services sur ce dossier ? Walder, peut-être ?

Riley frémit.

— Non, pas lui. Il ne veut rien savoir. C'est Meredith qui se charge de tout.

— Ah. Meredith. Très bien. J'écris la lettre et je te l'envoie par e-mail au format PDF.

— Merci beaucoup, Mike. Je savais que je pouvais compter sur toi.

Mike la fixa du regard de longues secondes.

— Ça faisait longtemps, Riley, dit-il. Comment tu vas ?

Riley savait qu'il s'inquiétait en tant que psychiatre, mais aussi en tant qu'ami.

— Je vais mieux, dit-elle. J'ai beaucoup moins de symptômes.

— Tu fais toujours des cauchemars ?

Riley hésita.

— Ça m'arrive, dit-elle.

Elle éludait. En réalité, elle en faisait beaucoup, ces derniers temps.

— Je rêve que mes proches sont en danger, surtout April.

— C'est compréhensible, étant donné ce que vous avez traversé, toi et tes proches. Tu pourrais passer me voir pour en discuter.

— Je vais y penser, dit-elle. Merci.

Ils raccrochèrent.

Riley resta assise devant son bureau quelques minutes. Elle réalisa soudain que Mike n'avait pas suivi les changements survenus dans sa vie : l'adoption de Jilly, le retour de Ryan…

Elle ne voulait pas de thérapie. Ce serait agréable de revoir Mike, mais pas s'il essayait de la psychanalyser. Il pouvait peut-être l'aider… Pour le moment, Riley préférait mettre un pied devant l'autre, prendre les choses au jour le jour. En discuter avec Mike ne ferait que lui rendre la tâche plus difficile.

On frappa à la porte. April entra.

— Tiffany est repartie avec ses parents, dit-elle. Tu travailles sur l'affaire ?

— En fait, oui, répondit Riley. Je viens de parler à quelqu'un qui pourrait m'aider. Je retourne à Byars demain. Je vais appeler Bill. C'est lui, mon partenaire. Il viendra sans doute avec moi. On en saura peut-être plus.

April lui adressa un large sourire.

— C'est trop bien, Maman ! Je sais ce que ça signifie pour Tiffany. Et pour moi aussi.

Son sourire disparut.

— Désolée d'avoir été nulle avec toi, dit-elle.

Riley se leva et enroula un bras autour des épaules de sa fille.

— Ne sois pas désolée, dit-elle. Tu avais raison. Parfois, ce n'est pas une mauvaise idée de me secouer les puces.

April éclata de rire.

— Avec toi et Bill sur le dossier, le tueur n'a aucune chance !

Le cœur de Riley se serra.

Il y avait certains dossiers qu'elle n'avait jamais résolus. Des affaires classées sans suite. Tous les agents du FBI passaient par là.

April ne savait rien de ces affaires.

Et Riley n'avait pas envie de lui en parler.

Au lieu de lui dire quoi que ce soit, elle serra April contre elle.

— C'était pour quoi, ça ? gloussa April, écrasée dans l'étreinte de sa mère.

Pour me porter bonheur, pensa Riley.

Mais elle ne le dit pas à voix haute.

Elle savait qu'elle aurait besoin d'un peu plus de que la chance pour résoudre cette affaire avant que le tueur ne fasse une autre victime.

CHAPITRE DIX-SEPT

Murray griffait la corde autour de son cou. Le nœud coulant se resserrait, et il sentait qu'il perdait connaissance. Il étouffait. Malgré ses efforts, il ne parvenait pas à desserrer le nœud sous ses doigts.

Ça n'arrivera pas, pensa-t-il.

Mais il était étourdi. Son cerveau était de plus en plus mal irrigué. Et il y avait le médicament.

Il ne lui restait plus que quelques secondes.

Il lutta pour rester conscient.

L'échelle n'était pas loin. Si seulement il pouvait atteindre un des échelons…

Il chercha à tâtons l'escabeau avec ses pieds. Emporté par son poids et son élan, son corps se mit à se balancer comme un pendule et la corde se referma sur lui.

Puis son pied trouva l'escabeau. Avec l'autre, il la traîna vers lui.

L'escabeau racla le sol, emporté par l'élan de son corps. Il entendit ses pieds métalliques tituber sur le sol en béton du garage.

Il ne devait pas la laisser tomber.

Si ça arrivait, ce serait fini. Il n'aurait plus aucune chance.

A sa grande stupéfaction, il parvint à stabiliser l'escabeau sous lui, puis à poser les deux pieds sur une marche.

La corde se détendit au-dessus de sa tête, sans pour autant relâcher la pression sur son cou. Le nœud était plus serré que jamais. Il le griffait avec les doigts, mais la corde semblait coincée.

Il pouvait encore respirer un peu, mais le manque d'irrigation sanguine l'étourdissait.

Il n'était pas encore sauvé.

Loin de là.

A ce rythme, il allait s'évanouir.

Quand ça arriverait, il dégringolerait et se tuerait.

Il y avait du matériel de jardinage sur une étagère. Il jeta un coup d'œil sur le côté. Oui, il y avait une paire de sécateurs.

Pouvait-il atteindre les sécateurs ?

Il tendit un bras tremblant. Mais les sécateurs étaient trop loin. Juste un tout petit peu trop loin.

Les pieds toujours sur l'escabeau, il inclina son corps vers l'étagère. Le mouvement de balancier faillit l'emporter vers une mort certaine, mais il parvint à se rapprocher.

Ses mains et ses bras étaient engourdis. Il réussit pourtant à s'emparer des sécateurs.

Il ne restait qu'une chose à faire.

Il devait couper la corde au-dessus de sa tête.

Ce devrait être facile. La corde n'était pas très épaisse, et les sécateurs étaient affûtés. Un simple coup de ciseau devrait suffire.

Mais il était de plus en plus étourdi. Il ne sentait même plus les sécateurs dans sa main.

Il parvint à les soulever au-dessus de sa tête.

Au prix de grands efforts, il les referma d'un coup sec. Dans le vide.

Paniqué, il recommença. Encore et encore.

Les ténèbres l'engloutirent.

Il eut l'impression de tomber dans l'espace.

Puis il se retrouva allongé sur le sol froid du garage, tout le corps endolori par le choc. Pendant une seconde, il se demanda où il était. Il comprit qu'il avait coupé la corde et qu'il était tombé. Le nœud était trop serré. Il n'arrivait toujours pas à le desserrer.

Les sécateurs étaient tombés à côté de lui.

Il les ramassa, les ouvrit et glissa une lame sous la corde.

Il lui suffit cette fois d'un seul coup sec.

La corde tomba.

Il rampa sur le sol, la gorge serrée, le souffle court.

Etait-il hors de danger ?

Presque, songea-t-il. *Mais pas tout à fait.*

S'il ne faisait rien, il s'évanouirait, tomberait dans le coma ou pire.

Il fallait qu'il sorte de ce garage et qu'il appelle à l'aide.

Une des portes n'était pas complètement refermée. Il restait un interstice. Assez large pour ramper en-dessous.

Il était tellement étourdi qu'il distinguait à peine le haut du bas, mais il rassembla ses forces et rampa vers l'ouverture. Puis il roula sur le sol.

Il était dehors, dans la rue.

Tout son corps trembla d'excitation.

Il essaya d'appeler à l'aide.

« Au secours ! »

Seul un bruit sifflant sortit de sa gorge.

Il sentit qu'il était sur le point de perdre connaissance.

Continue de ramper, pensa-t-il. *Jusqu'à ce que tu trouves quelqu'un.*

Il rampa, rampa, rampa. Puis il entendit une voiture s'approcher. Une forte lumière l'éclaira subitement. Il était encore à peine conscient de ce qui se passait. Il était au milieu de la rue !

Il tourna la tête vers des phares aveuglants. Un coup de klaxon résonna dans la nuit, suivi par le grincement des pneus.

Puis il perdit connaissance.

CHAPITRE DIX-HUIT

Le lendemain matin, Riley et Bill arrivèrent à Byars dès l'ouverture des bureaux de l'administration. En roulant dans le campus, Riley vit que les étudiants se déplaçaient la tête baissée, en s'évitant les uns les autres.

— Eh bien… Ils ont l'air effrayé, remarqua Bill. L'avertissement de Lucy a eu son petit effet.

Riley dit :

— Non, c'est la même ambiance que la dernière fois que je suis venue.

Bill secoua la tête.

— Cet endroit me flanque la trouille, dit-il.

Riley ressentait la même chose. Il ne faisait pas bon étudier à Byars, même quand il n'y avait pas de tueur dans la nature.

Bill se gara, puis lui et Riley se dirigèrent vers le bureau du doyen. L'ambiance était aussi glaçante que le mauvais temps.

La secrétaire les accueillit froidement. Bien sûr, elle reconnut immédiatement Riley.

— Le doyen n'est pas là aujourd'hui, dit la femme. Il n'est pas joignable. Il assiste à une conférence très importante.

Riley était certaine qu'elle mentait et qu'elle suivait des instructions. En jetant un coup d'œil à Bill, elle vit que c'était également son hypothèse.

— Ce n'est pas grave, dit Riley en tirant la lettre de Mike Nevins de sa poche. Je suis sûre que vous pouvez vous en occuper.

Elle tendit la lettre à la secrétaire. La femme pâlit au fur et à mesure de sa lecture.

Riley réprima un sourire. Son ami psychiatre était connu et très respecté à Washington.

Dans sa lettre, Mike Nevins exprimait son inquiétude sur la présence d'un tueur psychologiquement instable au sein de leur établissement. Mike demandait à avoir accès aux registres de l'école. Il ajoutait qu'il était certain que Byars était prêt à coopérer.

Le style de Mike Nevins était inimitable : formel et désespérément poli.

Sa lettre serait justement plus efficace parce qu'elle était polie.

Mike lui avait dit une fois que la politesse faisait peur.

Parfois, Riley regrettait de ne pas avoir son talent pour la formalité. Mais ce n'était pas son style.

La femme se leva de son bureau et disparut dans une pièce adjacente. Des bruits de conversation se firent entendre, puis le doyen aux cheveux argentés vint à leur rencontre, la lettre serrée dans son poing. Il n'avait pas l'air content et il avait perdu de sa solennité.

— Vous n'abandonnez jamais, vous ? dit Autrey.

Riley réprima un sourire. Elle aurait voulu lui dire : « En fait, non ».

Au lieu de quoi, elle lui présenta Bill.

Puis elle dit :

— Je suis navrée de vous déranger. Je pensais que vous n'étiez pas là aujourd'hui.

— Je n'y suis pas, bredouilla Autrey. C'est-à-dire que… j'allais partir. Vous bouleversez mon emploi du temps.

En jetant un coup d'œil à la secrétaire, Bill dit :

— Ah, désolé pour ce malentendu.

Autrey dit :

— Si vous êtes venus pour voir si j'avais accepté de transmettre cet avertissement ridicule, ne vous inquiétez pas. Tout le campus a été prévenu que vous nous avez inventé un tueur sur le campus. En plus de causer du souci, vous leur avez donné une bonne excuse pour sécher les cours. Les étudiants ne viennent plus.

Il jeta un coup d'œil à la lettre à travers ses lunettes de lecture, en marmonnant :

— Ridicule… Cela n'a aucun sens… Toute cette agitation pour rien…

Il dévisagea Riley et Bill.

— Je vous assure que personne n'a jamais été assassiné à Byars. Jamais.

— La loi peut vous obliger à donner les registres, dit Bill.

Autrey rendit en grognant la lettre à sa secrétaire.

— Miss Engstrand, donnez-leur ce qu'ils demandent, dit-il. Navré de vous causer tant de souci. Je dois y aller.

Il saisit son manteau sur la patère et quitta le bureau en trombe.

La secrétaire resta bouche bée devant Riley et Bill.

— Qu'est-ce que vous voulez que je fasse ? demanda-t-elle.

Bill commença à lui expliquer :

— Nous avons besoin d'informations sur les étudiants, les anciens étudiants et les membres du personnel qui pourraient avoir de sérieux problèmes psychologiques.

Le téléphone de Riley vibra. C'était Meredith.

— Agent Paige, où êtes-vous en ce moment ? demanda-t-il.

Riley avala sa salive. Allait-elle lui expliquer le bluff de Mike Nevins pour obtenir les dossiers des étudiants ? Meredith n'approuverait pas.

— A Byars, avec l'agent Jeffreys, dit Riley.

— Il faut absolument que vous alliez à l'hôpital Brandenburg Memorial.

Riley s'étonna qu'il ne lui demande pas ce qu'ils étaient en train de faire.

— C'est à Washington, c'est ça ? demanda-t-elle.

— Oui. On dirait que quelqu'un a survécu à une attaque. Il est aux urgences.

Il ? répéta Riley en pensée.

Après avoir découvert que Kirk Farrell s'était bel et bien suicidé, elle est partie du principe que le tueur ciblait uniquement les femmes.

— Il s'appelle Murray Rossum et il est en première année à Byars. On l'a trouvé dans la rue, devant chez lui, tard la nuit dernière. Il était à peine conscient de ce qui se passait. Selon la police, on l'a drogué et pendu dans le garage familial. C'est un miracle qu'il soit en vie.

— Il peut parler ?

— J'ai l'impression qu'il est conscient. Je ne sais pas s'il parle.

Riley sentit une pointe d'excitation. Ils allaient peut-être apprendre quelque chose de capital.

— On y va tout de suite, dit-elle.

Elle raccrocha. Bill venait de terminer ses explications. La secrétaire faisait apparaître les dossiers sur son ordinateur.

— Ça va prendre un peu de temps…, grommela la femme.

— On en a besoin aussi vite que possible, dit Bill.

Riley l'attira sur le côté.

— On doit aller à l'hôpital Brandenburg Memorial, dit-elle. Quelqu'un aurait survécu à une attaque. Un homme, cette fois.

Bill eut l'ait surpris.

— Alors, il est peut-être bisexuel, finalement…

— Peut-être, dit Riley. Allons-y.

*

Pendant que Bill conduisait, Riley échangea des messages avec Flores, qui lui donna le plus d'informations possible sur Murray

Rossum. C'était un gamin issu d'une famille très riche, le fils d'un géant de l'immobilier international, Henry Rossum. Son père avait des maisons dans le monde entier, mais Murray vivait apparemment à Georgetown. Murray était le fils unique et seul héritier de Henry Rossum. Rossum avait divorcé de sa mère, qui s'était éloignée de la famille.

Bill se gara. L'hôpital Brandenburg Memorial était une tour de verre très moderne. Ce devait être un hôpital cher et prestigieux.

Ils présentèrent leurs badges à la réceptionniste qui les conduisit à l'étage de Murray Rossum. En approchant de sa chambre, ils furent arrêtés par un médecin grand et distingué.

— Attendez un peu, dit-il à Riley et Bill. Mon patient ne reçoit pas de visiteurs.

Riley et Bill montrèrent leurs badges.

— Il s'agirait d'une tentative d'assassinat, dit Bill. Nous avons des raisons de croire que cette attaque est liée à une série de meurtres sur le campus Byars.

— Murray Rossum est en mesure de parler ? demanda Riley.

Le médecin fronça les sourcils.

— Cela dépend. Il a des pertes de conscience passagères, dit-il. Nous pensons qu'il devrait se remettre de ses blessures physiques et de la forte dose d'alprazolam qu'il a ingurgitée, mais le traumatisme émotionnel… Cela pourrait prendre des années.

— Nous comprenons vos inquiétudes, dit Bill. Mais c'est une question de vie ou de mort. Le tueur va sans doute frapper à nouveau très bientôt.

Le médecin réfléchit.

— Je vous autorise à le voir, dit-il, mais je veux être présent. Et je vous ferai signe quand ce sera terminé.

— Cela me convient, dit Riley.

Quand ils entrèrent, le patient semblait endormi. En entendant des bruits de pas, il ouvrit les yeux.

C'était un jeune homme aux cheveux blonds et au visage fin, presque féminin. Il avait le cou bandé et il était sous perfusion.

Le docteur dit :

— Murray, c'est le FBI qui vous rend visite. Ils sont là pour savoir ce qui vous est arrivé.

Murray écarquilla les yeux.

— Le FBI ! dit-il d'une voix cassée. Oh, enfin !

CHAPITRE DIX-NEUF

Murray Rossum semblait au bord des larmes.

Riley comprit qu'il était à la fois très anxieux et pressé de raconter ce qui lui était arrivé. Il était particulièrement impressionné de s'adresser à des agents du FBI. Cependant, il n'avait pas l'air de pouvoir pleurer.

Il est trop épuisé, pensa-t-il. Elle savait ce qu'il ressentait. *Cela viendra plus tard.*

En pensant à son long combat contre son stress post-traumatique, elle ressentit un élan de compassion à son égard. Il ne restait plus qu'à espérer qu'il aurait la force émotionnelle de s'en sortir. Comme l'avait dit le docteur, cela pourrait prendre des années.

Il semblait petit et fragile dans son lit d'hôpital

Riley et Bill s'assirent dans des fauteuils confortables, tandis que le médecin restait debout de l'autre côté du lit. C'était une chambre spacieuse et bien meublée. Sans le lit ajustable, la tige porte-sérum et les équipements médicaux, on aurait pu croire que c'était une chambre d'hôtel. Murray recevait les meilleurs soins médicaux.

Il a de la chance dans son malheur, pensa Riley.

— Nous sommes venus pour savoir ce qui s'est passé, dit Riley.

— De quoi vous souvenez-vous ? demanda Bill.

Murray avait visiblement du mal à rassembler ses pensées.

— Parfois, j'ai l'impression que je me souviens de tout, puis ça devient flou, dit-il.

— Essayez de nous dire comment tout a commencé, dit Bill.

— Prenez votre temps, ajouta Riley.

Pourtant, du temps, il n'en avait pas beaucoup. Le tueur était toujours dans la nature. Cependant, Riley savait qu'ils ne devaient pas bousculer le patient.

Le regard de Murray s'égara.

— Il y avait une fête, la nuit dernière, dans le bâtiment de Pi Delta Beta, ma fraternité, dit Murray.

Il se tut. Riley se demanda s'il serait capable de leur fournir un récit cohérent. Riley et Bill seraient peut-être obligés de le guider.

— C'était uniquement accessible aux membres de la fraternité ? demanda-t-elle.

— Non, nos fêtes sont ouvertes à tout le monde. Comme ça, on ne s'ennuie pas. Et il y a des filles.

Il parut perdre le fil.

— Votre agresseur était à la fête ? demanda Bill.

Murray hocha la tête.

— Ouais. Il était tout seul, dans un coin, avec un pack de bières. Je suis venu lui dire bonjour. Il a dit qu'il s'appelait…

Murray fronça les sourcils.

— Dane, je crois. Un nom bizarre. Je me demande maintenant si c'était son vrai nom. Il a peut-être inventé.

Riley sentit qu'il avait besoin d'encouragements.

— Vous vous débrouillez bien. Vous vous souvenez à quoi il ressemblait ?

Murray ferma les yeux.

— Ah, c'est difficile… Je me rappelle plus. Pourtant, je devrais…

Riley comprit. Les victimes refoulaient souvent leurs souvenirs de l'assaillant, du moins au début. Si elle le poussait un peu, quelques détails lui reviendraient peut-être.

— De quoi avez-vous parlé ? demanda Bill.

— Il m'a proposé une bière, qui était déjà ouverte, et je l'ai prise. Il m'a avoué qu'il ne se sentait pas à sa place. Il m'a dit…

Le regard de Murray s'éclaira.

— Oh, je me souviens mieux à quoi il ressemblait. Il était bien trop habillé pour l'occasion : il portait un costume et une cravate. C'est comme ça que j'ai su qu'il n'était pas riche. Il faisait des efforts pour s'intégrer, mais sans savoir comment et je… je sais pas…

Murray eut l'air étrangement gêné.

— J'ai essayé de lui en mettre plein la vue… Pourtant, quand ce sont les autres qui font ça, ça m'énerve ! Surtout devant les gens qui n'ont pas beaucoup de moyens. Mais on le fait tous. Quand on étudie à Byars, où tout le monde est friqué, on n'a pas souvent l'occasion de flamber. Surtout dans une fraternité comme Pi…

Il étouffa un rire rauque et moqueur.

— Ça va vous paraître bizarre, mais c'est nul d'être riche, parfois.

Riley vit Bill se raidir. La remarque devait lui sembler extrêmement condescendante. Cependant, Riley pouvait comprendre ce que Murray avait voulu dire. Elle avait épousé un avocat et elle savait qu'une vie avec de l'argent pouvait être vide de sens. On n'achetait pas les amis. C'était peut-être le problème de Murray.

Une fois encore, Murray perdit le fil. Elle le relança :

— Que s'est-il passé ensuite ?

— Je crois que j'ai réussi à l'impressionner avec mes conneries. Il m'a posé plein de questions : où je visais, à quoi ressemblait ma maison… Il m'a dit : « Ouah, on dirait que t'habites dans un manoir ! ». Je lui ai dit que c'était juste une grosse maison en ville. Je lui ai fait une description. Il m'a dit qu'il n'était jamais allé dans un endroit comme ça.

Murray se tut.

Riley dit :

— Détendez-vous. Les détails vont vous revenir.

— Essayez de vous rappeler ce qui s'est passé, un moment après l'autre, ajouta Bill. Et Essayez de ne rien oublier en route.

Murray hocha la tête, l'air mal à l'aise.

— C'est là que j'ai décidé de l'emmener chez moi.

Il les regarda tour à tour, comme pour être sûr qu'il se débrouillait bien.

— Continuez, dit Riley.

— Après tout, on s'emmerdait à la fête. J'ai cru comprendre qu'il marchait à voile et à vapeur. Je me suis dit, allez, pourquoi pas. Je suis pas gay… Mais je ne suis pas non plus fermé d'esprit. Je me suis dit : pourquoi pas, il pourra même passer la nuit s'il a envie.

— Alors vous lui avez proposé de venir chez vous ? dit Riley.

— Je savais qu'il n'y aurait personne chez moi, ou juste la bonne en train de dormir. Et je lui ai dit : « Je finis ma bière et je t'emmène. »

Murray plissa les yeux et fronça les sourcils.

— Mais il avait l'air pressé. Il a dit : « Pourquoi attendre ? On pourra boire en route. »

Il eut l'air gêné.

— Ecoutez, je sais que c'est illégal de conduire avec une canette à la main. Je l'aurais pas fait en temps normal, mais je voulais pas passer pour un connard. J'ai dit oui et on a pris ma voiture. C'est une grosse Lincoln. Il a eu l'air impressionné. Il m'a dit qu'il conduisait un vieux pickup.

Riley nota mentalement ce détail. Pour le moment, c'était l'information la plus utile qu'ils avaient appris. Peut-être que Riley pouvait encore pousser Murray plus loin.

— Vous vous souvenez d'un autre détail sur son apparence physique ? demanda-t-elle.

Une lueur passa dans son regard.

— Ouais, peut-être. Il était imposant. Pas gros, mais plutôt large et musclé, comme un joueur de football américain.

— Quelle taille faisait-il ? demanda Bill. Un mètre quatre-vingt, à peu près ?

— Non, il était pas si grand que ça, peut-être un mètre soixante-quinze. C'est juste qu'il était… imposant.

Riley fronça les sourcils. Elle était pourtant certaine que le tueur était plutôt petit. Les filles qu'il avait tuées étaient de petite taille, et Murray n'était pas très grand non plus. Une fois encore, elle se demanda si son instinct était en train de la lâcher.

— Vous vous souvenez de sa voix ? demanda Riley.

Murray la regarda droit dans les yeux.

— Ouais, il avait… ben, une voix très haut-perchée. Bizarre pour un gros type comme lui. Et il avait un accent, comme s'il n'était pas du coin. Du nord, peut-être. New York ou Boston.

— A-t-il dit où il vivait ou ce qu'il faisait dans la vie ?

Murray les regarda tour à tour.

— Quelque part à Washington, je crois. Je ne me souviens pas s'il a parlé de son travail… Ah oui, il m'a juste dit qu'il utilisait son pickup pour travailler. Il a peut-être dit autre chose, mais je ne m'en souviens pas.

Bill était sur le point de poser une autre question, mais Riley le fit taire d'un signe discret. S'ils le poussaient trop loin, Murray ne terminerait pas son récit.

Murray poursuivit :

— Dès que je me suis mis au volant, je me suis senti tout drôle, comme si j'avais pris des médocs. Je n'avais pas beaucoup bu, mais je me suis demandé s'il avait mis un truc dans ma bière. Ça m'a fait peur. Je me suis demandé pourquoi il voudrait me droguer. Puis j'ai pensé que ça pourrait être… pour le sexe.

Riley vit l'inquiétude dans son regard.

— J'ai vraiment flippé. On entend tout le temps parler de viols, mais les hommes ne pensent jamais que ça va leur arriver. Et voilà que je me retrouvais dans une voiture avec un type plus costaud que moi. J'aurais jamais imaginé…

Il se tut, secoué d'un frisson. Riley s'inquiéta. Allait-il s'arrêter de parler maintenant que les souvenirs devenaient particulièrement effrayants ?

— Essayez de vous détendre, dit-elle. Prenez votre temps.

Murray avala sa salive.

— J'ai fait semblant de finir ma bière, puis j'ai mis la canette dans le porte-gobelet. Elle doit toujours y être.

Riley l'espéra. Ce pourrait être une pièce à conviction.

— Continuez, dit-elle.

Murray se tortilla d'un air gêné.

— Quand on est arrivé chez moi et que je me suis garé dans le garage, j'étais sonné. Je comprenais presque plus ce qui se passait. Je suis pas sûr de me rappeler…

— Essayez, dit Bill.

Le visage de Murray se contracta.

— Dès que j'ai coupé le moteur, j'ai senti mon corps devenir tout mou. J'étais toujours conscient, mais c'était comme si je n'avais plus aucun contrôle. Dane m'a détaché et m'a tiré de la voiture. Je crois que j'ai essayé de lui demander ce qu'il faisait, mais je suis pas sûr…

Riley essaya de visualiser la scène.

J'ai vraiment besoin de voir ce garage, pensa-t-elle.

Murray poursuivit :

— Il m'a laissé tomber par terre comme si j'étais une poupée, puis il est allé chercher un escabeau en aluminium qu'il y a dans notre garage. Il a accroché un truc autour de mon cou. J'ai mis du temps à comprendre que c'était une corde. Je ne pouvais pas me débattre. Il m'a tiré avec la corde en haut de l'escabeau, puis il a fait passer l'autre bout par-dessus une poutre. Il a attaché la corde et il a enlevé l'escabeau.

Murray grogna.

— Après son départ, j'ai réussi à mettre un pied sur l'escabeau. Puis j'ai coupé la corde avec…

Il tourna la tête de tous côtés, comme pour chercher du regard l'objet qu'il avait utilisé.

— Des sécateurs, je crois ?

Riley attendit que le garçon rassemble ses souvenirs.

— Oui, dit-il. C'étaient des sécateurs. Puis j'ai dû m'évanouir, parce que je me suis réveillé par terre.

Il perdit le fil une fois de plus.

— Comment êtes-vous sorti du garage ? demanda Bill.

— Il restait une ouverture. Oui, c'est ça. La porte n'était pas complètement fermée. J'ai réussi à ramper vers la rue. Les phares…

Il se tut, la respiration difficile. Puis il reprit :

— J'ai vu les phares d'une voiture et j'ai entendu klaxonner. J'ai cru que j'allais me faire écraser.

Il resta silencieux un long moment.

— C'est ça. C'est tout ce dont je me souviens. Ensuite, j'étais… J'étais là.

Des larmes se mirent à couler sur ses joues et Murray s'étrangla sur un sanglot. Le médecin s'approcha du lit.

— Ça suffit, dit-il à Riley et Bill. Il faut que vous partiez, maintenant.

Riley ne se le fit pas dire deux fois. Elle savait que le docteur avait raison. Elle quitta la chambre d'hôpital en compagnie de Bill.

Riley réalisa qu'elle tremblait.

C'était par compassion pour le jeune homme et ce qu'il avait vécu.

Mais aussi par peur qu'un autre soit bientôt moins chanceux.

Nous n'avons pas un instant à perdre, pensa-t-elle.

CHAPITRE VINGT

Riley état impatiente de jeter un œil dans le garage où Murray avait failli mourir. Une fois sur la scène de crime, elle serait peut-être capable de se glisser dans l'esprit du tueur. Elle avait une excellente intuition et ils avaient désespérément besoin d'une piste s'ils voulaient arrêter ce tueur avant qu'il ne frappe à nouveau. C'était donc vers le garage que Riley et Bill se dirigeaient.

Pendant que Bill conduisait, Riley appela Mike Nevins pour avoir les conseils d'un psychiatre sur la situation. Elle lui raconta son entrevue avec Murray.

— Vous avez fait du bon travail, dit Mike.

— Peut-être, dit Riley. Mais je crois qu'il refoule beaucoup de choses.

— C'est très probable.

Puis il dit :

— Ecoute, je vais y aller et je vais l'interroger moi-même. Je vais ramener un portraitiste.

— Tu penses qu'il te donnera une description assez précise du suspect ?

— Je vais essayer de l'aider.

— Super. Tiens-moi au courant.

Riley était soulagée quand elle raccrocha. Un fin psychologue comme Mike ferait un meilleur interrogatoire que Riley et Bill.

En attendant, il y avait autre chose à faire.

— A ton avis, où on en est ? demanda Riley à Bill.

Bill secoua la tête tout en conduisant.

— Je n'en sais rien, Riley. Tout ce qu'on a pour le moment, c'est un type imposant avec une voix haut-perchée et un accent de la côte est, qui conduit un pickup. Et il ferait un travail qui lui demanderait d'utiliser son véhicule. Et ce n'est pas un étudiant à Byars.

— Il vivrait à Washington, ajouta Riley.

— Ouais, mais où ça nous emmène ? Je ne crois pas que Murray ait vu le pickup, donc on ne connait ni la marque, ni l'année, ni rien. Il y a combien de pickups dans une ville de plus d'un demi-million d'habitants ?

Riley ne répondit pas, mais elle était d'accord avec Bill. Ils n'avaient pas grand-chose. Elle espéra que Mike aurait plus de succès avec le portraitiste.

Quand ils s'approchèrent de la maison de Murray Rossum, Riley s'étonna de la trouver si petite. Murray lui avait dit qu'il avait essayé d'impressionner le suspect, mais la maison n'était pas particulièrement impressionnante. C'était une maison de ville bien plus grande que celle de Riley, mais seulement une maison de ville. Ce n'était certainement pas un manoir.

On leur avait signalé que l'entrée du garage donnait sur la rue, derrière la maison. En contournant la maison, Riley constata qu'elle était en réalité bien plus grande qu'elle n'y paraissait. Cependant, il était toujours difficile d'en évaluer la taille.

Bill se gara sur le parking. Ils furent accueillis par Trey Beeler, le chef de l'unité de recherche scientifique de Quantico. Riley et Bill avaient déjà travaillé avec lui. Trey et son équipe de trois personnes étaient visiblement en train de terminer leur inspection.

Trey marcha vers eux en souriant.

— Un meurtre, alors ? dit-il. On dirait plutôt un suicide.

Trey avait dû entendre parler de tout le mal que Riley s'était donné pour ouvrir le dossier. Il la taquinait.

— Moi, je penche pour le meurtre, dit-elle. Et je n'ai même pas encore vu la scène de crime.

Trey étouffa un rire.

— C'est vous, la spécialiste. Celle qui a une intuition légendaire. Il faut bien justifier votre salaire.

Il la taquinait toujours. Riley ne connaissait pas le salaire de Trey, mais elle ne devait pas gagner autant que lui. Avec tous ses diplômes, il était au-dessus d'elle dans la chaine alimentaire de l'Unité d'Analyse Comportementale. Mais elle n'avait pas l'intention de répondre à ses provocations. Elle n'était pas d'humeur.

— Qu'est-ce que vous avez ? demanda Riley.

— On termine, dit Trey. Venez, je vais vous montrer.

Il conduisit Riley et Bill vers une porte du garage. L'autre était entrouverte, comme l'avait dit Murray.

C'est comme ça qu'il est sorti, se rappela-t-elle.

Riley balaya du regard l'allée menant de la porte à la rue. Murray avait dû ramper.

C'est un effort désespéré, réalisa-t-elle. *C'est long pour un garçon drogué et blessé.*

Puis elle et Bill suivirent Trey dans le garage.

Il était étonnamment grand. Riley se rappela son cauchemar : elle s'était imaginée dans le garage des Pennington, qui lui avait paru immense. Trois voitures étaient garées là : une BMW, une Mercedes et une Lincoln. A côté de la Lincoln, il y avait de la place pour une quatrième voiture.

Un escabeau en aluminium se dressait juste à côté d'un mur d'étagères remplies de matériel de jardinage. Une corde était encore attachée à une poutre, juste au-dessus. Le nœud coulant gisait à terre, ainsi qu'une paire de sécateurs.

Comment Trey et son équipe n'étaient pas encore partis, Riley pouvait être sûre que tout était exactement comme Murray l'avait laissé. Un des portières de la Lincoln, côté passager, était ouverte. Riley jeta un coup d'œil à l'intérieur.

— Qu'est-ce que vous avez trouvé, là-dedans ? demanda-t-elle à Trey.

— Beaucoup d'empreintes digitales, de fibres et d'ADN. Ça va être difficile à trier et à analyser. On ne sait pas combien de personnes sont entrées dans cette voiture.

Il y avait une canette de bière ouverte dans le porte-gobelet.

Riley pensa à ce que lui avait dit Murray.

« J'ai fait semblant de finir ma bière, puis j'ai mis la canette dans le porte-gobelet. »

Riley leva la bière entre ses doigts. Il en restait encore les trois-quarts.

Elle dit à Trey :

— Il me faut une analyse complète de tout ce qu'il y a dans cette cannette.

— On s'en occupe, dit Trey. Qu'est-ce que vous pensez trouver ?

— De l'alprazolam…. En grande quantité.

Riley prit de longues inspirations. C'était le moment de se glisser dans la tête du tueur pour recréer la scène qui avait eu lieu ici.

Elle monta dans la voiture côté passager.

Elle remonta jusqu'à moment où Murray s'était arrêté dans le garage. Il devait avoir une conduite dangereuse, quand il était arrivé là. Le tueur avait peut-être eu peur d'avoir un accident. Il avait peut-être poussé un soupir de soulagement quand Murray avait coupé le contact.

Puis le corps de Murray s'était détendu. C'était le moment d'agir.

Riley imagina le tueur détacher sa ceinture de sécurité et tirer Murray

« Comme si j'étais une poupée. », avait dit Murray.

Le tueur était grand et fort. Murray ne faisait pas le poids. Le tueur souleva Murray sans effort. Pendant ce temps, les lèvres de Murray s'agitaient et il gémissait, mais il n'arrivait pas à protester ou à se débattre.

Riley sortit de la voiture pour suivre les gestes du tueur.

Il laissa tomber le corps de Murray sur le sol du garage. Il avait besoin d'une échelle.

Riley balaya la pièce du regard.

Ici, pensa-t-elle en remarquant un espace vide près des étagères.

Riley marcha vers l'endroit où l'escabeau devait être rangé en temps normal, en suivant toujours les gestes du tueur.

Il déplaça l'escabeau et l'installa, non pas à l'endroit où il se trouvait maintenant, mais un tout petit peu plus loin.

D'où venait la corde ? se demanda Riley.

Peut-être qu'il l'avait trouvée dans le garage, mais ce n'était pas ce que pensait Riley. Il devait l'avoir avec lui, dans un genre de sacoche. Il avait peut-être déjà préparé son nœud coulant.

Riley imagina le tueur passer la corde autour du cou de Murray et serrer le nœud. Puis il traîna Murray vers l'escabeau et fit passer la corde de l'autre côté de la poutre. Enfin, il souleva le corps et monta les échelons.

Riley recula de quelques pas pour embrasser toute la scène du regard.

Qu'avait ressenti le tueur en sentant Murray s'agiter faiblement, en voyant ses doigts griffer la corde autour de son cou ?

De la joie ?

De l'euphorie ?

Ou une froide satisfaction ?

L'intuition de Riley l'abandonnait, une fois encore. Elle n'arrivait pas à bien sentir la scène.

La seule émotion qui lui parvenait, c'était la terreur et l'étourdissement de Murray lui-même.

Elle remarqua que Bill la regardait avec intérêt, dans l'attente qu'elle lui fasse part de ses observations habituelles.

Mais Riley ne sentait rien venir.

Le tueur était un vide, une absence.

Elle ne le sentait pas du tout.

Elle marcha vers la porte du garage et rampa vers la lumière.

C'était comme ça que Murray était sorti. Et le tueur avait dû sortir par le même endroit.

Elle regarda à droite, puis à gauche.

Comment le tueur était-il parti ?

Où était-il allé ?

Elle n'en avait aucune idée.

Il doit pourtant être là, quelque part, pensa-t-elle.

Mais elle ne le sentait nulle part. Elle ne le sentait pas du tout.

Ce monstre était-il si puissant qu'il échappait à son intuition ?

Cette pensée lui donna des frissons.

Bill et Trey étaient sortis du garage pour la rejoindre.

— Tu as quelque chose ? demanda Bill.

Riley soupira, très déçue.

— Allez, dit-elle à Bill. Retournons à Quantico.

CHAPITRE VINGT ET UN

De retour à Quantico, Riley et Bill furent accueillis dans le hall par un Brent Meredith inhabituellement enthousiaste.

— Nous avons reçu le rapport préliminaire de l'équipe scientifique de Trey Beeler, dit-il. Nous n'avons rien trouvé d'utile dans le garage. Trey Beeler confirme qu'il y a de l'alprazolam en grande quantité dans la bière. Les empreintes digitales n'ont rien donné : elles ne sont pas répertoriées dans notre base de données. Et ils sont encore en train de travailler sur l'ADN.

— Alors, il n'y a rien ? demanda Bill.

— Non, mais je viens de recevoir un coup de téléphone de Mike Nevins, dit Meredith. Il veut parler à l'équipe. Il dit qu'il a quelque chose.

C'était rapide, pensa Riley.

Elle espéra que son interrogatoire de Murray Rossum avait porté ses fruits.

Riley et Bill suivirent Meredith dans la salle de conférence. Crai Huang et Lucy Vargas les attendaient. Meredith composa le numéro de Mike Nevins et mit le haut-parleur.

— Je suis en réussite, dit Mike. Murray s'est rappelé de nombreux détails sur l'apparence physique du tueur. Le portraitiste a fait un bon dessin. Je vous l'envoie.

Quelques minutes plus tard, tous les cinq examinaient un dessin sur leurs téléphones portables.

— Excellent, dit Meredith. C'est une très bonne image.

Riley était d'accord. C'était un portrait particulièrement vivant. Dane – si c'était bien son nom – avait un visage large. Ses cheveux étaient épais et hirsutes. Il avait des yeux perçants sous de gros sourcils. Son nez était un peu rond. Toutefois, c'était sa bouche qui attirait le regard. Il avait des lèvres fines aux commissures retroussées, qui lui donnaient un perpétuel air moqueur.

Les talents de Mike avaient bien réveillé la mémoire de Murray. Elle se demanda si le psychiatre avait utilisé l'hypnose.

Mais quelque chose la dérangeait…

Le portrait n'était-il pas trop précis et trop vivant ?

Après avoir subi un traumatisme, les victimes pouvaient fabuler et se rappeler de détails qui n'étaient pas réels.

Riley essaya de chasser ses doutes. Après tout, Mike était très bon dans son domaine.

— Il s'est rappelé autre chose ? demanda Bill.

— Oui. L'assaillant a dit à Murray qu'il sortait avec quelqu'un.

— Un garçon ? demanda Riley, en pensant au flirt que Murray avait cru déceler dans l'attitude du tueur.

— Non, une fille. Une étudiante de Byars. Elle s'appelle Patience. Murray pense qu'il ne lui a pas donné son nom de famille.

Patience ! pensa Riley.

Il y avait donc encore des parents pour appeler leur fille comme ça ? N'était-ce pas un prénom démodé, comme Gilbert et Sullivan ?

C'était un indice important. Ce serait peut-être même la clé qui leur permettrait de boucler l'affaire.

— Au fait, ajouta Mike, Murray sort de l'hôpital demain. Il rentre chez lui.

Riley haussa les sourcils. Le garçon lui avait paru si faible et si frêle dans son lit d'hôpital.

— Ce n'est pas un peu tôt ? demanda-telle.

Mike ne répondit pas tout de suite.

— C'est ce que je me suis dit au début. Mais il veut vraiment rentrer chez lui. Il a appelé son père qui est en Allemagne, en ce moment. Son père a demandé à l'hôpital de le laisser sortir. Je pense que tout ira bien. Il aura une aide à domicile. On s'occupera bien de lui. Il n'est pas gravement blessé et il se remettre plus facilement de ses émotions chez lui.

Mike devait avoir raison. Après avoir jeté un coup d'œil à la maison, Riley savait que tout était bien sécurisé. Et si ce n'était pas le cas, la famille ferait le nécessaire quand Murray rentrerait chez lui. Il serait mieux là-bas qu'à l'hôpital.

— Merci pour votre excellent travail, Mike, dit Meredith.

— Ravi d'avoir pu vous aider, dit le psychiatre. Tenez-moi au courant et appelez-moi si vous avez besoin de moi.

Ils raccrochèrent.

Meredith donna ses instructions :

— Agent Huang, rendez une petite visite à la fraternité Pi Delta Beta. Parlez aux garçons que vous rencontrerez et demandez-leur s'ils savent quelque chose sur le type avec lequel Murray est parti.

— J'y vais, répondit Huang avec impatience.

Il se leva et quitta la salle de conférence.

— Paige et Jeffreys, retournez à Byars. Vous ne devriez pas avoir de mal à trouver une étudiante qui s'appelle Patience.

Lucy prit la parole timidement :

— Je peux aller avec les agents Paige et Jeffreys ? demanda-t-elle.

Meredith sourit. Riley sourit, elle aussi. Comme Lucy était nouvelle à l'Unité d'Analyse Comportementale, Riley savait qu'elle voulait prouver sa valeur. Et Riley et Bill aimaient travailler avec elle.

— Bien sûr, dit Meredith. Allez-y tous les trois.

Quand les agents se levèrent, Meredith ajouta d'un air sévère :

— Et revenez avec des résultats !

*

Peu après, Riley, Bill et Lucy étaient arrivés à Byars – un campus toujours aussi froid et inhospitalier. Quand ils se dirigèrent vers le bureau du doyen, la secrétaire les accueillit avec sa froideur habituelle.

Elle ramassa un dossier en papier kraft sur son bureau.

— Voilà toutes les informations que j'ai trouvées, dit-elle. Tous les dossiers que nous avons sur les étudiants et les membres du personnel ayant des problèmes psychologiques.

Puis elle ajouta d'un ton hautain :

— Comme vous le voyez, c'est un dossier très mince. Nous n'avons pas beaucoup de problèmes à Byars.

Elle tendit le dossier à Bill et se rassit en croisant les bras sur sa poitrine. C'était une manière de les congédier.

Cependant, les trois agents se contentèrent de la fixer du regard, pour lui signifier en silence qu'ils voulaient à nouveau parler au doyen.

La secrétaire poussa un soupir d'irritation. Elle se leva et ouvrit la porte donnant sur le bureau du doyen pour annoncer les visiteurs.

Le doyen sortit, visiblement mécontent de les voir.

— Vous revoilà ! grommela-t-il. Et pour quelle raison absurde êtes-vous revenus ?

Riley dit :

— Monsieur, je suis navrée de vous informer qu'un autre de vos étudiants a été attaqué. Il s'appelle Murray Rossum.

Autrey écarquilla les yeux. Riley comprit que c'était un nom qu'il connaissait. Il devait considérer les Rossum comme une famille importante, avec de l'influence – le genre de famille avec laquelle il ne voulait pas d'ennuis.

— Bonté divine ! s'exclama-t-il. Comment va-t-il ?

— Il a survécu, mais il a eu de la chance, dit Bill. Il nous a donné une bonne description de son agresseur.

Riley lui montra le portrait-robot.

— Avez-vous déjà vu ce jeune homme ? demanda-t-elle. Il se ferait appeler Dane.

Autrey jeta à peine un coup d'œil au dessin, avant de dire :

— Jamais vu de ma vie. C'est tout ce que vous vouliez savoir ?

— Vous devez afficher ce portrait dans le campus.

Autrey roula les yeux au ciel d'un air exaspéré.

— Attendez un peu, dit-il. Je viens juste d'envoyer aux étudiants un avertissement qui a failli provoquer un vent de panique. Et maintenant…

Riley le coupa :

— Il faut que vous le fassiez. C'est une question de vie ou de mort.

Autrey prit le dessin et l'examina plus attentivement à travers ses lunettes de lecture.

— Il se fait appeler Dane, vous dites ? Ce n'est certainement pas un de nos étudiants.

— Nous pensons que ce n'est pas un étudiant, dit Bill.

Autrey fronça les sourcils.

— Eh bien, nous allons mettre fin à ses agissements, je vous assure. Nous allons renforcer la sécurité sur le campus. Il a du culot de venir ici harceler mes étudiants.

Harceler ? pensa Riley.

Le doyen n'arrivait toujours pas à employer le mot « assassiner ».

Autrey tendit le portrait à sa secrétaire.

— Miss Engstrand, faites des photocopies et faites-les afficher dans des endroits stratégiques.

Il se retourna vers Riley, Bill et Lucy.

— Maintenant, si vous voulez bien m'excuser, j'ai un emploi du temps très chargé.

Lucy l'interrompit avant qu'il n'ait eu le temps de regagner son bureau.

— Nous avons besoin d'une dernière chose, monsieur. Selon Murray, son agresseur sort avec une fille de Byars. Elle s'appelle Patience. Nous ne connaissons pas son nom de famille.

Autrey plissa les yeux.

— Patience. Oui, ce nom me dit quelque chose. Miss Engstrand, vous pouvez vérifier ?

La secrétaire pianota sur son clavier.

—Elle s'appelle Patience Romero, dit-elle. Une Mexicaine, de Mexico. Voilà sa photo.

Bill, Riley et Lucy s'approchèrent de l'écran.

La jeune fille avait un physique agréable, d'une beauté très conventionnelle – blanche de peau et blonde.

Riley ressentit un bref instant de surprise. Patience ne ressemblait pas à une Mexicaine... Mais elle se morigéna immédiatement d'avoir de tels préjugés. Il n'y avait pas de « type » mexicain. Pourquoi avait-elle pensé une chose pareille ?

En jetant un coup d'œil discret à Lucy, elle remarqua une fois encore son teint au hâle foncé et doré, ainsi que ses cheveux très noirs. Elle vit aussi que Lucy regardait la photo de Patience d'un drôle d'air.

Lucy connait cette fille ? se demanda Riley.

Si c'était le cas, elle n'en disait rien

— On doit parler à cette fille, dit Bill. Comment peut-on la contacter ?

La secrétaire fit apparaître l'emploi du temps de la fille.

Elle dit :

— Son cours de psychologie finit dans quelques minutes. Si vous vous dépêchez, vous pourrez la trouver à la sortie du bâtiment Howard.

La secrétaire leur expliqua comment y aller, puis Riley, Bill et Lucy se dirigèrent vers le bâtiment couvert de lierre.

Un groupe d'étudiants était en train de sortir. Une fois encore, Riley remarqua que les jeunes gens ne discutaient pas, comme si la camaraderie n'était pas de mise à Byars. Chacun semblait isolé et pressé d'aller à son prochain cours.

Avec son teint pâle, Patience Romero ne fut pas difficile à trouver. Les trois agents s'approchèrent en montrant leurs badges.

Bill dit :

— Je suis l'agent spécial Bill Jeffreys, FBI. Voilà les agents Paige et Vargas. Nous aimerions discuter avec vous. Savez-vous où nous pourrions aller ?

La jeune fille ne répondit pas tout de suite. Riley vit qu'elle regardait fixement Lucy, qui lui renvoyait son regard.

Enfin, la fille dit :

— On peut aller au syndicat étudiant. Venez, je vous emmène.

En marchant vers le bâtiment, Riley sentit qu'il y avait une étrange tension entre Lucy e la jeune étudiante.

Qu'est-ce qui se passe ? se demanda Riley.

CHAPITRE VINGT-DEUX

Lucy Vargas aurait presque préféré ne pas venir. Très mal à l'aise, elle suivit Patience Romero et les deux agents dans le bâtiment du syndicat étudiant.

Cependant, elle se comporterait de façon professionnelle.

Si je ne sais pas gérer cette situation, comment suis-je censée faire mon travail ? se demanda-t-elle.

Ils s'assirent autour d'une table dans la salle commune. Patience adressa un grand sourire aux agents Paige et Jeffreys, tout en évitant de croiser le regard de Lucy.

— Vous ne trouvez pas que c'est une super école ? dit Patience. C'est une des meilleures, vous savez. Ce n'est pas facile d'y être accepté. Et c'est très cher. Mais ma famille a les moyens. Mon père est un homme très important à l'ambassade…

La fille avait à peine une pointe d'accent hispanique et elle parlait sans laisser aux agents la possibilité de l'interrompre. Elle passait de temps en temps les doigts dans ses cheveux blonds, pour leur redonner du volume. Son autre main était posée à plat sur la table, pour exhiber son gros solitaire.

Lucy vit que ses collègues étaient perplexes. Patience Romero était tellement occupée à fanfaronner sur sa famille qu'ils n'avaient pas le temps de poser des questions.

Lucy connaissait très bien ce genre de personne et cette situation.

C'était culturel. Une histoire de classes sociales.

Née aux Etats-Unis, Lucy était rarement confrontée à ce genre de situation.

Mais la mère de Lucy, née au Mexique, lui en avait parlé.

On appelait ça le *malinchismo* – une identification presque obsessionnelle à la culture nord-américaine et européenne. Même le prénom de la fille, Patience, trahissait ce comportement. Il était évident qu'elle était très fière de ses cheveux blonds et de son teint pâle – les signes d'une ascendance purement européenne.

Aux yeux de cette fille, Lucy, avec son teint halé et ses cheveux noirs, représentait tout ce qu'elle méprisait – une *india*, une femme aux origines indigènes. Pour une fière et pâle *güera* comme Patience, Lucy ne méritait qu'un rôle de soumission.

Cela ne lui plaisait pas du tout que Lucy ait un badge et l'autorité qui allait avec.

Toutes ses vantardises étaient destinées à Lucy. Patience revendiquait sa supériorité culturelle.

Enfin, Riley parvint à interrompre le flot d'égocentrisme.

— Patience, je suis sûre que vous avez entendu parler des étudiants de Byars qui ont été assassinés. Nous sommes là pour vous poser quelques questions.

La fille eut l'air profondément agacé.

— Je ne sais rien de tout ça, évidemment, dit-elle d'une voix hautaine.

Lucy vit Riley et Bill échanger un regard. Si seulement elle pouvait leur expliquer ce qui se passait… Patience ne voulait pas discuter d'un sujet si sérieux devant une *india*.

Je devrais peut-être m'en aller, pensa-t-elle. *Ils obtiendront plus d'informations sans moi.*

Mais Lucy ne pouvait s'y résoudre. Cela ne serait pas du tout professionnel. Elle devait faire de son mieux pour participer. Mais comment ?

Bill demanda :

— Connaissez-vous un étudiant qui s'appelle Murray Rossum ?

La fille roula les yeux au ciel.

— Je ne pense pas. Pourquoi ? Je devrais ?

Lucy s'obligea à prendre la parole :

— Il a été attaqué chez lui, la nuit dernière. Il a été presque tué.

Les yeux bleus de Patience se posèrent brièvement sur Lucy avec indignation.

— Qu'est-ce que j'en sais ? siffla-t-elle. Je ne vois pas pourquoi vous me poser toutes ces questions.

Lucy commençait à s'agacer.

Cette fille ne comprenait donc pas que ce n'était pas le moment d'être snob ?

— Murray nous a donné votre nom, dit Lucy.

Riley fit apparaître le portrait-robot sur son téléphone et le montra à Patience.

— L'assaillant de Murray ressemble à ça, dit Riley. Il se ferait appeler Dane. Ce n'est pas un étudiant et il conduit un pickup. Il a dit à Murray qu'il sortait avec vous.

Patience éclata d'un rire sarcastique.

— Vraiment ? Il n'est pas étudiant, il conduit un pickup et…

Elle pointa le portrait du doigt.

— Et il ressemble à *ça* ? Je ne crois pas, non. Et je ne sais pas de quoi vous m'accusez.

Bill eut l'air décontenancé.

— On ne vous accuse de rien, dit-il.

— Nous voulons seulement savoir si vous connaissez cet homme, dit Riley. Vous êtes sûre ?

Patience chassa le portrait d'un geste de la main.

— Oh oui, j'en suis sûre. Et si vous n'y voyez pas d'inconvénient, je dois y aller. J'ai un autre cours. Mes notes sont excellentes et…

En fusillant Lucy du regard, elle ajouta :

— Ma famille attend beaucoup de moi.

Patience se leva de son siège.

Lucy sentit avec surprise qu'elle paniquait.

La fille était peut-être en danger mortel, mais elle l'ignorait par fierté.

Avant que Patience n'ait eu le temps de partir, Lucy dit :

— Patience, c'est très sérieux. Un meurtrier harcèle des étudiants sur le campus. Si un homme ressemblant à ce portrait-robot s'approche de vous, vous devez nous appeler immédiatement. Et ne traînez pas seule sur le campus.

La fille ramassa ses livres.

— Je sais éviter les ennuis, dit-elle à Lucy. Je peux très bien me défendre toute seule, merci beaucoup.

Elle sortit à grands pas de la cafétéria.

Bill et Riley échangèrent un regard abasourdi.

— Qu'est-ce qui s'est passé ? demanda Bill.

Lucy étouffa un soupir amer.

— Je vous expliquerai sur le chemin du retour, dit-elle.

Lucy et les agents Paige et Jeffreys se levèrent et se dirigèrent vers la voiture. L'inquiétude de Lucy ne fit que croître.

Si quelque chose arrivait à Patience Romero, pourrait-elle se le pardonner ?

*

En rentrant à la maison dans l'après-midi, Riley était découragée. April était de retour de l'école et l'accueillit dans le salon.

— Jilly est là ? demanda Riley.

— Elle est en haut. Elle fait ses devoirs. Elle commence à bien se débrouiller en cours.

Riley poussa un soupir de soulagement. Au moins, ça se passait bien à la maison, pour le moment.

— Alors, ça avance ? demanda April.

— Je ne suis pas sûre, April, répondit Riley.

— Mais il y a beaucoup de monde pour t'aider, non ? Il y a même Lucy qui travaille avec toi.

Riley ne répondit pas. Elle savait qu'April aimait bien Lucy, mais Lucy avait eu des difficultés pendant l'interrogatoire de Patience Romero. Elle avait expliqué à Riley et à Bill que c'était une histoire de classes sociales au Mexique.

Quel mot avait-elle employé ?

Ah oui, se rappela-t-elle. *Malinchismo.*

Apparemment, le nom venait d'une légende mexicaine sur un Espagnol et une indigène.

Riley savait que ce n'était pas la faute de Lucy, mais Lucy s'en voulait et le prenait personnellement. Pourvu qu'elle n'ait pas de mal à s'en remettre…

— Tu as l'air super inquiète, dit April. Je peux faire quelque chose ?

La sollicitude de sa fille toucha Riley.

— En fait, oui, il y a peut-être quelque chose, dit Riley. Allons discuter avec Tiffany.

Riley et sa fille montèrent dans le bureau de Riley. Elles appelèrent Tiffany par vidéo chat.

— Maman travaille dur sur l'affaire, dit April à Tiffany.

— Je suis super contente, répondit Tiffany.

— Elle a des questions à te poser.

Riley montra à Tiffany le portrait-robot.

Riley dit :

— Tu n'as sans doute pas passé beaucoup de temps sur le campus, mais j'ai besoin de savoir si tu reconnais ce visage.

Tiffany plissa les yeux.

— C'est l'homme qui a tué ma sœur ? demanda-t-il.

— Nous pensons que c'est peut-être lui, dit Riley.

Tiffany frémit.

— Je pense que je l'ai jamais vu. Je me souviendrais de ce visage.

— T'en es sûre ? insista April.

Riley ajouta :

— Il se ferait appeler Dane.

Tiffany plissa à nouveau les yeux et examina de plus près le portrait.

— Je me souviens pas du nom, dit Tiffany. Mais c'est *peut-être* le type bizarre dont Lois m'a parlé. C'était un étudiant ?

— Nous pensons que non, dit Riley.

— Alors, je crois pas que ce soit lui.

Riley réfléchit pendant quelques secondes aux questions qu'elle devait poser.

— Ta sœur a-t-elle parlé d'un garçon qui s'appelle Murray Rossum ? dit-elle.

— Je pense pas. Pourquoi ?

— C'est juste un nom qui est sorti, dit Riley.

Elle posait la question pour être sûre de ne pas laisser de piste inexplorée.

Un silence passa.

Riley était à court de questions.

— C'est tout pour le moment, dit Riley. Tu m'as beaucoup aidée.

Tiffany se rembrunit.

— Je vous ai pas aidée du tout, dit-elle. Je me sens tellement nulle…

Avant que Riley n'ait eu le temps de répondre, April intervint :

— Il faut pas que tu te sentes comme ça, Tiffany. Tu m'entends ? C'est pas de ta faute. Je sais ce que c'est de s'en vouloir pour des trucs dont on n'est pas responsable. Mais tu dois pas penser comme ça. Répète-toi bien que c'est pas de ta faute.

Riley sourit. April disait à Tiffany exactement ce qu'elle devait entendre. Riley était certaine qu'elle le ferait. C'était pour cette raison qu'elle avait demandé à April d'être présente.

Tiffany hocha la tête et dit :

— D'accord.

— C'est vrai, répéta April. Ne l'oublie pas.

Elles raccrochèrent et Riley enroula un bras autour des épaules d'April.

— Tu t'es très bien débrouillée, dit-elle.

— J'ai pas fait grand-chose, répondit April en rougissant.

— Si. Tu le sais très bien.

April étouffa un rire.

— Bon, d'accord. J'ai un peu aidé. Je descends pour aider Gabriela à préparer le dîner. Je suis sûre que tu as du travail à faire.

April prit sa mère dans ses bras et quitta le bureau.

Riley resta assise de longues minutes à réfléchir. Puis elle sortit son téléphone et appela Craig Huang.

— Comment ça s'est passé avec la fraternité ? demanda-t-elle.

— On n'a rien trouvé, dit Huang. On a montré le dessin à tout le monde et on leur a dit ce qui était arrivé à Murray. Apparemment, personne ne connait ce type. Personne ne se rappelle non plus avec qui Murray est parti.

Riley fronça les sourcils.

— Comment est-ce possible ? demanda-t-elle.

Huang se défendit :

— Je ne suis pas responsable. Je me contente de relayer ce qu'on m'a dit. Il y a beaucoup de monde qui circule dans ces fêtes. L'homme que nous cherchons doit passer très inaperçu.

Huang n'avait sans doute pas posé les bonnes questions. Il ne progressait peut-être pas autant qu'elle l'avait cru, mais il était inutile de lui dire ça maintenant. Riley le remercia et raccrocha.

Puis elle ouvrit sur son écran d'ordinateur toutes les informations qu'elle avait à disposition : rapports d'autopsie, coupures de presse et photos des victimes.

C'était beaucoup.

Alors pourquoi l'équipe ne faisait-elle pas de progrès ?

Ça ne va pas être facile, pensa Riley.

*

Riley était profondément endormie quand une main la secoua par l'épaule.

— Maman ! Maman ! Réveille-toi !

Riley ouvrit les yeux. Une pâle lumière passait par la fenêtre.

Il était très tôt le matin et elle avait dormi toute la nuit. Au moins, elle n'avait pas fait de cauchemar – pas de cauchemar dont elle se souvenait.

— Qu'est-ce qui se passe ? demanda Riley. Qu'est-ce qu'il y a ?

— Tiffany vient d'appeler. Tu te souviens de la fille à qui on a parlé ? Piper Durst ?

Riley rassembla ses pensées.

— L'amie de Lois, dit-elle d'un ton vaseux en se rappelant leur conversation par vidéo chat.

Le visage d'April s'éclaira d'excitation.

— C'est ça, dit-elle. Eh bien, Piper a appelé Tiffany ce matin. Piper dit que son copain pense avoir vu le type sur le portrait. C'est une bonne nouvelle, non ?

Riley se redressa.

— Oui, peut-être, dit-elle.

— Alors, qu'est-ce que tu vas faire ? demanda April.

— Je vais appeler Bill et Lucy. Tous les trois, on va retourner à Byars pour parler au copain.

April bondissait d'excitation.

— Je peux venir ? dit-elle.

— Pas question.

Les épaules d'April s'affaissèrent.

— Allez, Maman…

— Tu as école aujourd'hui. Maintenant, descends et prépare le petit déjeuner. Et s'il te plait, veille à ce que Jilly aille bien à l'école.

April quitta la chambre en grommelant. Riley savait que Gabriela veillerait à nourrir les deux filles avant qu'elles ne partent, mais elle voulait encourager April à prendre des initiatives. Elle était fière de voir sa fille grandir.

Riley chercha ses vêtements.

C'est peut-être un tournant, pensa-t-elle. *La piste qu'on cherchait.*

CHAPITRE VINGT-TROIS

Riley envoya immédiatement un message à Bill et à Lucy.

On a peut-être une bonne piste à Byars. Je passe vous chercher.

Puis elle prit sa voiture. Bill et Lucy habitaient tous deux à Quantico, près du siège de l'Unité d'Analyse Comportementale.

Bill l'attendait debout devant l'entrée.

— Qu'est-ce que tu as trouvé ? demanda-t-il en montant à côté d'elle.

— Quelqu'un pense avoir vu le type du dessin. Et le pickup. Allons chercher Lucy.

L'appartement de Lucy n'était qu'à quelques rues. La jeune femme sortit du bâtiment dès qu'elle vit la voiture se garer, mais elle s'installa en silence sur la banquette arrière. Riley comprit qu'elle était encore de mauvaise humeur.

— Commençons par le commencement, lui dit Riley. Je sais que tu penses toujours à ce qui s'est passé hier, mais ce ne sera pas la dernière fois qu'un interrogatoire se passe mal, crois-moi. Ce n'était pas de ta faute. La prochaine fois, ce sera peut-être le cas. On est tous passés par là. Il faut t'y habituer. Maintenant, il faut remonter en selle.

Riley vit Lucy sourire dans le rétroviseur.

— Oui, chef, dit-elle. C'est compris.

Bill étouffa un rire.

— Je suis content que ce soit réglé, dit-il. Alors, où tu nous emmènes ?

— La sœur de Lois Pennington a reçu un coup de fil de Piper Durst, une amie de Lois. Je lui ai déjà parlé, mais elle ne savait rien d'important, à part le fait que Lois fréquentait un type bizarre. Mais son copain sait quelque chose. On va lui parler.

— Les étudiants se réveillent enfin…, dit Lucy.

— Il était temps, ajouta Bill.

Tout en conduisant, Riley dit :

— Profitons-en pour faire le point. Qu'est-ce qu'on a ?

Au bout d'un moment, Lucy dit :

— Je pense qu'on a bien identifié les cibles et le terrain de chasse du tueur. Les victimes étudiaient tous à Byars et vivaient pas loin de Washington.

Du moins, toutes les victimes que nous connaissons, pensa

Riley.

Mais elle garda cette pensée pour elle.

Bill dit :

— Comme il a attaqué un homme, nous pouvons être presque sûrs qu'il est bisexuel.

— Pas forcément, dit Lucy. Pas bi, en tout cas.

Riley haussa les sourcils. Elle sentit que Bill était également surpris.

— Que veux-tu dire ? demanda Riley.

Lucy réfléchit pendant quelques instants.

— Je pense que ce pourrait être un homosexuel refoulé, dit-elle. Quand on y pense… Il s'attaque à des filles, pour se prouver qu'il n'est pas gay, mais il n'arrive pas à s'y tenir. Il s'attaque finalement à un homme, mais il ne va pas jusqu'au bout. Il ne reste même pas pour vérifier que la victime est bien décédée. Mais toutes les filles sont mortes. Je pense que ça témoigne d'une profonde misogynie, mais aussi d'émotions érotiques refoulées envers les hommes.

Riley échangea un regard avec Bill. Ils se sourirent.

Elle s'est remise de son échec avec Patience Romero, pensa Riley.

C'était une excellente analyse et un profil convaincant, étant donné le peu d'informations dont il disposait. Et Riley n'avait pas de meilleures idées.

Cependant, quelque chose la dérangeait – l'impression qu'une pièce du puzzle lui manquait.

C'était comme si toutes leurs théories étaient fondées sur du vide. Des hypothèses sur des hypothèses.

Son intuition ne lui disait pas grand-chose, mais elle lui disait au moins de ne pas tirer de conclusions hâtives.

Riley sentit qu'elle devait écouter son instinct.

*

Quand Riley, Bill et Lucy arrivèrent sur le campus, ils se dirigèrent immédiatement vers le bâtiment du syndicat étudiant, où ils avaient proposé à Piper et son copain de se retrouver. Piper se leva et les invita à s'asseoir. Riley la présenta à Bill et à Lucy.

— Où est votre ami ? demanda Riley à Piper.

Piper regarda de tous côtés, visiblement surprise elle aussi que son copain ne soit pas là.

— C'est vrai ça : il est où ? marmonna-t-elle.

Puis son regard tomba sur un jeune homme de l'autre côté de la salle. Il était debout à côté d'un distributeur automatique. Piper roula les yeux au ciel et marcha vers lui. Riley n'entendit pas ce qu'ils se dirent, mais elle sentit que Piper essayait de le convaincre de revenir s'asseoir.

C'était comme si le jeune homme n'avait pas très envie de coopérer.

Mais pourquoi ? se demanda Riley.

Bientôt, Piper et le garçon revinrent s'asseoir.

— Voilà Kenneth. Kenneth Mohl, dit Piper. Mon copain.

Kenneth leur adressa un signe de la tête, mais sans croiser le regard des agents.

Riley les trouva immédiatement mal assortis. Piper était une femme robuste et délurée. Kenneth était un garçon assez maigre et renfrogné, réservé, voire d'une timidité maladive.

Que faisaient-ils ensemble ?

Puis Riley se rappela les garçons avec lesquels elle était sortie pendant ses études. Elle pouvait difficile penser à eux sans se demander ce qui lui était passé par la tête.

Piper penserait peut-être la même chose de Kenneth dans quelques années.

Elle tapota l'épaule de son copain.

— Kenneth a vu le type du dessin. Pas vrai, Kenneth ?

Kenneth haussa les épaules.

— Je sais pas. Peut-être. J'ai vu quelqu'un.

— S'il vous plait, dites-moi ce que vous savez, dit Riley.

Kenneth resta assis, en silence, le dos voûté, pendant quelques secondes.

Puis il dit :

— D'accord, ça s'est passé comme ça. Hier après-midi, le personnel de l'université a affiché le portrait-robot dans tout le campus. J'ai pas pris la peine de bien regarder, au début. Je marchais dans le bâtiment Howard quand j'ai vu un type debout devant le panneau d'affichage. Il regardait le dessin. Il avait l'air très intéressé. Quand il m'a vu, il est parti.

Kenneth se tut.

— Dis-lui ce qui s'est passé après, insista Piper.

— Eh bien, je suis allé regarder le portrait d'un peu plus près. Et j'ai vu que le type ressemblait beaucoup au dessin et à la description : un grand type athlétique avec des cheveux hirsutes. Je lui ai couru après pour mieux le voir. Il se dirigeait vers le parking. Il est monté dans un pickup et il est parti.

Un frisson d'excitation parcourut Riley.

Un pickup !

D'après Murray, l'homme qui se faisait appeler Dane prétendait conduire un pickup. Mais cette information n'avait pas été dévoilée aux étudiants.

Riley sentit que Bill et Lucy étaient également pressés d'en savoir plus.

— Pouvez-vous nous décrire ce pickup ? demanda Bill.

— Ouais, dit Kenneth. C'était un Ford, un peu usé. Assez vieux, peut-être des années 1990.

Son sens du détail étonna Riley. Kenneth était un bien meilleur témoin qu'elle ne s'y attendait.

— Vous vous rappelez autre chose ? demanda Lucy.

Le garçon avala sa salive.

— Pas exactement, mais…

Il sortit un morceau de papier. D'une main tremblante, il le tendit à Riley.

— J'ai noté ça, dit-il.

Riley déplia la note. Elle faillit pousser un hoquet de surprise. C'était un numéro de plaque d'immatriculation.

— Ça nous sera très utile, dit-elle à Kenneth.

Kenneth les regarda tour à tour avec beaucoup de nervosité.

— Vous le pensez vraiment ? dit-il. Je veux dire… Je n'ai rien fait de spécial…

Il ne termina pas sa phrase. Pourtant, Riley comprit enfin ce qui l'ennuyait depuis le début. Kenneth n'était pas seulement timide, il était également très sensible et très intelligent. Il savait qu'il faisait quelque chose d'important qui pouvait être lourd de conséquences. Il n'avait pas l'habitude de faire la différence, surtout dans une affaire de meurtre. Cela le mettait mal à l'aise.

Selon l'expérience de Riley, les meilleurs témoins étaient souvent ceux qui manquaient d'assurance – ceux qui savaient que leur témoignage pourrait avoir des conséquences.

— Vous avez fait exactement ce qu'il fallait, dit Riley.

Riley, Bill et Lucy remercièrent Piper et Kenneth, qui avaient cours. Riley contacta Sam Flores par téléphone pour lui communiquer le numéro de plaque. Elle lui expliqua que le véhicule devait être un pickup Fort des années 1990.

— Combien de temps cela va prendre pour le retrouver ?

demanda Riley.

Flores répondit :

— Donnez-moi très exactement quarante-neuf secondes, dit-il.

Riley sourit à Lucy Et Bill.

— Il est dessus, leur dit-elle.

Une minute à peine s'était écoulée quand Flores la rappela sur son téléphone.

— Le pickup appartient à un homme qui s'appelle Pike Tozer. Il habite à Washington, au 1020 Beal View Drive. Il a une formation d'électricien, mais il n'a pas l'air d'être salarié. C'est peut-être un travailleur indépendant qui vient faire des réparations de temps en temps.

Riley raccrocha et répéta à Lucy et Bill ce que Flores venait de lui dire.

— Qu'est-ce qu'on attend ? demanda Lucy. Allons chez lui pour l'arrêter.

Mais Riley savait qu'ils risquaient de perdre leur temps. Pike Tozer n'était peut-être pas chez lui.

— J'ai une meilleure idée, dit-elle.

Les trois agents se dirigèrent vers le bureau du doyen. La secrétaire les accueillit avec sa froideur habituelle.

— Le doyen n'est pas dans son bureau, dit-elle.

La porte entre les deux bureaux était ouverte et Riley vit qu'il n'y avait personne dans l'autre pièce.

Elle dit la vérité, pour une fois, comprit Riley.

— Ce n'est pas grave, dit Riley. Je suis sûre que vous pouvez nous aider. L'université embauche-t-elle des travailleurs indépendants pour faire des réparations ? Par exemple, du travail électrique ?

La femme fronça les sourcils. Elle ne supportait visiblement pas l'idée de leur être d'une quelconque utilité. Riley devina que Willis Autrey lui avait donné l'instruction d'aider le FBI le moins possible.

Néanmoins, elle répondit :

— Oui, notre installation électrique est très vieille. Un jour, il faudra tout refaire, mais nous n'avons pas les fonds. Nous embauchons des électriciens indépendants pour nous dépanner.

— Y en a-t-il un qui s'appelle Pike Tozer ? demanda Riley.

La femme fronçait toujours les sourcils.

Riley lui dit d'une voix faussement charmante :

— Miss Engstrand, j'espère que nous ne serons pas obligés de prendre des mesures.

La femme étouffa un grognement. Elle savait que Riley avait la loi de son côté et qu'elle pouvait obliger l'université à lui donner les informations. Elle ramassa son téléphone et composa un numéro. Riley devina qu'elle appelait le département de la maintenance.

Elle demanda :

— Avons-nous déjà embauché un électricien répondant au nom de Pike Tozer ?

Elle écouta la réponse, puis raccrocha sans ajouter un mot.

Elle fusilla les agents du regard.

Puis elle dit :

— M. Tozer travaille actuellement sur le campus. Vous le trouverez dans le bâtiment Olmsted.

— Auriez-vous l'amabilité de nous indiquer comme y aller ? demanda Riley.

La femme étouffa à nouveau un grognement et tendit à Riley un flyer avec une carte du campus.

Quelques minutes plus tard, Riley, Bill et Lucy se dirigeaient vers le bâtiment.

Lucy sautillait presque d'excitation.

— Ça y est, dit-elle. Je le sens !

Riley était contente de la voir de si bonne humeur.

Et elle était également optimiste.

Olmsted Hall était un grand bâtiment de briques recouvert de lierre grimpant, avec un beffroi. Dans le parking attenant, Riley vit quelques voitures, dont un vieux pickup Ford.

Ça se présente bien, pensa Riley.

Riley, Lucy et Bill entrèrent. Ils croisèrent un homme à l'allure très professionnelle, avec un nœud papillon, dans le hall.

— Excusez-moi, l'interpella Riley. Pourriez-vous me dire comment on descend au sous-sol ?

L'homme eut l'air décontenancé.

Quand Riley sortit son badge, il montra du doigt :

— Tournez à gauche au bout de ce couloir. La porte du sous-sol sera au bout.

En arrivant devant la porte, les trois agents s'entreregardèrent. Riley savait ce que pensaient les autres.

Est-ce que ça va être facile ou difficile ?

Riley ouvrit la porte. Une volée de marches donnait sur un sous-sol humide et sinistre.

— C'est le FBI, appela-t-elle d'une voix forte. Nous cherchons

Pike Tozer.

Personne ne répondit.

Mais l'intuition de Riley s'était enfin réveillée.

Elle sentit qu'il était là.

CHAPITRE VINGT-QUATRE

Debout en haut des escaliers, à côté des agents Paige et Jeffreys, Lucy sentait son cœur battre la chamade.

On y est, pensa-t-elle.

Le suspect les attendait en bas des marches.

C'était peut-être l'occasion de se rattraper après le fiasco qu'elle avait provoqué pendant l'interrogatoire de Patience Romero.

L'agent Paige lança à nouveau :

— Pike Tozer, vous êtes là ? Il y a quelqu'un ?

Une fois encore, pas de réponse. On entendait seulement le ronflement de la chaudière.

Lucy fit signe à ses collègues qu'elle allait passer la première. Elle allait tirer son arme, quand l'agent Paige lui toucha la main pour l'arrêter.

Elle sait quelque chose que j'ignore ? se demanda Lucy.

L'agent Paige commença à descendre les escaliers, l'agent Jeffreys non loin derrière elle.

La main sur son arme, Lucy les suivit. La chaudière occupait une place importante dans le sous-sol. Les agents la contournèrent avec prudence.

Ils trouvèrent Pike Tozer de l'autre côté du sous-sol.

Il avait une boîte à outils et il manipulait du fil électrique.

Il avait également des écouteurs dans les oreilles.

Lucy ravala un soupir embarrassé.

C'était pour cela qu'il n'avait pas répondu.

Il n'avait pas entendu l'agent Paige l'appeler.

L'agent Paige avait empêché Lucy de faire une scène aussi ridicule qu'inutile en se précipitant, l'arme au poing.

Une fois encore, l'agent Paige lui donnait une bonne leçon. Avant même de descendre l'escalier, l'agent Paige avait deviné que le suspect n'était pas dangereux – du moins, pour le moment. Lucy espérait qu'un jour, son intuition serait aussi fiable. Cela prendrait peut-être des années, mais elle était bien décidée à apprendre.

L'homme n'avait même pas remarqué qu'il avait de la compagnie.

L'agent Paige l'interpella d'une voix forte.

Cette fois, il sursauta. Il retira vivement ses écouteurs.

Les trois agents tirèrent leurs badges, pendant que l'agent Paige expliquait au suspect qui ils étaient.

— De quoi s'agit-il ? demanda l'homme d'une voix grave.

L'agent Paige lui montra le portrait-robot.

— Nous recherchons cet homme, dit-elle.

Lucy regarda tour à tour l'homme et le dessin.

Oui, ils se ressemblaient beaucoup : les mêmes cheveux hirsutes, le visage large, les yeux sombres. Sa bouche était un peu différente : l'homme n'avait pas cet air méprisant. Son nez n'était pas tout à fait le même non plus, mais ce devait être un détail.

C'est notre homme, pensa-t-elle.

L'homme examina le dessin, le regard hésitant.

— Ouais, j'ai vu ce portrait affiché par le bâtiment Howard. Je ne pense pas l'avoir déjà vu. J'appellerai le FBI si je le croise.

Il se retourna vers son travail – ou plutôt, il fit semblant de s'intéresser à nouveau à son travail.

L'agent Jeffreys dit :

— Nous aimerions vous poser quelques questions.

L'homme leva la tête, tout en tripotant les fils :

— Ecoutez, je suis très occupé, dit-il. On ne peut pas faire ça plus tard ?

Lucy dit :

— Ce serait mieux si vous veniez avec nous.

L'homme se retourna vers les trois agents.

Il eut l'air surpris.

Mais l'était-il vraiment ?

Lucy en doutait.

Il doit avoir peur, pensa-t-elle.

— Attendez une seconde, dit-il. Je suis suspect ?

Il examina le dessin plus attentivement.

— Vous pensez que je ressemble à ce type ? Moi, je vois pas.

Lucy était certaine qu'il mentait. Comment aurait-il pu ne pas voir la ressemblance ?

L'agent Paige demanda :

— Que faisiez-vous lundi dernier, très tôt le matin ?

L'agent Jeffreys ajouta :

— Et le dimanche de la semaine dernière, très tôt le matin ?

L'homme ne répondit pas pendant de longues secondes, puis il haussa les épaules.

— Je dormais à la maison, je suppose, dit-il.

— Vous pouvez le prouver ? demanda l'agent Jeffreys.

L'homme se força à sourire.

— J'ai l'impression que je vais avoir besoin d'un avocat.

Lucy fit un pas en avant.

— J'en ai bien peur, dit-elle.

Elle était sur le point de lui dire qu'il était en état d'arrestation, quand l'agent Paige tira sur sa manche et lui adressa un signe discret de dénégation.

Lucy en crut à peine ses yeux.

Allaient-ils laisser ce type s'en tirer comme ça ?

L'agent Paige dit :

— Navrée de vous avoir dérangé, M. Tozer. S'il vous plait, dites-nous si vous voyez la personne sur le dessin.

Lucy suivit les agents Paige et Jeffreys dans les escaliers.

En route vers la voiture, elle protesta :

— Pourquoi on ne l'arrête pas ?

— Parce que ce n'est pas lui, dit l'agent Jeffreys.

Lucy ne comprenait plus rien.

— Ce doit être lui, dit-elle en trottinant pour les rattraper. Et le pickup ?

— Une coïncidence, dit l'agent Jeffreys.

Lucy s'agaça :

— Je ne crois pas aux coïncidences ! éructa-t-elle.

Elle regretta ces mots immédiatement.

Les agents Paige et Jeffreys s'arrêtèrent de marcher et la dévisagèrent avec sévérité.

— Il va falloir commencer à y croire, dit l'agent Paige. Les coïncidences, ça arrive tout le temps. Ça fait partie de notre travail.

Lucy bafouilla :

— Mais il ressemble tellement au portrait-robot.

— Pas le nez, dit l'agent Paige. Il a le nez plus fin.

— Mais ce n'est qu'un détail, dit Lucy.

— Pas un petit détail, dit l'agent Jeffreys. Le portraitiste a dessiné un nez très rond. Murray a dû insister. Cela signifie qu'il y a peu de chance qu'il se trompe.

Lucy ne sut que dire. Elle prit soudain conscience de ce qui s'était passé : elle avait mal interprété la situation.

L'agent Paige esquissa un sourire.

— Et l'accent de cet homme ? demanda-t-elle. D'où vient-il, à ton avis ?

— Du Sud, répondit Lucy. Je dirais de l'Alabama ou du Mississippi…

L'agent Paige dit :

— Quand j'ai parlé à Murray, il était certain que son agresseur venait du nord : de Boston ou de New York. Et comment décrirais-tu sa voix ?

Lucy pensa à sa première impression quand l'homme avait ouvert la bouche :

— Très grave. Un peu rauque.

L'agent Paige dit :

— Murray m'a dit qu'il avait la voix haut-perchée. Il a même dit que c'était bizarre pour un type de cette carrure.

L'agent Jeffreys étouffa un rire alors qu'ils approchaient de la voiture.

Il dit :

— Bien sûr, il aurait pu déguiser son accent et sa voix, soit en nous parlant, soit en parlant à Murray. Que penses-tu de cette hypothèse, Lucy ?

Tout devenait plus clair.

— C'est peu probable, dit-elle. S'il déguisait sa voix, il aurait au moins essayé de modifier aussi son apparence physique.

— Tu commences à comprendre, dit l'agent Paige.

Lucy se sentit rougir d'embarras.

— Agent Paige, Agent Jeffreys, je....

— N'essaye même pas de t'excuser, sinon je te frappe. Tu n'as fait aucune erreur. Tu es en train d'apprendre. Peut-être que je devrais te raconter les bêtises que j'ai pu faire quand je débutais.

L'agent Jeffreys éclata de rire.

— Moi, je ne vous raconterai jamais mes bêtises. Merde, j'en fais encore beaucoup trop !

Lucy rit à son tour, rassurée.

Ce fut alors que le téléphone de l'agent Paige vibra.

Elle le sortit de sa poche et dit :

— C'est un texto de Murray Rossum. Il veut me voir chez lui.

— Pourquoi ? demanda Lucy.

— Je ne sais pas, répondit l'agent Paige. Il précise juste qu'il veut que ce soit moi. Vous avez autre chose à faire sur le campus ?

Lucy jeta un coup d'œil à l'agent Jeffreys, qui hocha la tête et dit :

— Bien sûr.

— On peut montrer le portrait-robot.

L'agent Paige monta dans la voiture et démarra.

CHAPITRE VINGT-CINQ

Murray Rossum avait envoyé à Riley un texto très court.

Svp venez me voir.

Riley espérait que le jeune homme convalescent s'était souvenu d'un détail important. Elle se dépêcha pour lui rendre visite.

En sortant de la voiture, Riley eut la même étrange impression que la dernière fois devant l'immense bâtisse. Elle était grande, mais très banale, surtout pour une famille dont le père travaillait dans l'immobilier international. Au moins, de l'extérieur, elle ne ressemblait en rien au manoir de la représentante Hazel Webber dans le Maryland ou à celui d'Andrew Farrell en Géorgie.

Une femme grande et musclée, à l'expression renfrognée, lui ouvrit la porte. Elle était vêtue d'un tailleur pantalon très strict, avec un chemisier rouge déboutonné au col.

— Je suis Maude Huntsinger, le majordome des Rossum, dit-elle d'un ton raide. Puis-je vous demander le motif de votre visite ?

Une femme majordome ? pensa Riley.

Puis ses propres pensées la choquèrent à retardement. Pourquoi s'imaginait-elle que les majordomes étaient tous des hommes ? Bien sûr, il n'y avait aucune raison que ce soit le cas.

Riley sortit son badge et se présenta.

— Je suis venue parler à Murray Rossum, dit Riley. Je crois qu'il m'attend.

Un air de surprise apparut sur le visage de la femme.

— Je ne savais pas, dit-elle.

Riley lui montra son texto.

— Attendez un instant, dit la femme.

Elle disparut dans la maison. Riley attendit sur le perron. Elle commençait à s'impatienter quand la femme revint.

Le majordome dit :

— Agent Paige, vous pouvez venir lui parler.

Riley suivit la femme à l'intérieur. Elle resta ébahie devant la déco. La modeste façade cachait un intérieur aéré et résolument moderne. Tous les murs et les sols étaient blancs, sauf la cheminée toute noire. Un grand tableau d'art abstrait toisait le couloir – l'œuvre d'un artiste dont Riley n'avait probablement jamais entendu parler.

Deux armoires à glace vêtues de costumes noirs communiquaient par micros interposés tout en surveillant Riley. On devinait des crosses de pistolets sous les pans de veste. Ils devaient faire partie de la sécurité embauchée pour protéger Murray. Ils ressemblaient plus à des agents secrets qu'à des gardes du corps. Leurs services devaient coûter cher. Riley espéra que Murray en aurait pour son argent.

Elle demanda au majordome :

— Pourquoi Murray voulait-il me voir ?

— Je ne saurais dire, répondit la femme.

Au bout d'un court silence, elle ajouta d'une voix douce :

— Nous nous inquiétons pour le jeune monsieur Rossum. Il ne veut voir personne, pas même les membres du personnel. Il s'enferme dans sa chambre ou déambule sans but dans la maison. Nous le voyons très peu. Il n'est plus lui-même.

Riley suivit la femme dans un escalier bien astiqué. La seule rampe était fixée au mur. De l'autre côté, il n'y avait rien pour se rattraper. Riley se demanda si quelqu'un était déjà tombé. C'était un choix décoratif étrange et dangereux.

Une infirmière vêtue de blanc était assise dans le couloir du deuxième étage. Elle ne semblait pas à sa place, comme si elle n'avait rien à faire.

Le majordome ouvrit la porte de la chambre et annonça l'invitée. Puis elle fit signe à Riley d'entrer et referma la porte derrière elle.

Murray était allongé dans un lit immense, au milieu d'une grande chambre vide. Il avait tiré les couvertures sous son menton.

— Merci d'être venue, dit-il d'une petite voix.

Il n'invita pas Riley à s'asseoir. En fait, il n'y avait aucune chaise en vue. Riley se sentit mal à l'aise, comme si on venait de la coincer.

— Pourquoi vouliez-vous me voir seule ? demanda Riley.

— Je ne suis pas sûre…, dit Murray.

Il réfléchit.

— Je suis mort de trouille depuis… ce qui s'est passé. Je n'arrive plus à faire confiance à qui que ce soit, même pas aux gens qui sont là pour s'occuper de moi et me protéger. Même pas aux gens que j'ai connus toute ma vie.

Il hésita avant d'ajouter :

— C'est bizarre, mais j'ai l'impression que vous êtes la seule à qui je peux faire confiance. Je ne sais pas pourquoi.

Riley ne répondit pas, mais elle crut comprendre. On perdait souvent toute confiance en ses proches après avoir été victime d'un traumatisme. Riley le savait, parce qu'elle avait souvent affaire à des personnes traumatisées, sans parler de son expérience sur le sujet.

Elle trouvait bizarrement touchant que Murray lui fasse confiance.

Elle savait également que cela ne l'aiderait pas.

— Qu'est-ce que vous pouvez me dire ? demanda Murray d'un ton désespéré. S'il vous plait, dites-moi que vous faites des progrès. Dites-moi que vous allez arrêter le type qui a fait ça.

Le cœur de Riley se serra. Elle comprit pourquoi Murray lui avait envoyé un message. Il voulait seulement qu'elle vienne le rassurer personnellement. Elle ne pouvait pas lui mentir en lui disant qu'ils étaient sur le point de résoudre l'enquête.

— Murray, nous faisons tout ce qui est en notre pouvoir, dit Riley. Vous êtes en sécurité ici. Personne ne peut vous atteindre.

Les yeux de Murray se mouillèrent de larmes.

— Pourquoi je n'arrive pas à vous croire ? demanda-t-il d'une voix étranglée.

— Croyez-le ou non, je sais ce que vous ressentez, dit Riley. Mais vous devez faire confiance à ceux qui essayent de vous aider. Il y a une équipe de sécurité qui vous protège jour et nuit. Votre majordome, Maude, semble très dévouée. Et j'ai vu votre infirmière dans le couloir…

Murray la coupa vivement :

— Je ne l'aime pas. Il y a quelque chose qui cloche chez elle. Je vais la virer. Je veux qu'elle s'en aille.

La paranoïa du jeune homme choqua Riley.

— Je ne suis pas sûre que ce soit une bonne idée, dit-elle.

Murray ne répondit pas tout de suite. Une larme coula sur sa joue.

— J'ai des flashs…, dit-il. Ça n'arrête pas. La corde qui m'étrangle. Quand j'essaye de me libérer. Quand je rampe vers la sortie. La terreur qui me revient par vagues. J'ai l'impression que c'est de pire en pire.

— Ça va s'améliorer, dit Riley.

Il tremblait maintenant.

— Ouais, c'est ce qu'ont dit le docteur Nevins et ses collègues. Mais ils ont dit aussi… Ils ont dit que je pourrais me rappeler des trucs. Des mauvais souvenirs.

Riley scruta attentivement l'expression de son visage.

— Et vous vous rappelez de quelque chose ? demanda-t-elle. Des choses dont vous vous ne souveniez pas avant ?

— Parfois. Presque. Ce sont des flashs. Mais je ne sais pas. Le docteur Nevins m'a prévenu que je pourrais me rappeler des trucs qui ne se sont pas vraiment passés.

— C'est vrai, dit Riley. On appelle ça la fabulation.

— Oui, c'est le mot qu'il a employé. Mais il y a un truc...

Il avala sa salive.

— Je crois... Quand on était encore à la fête... Il ne voulait pas rentrer tout de suite chez moi. Il voulait aller ailleurs.

Riley sentit un frisson d'excitation la parcourir.

— Où ça ?

— C'est ce dont je ne me souviens pas. Je crois qu'il voulait aller à une autre fête et je n'avais pas envie. C'est pour ça qu'on a décidé de venir ici.

Riley s'approcha du lit et l'observa attentivement. Elle savait qu'elle ne devait pas le pousser trop loin. Si elle lui mettait la pression, le souvenir pourrait être perdu à jamais.

— Détendez-vous, dit-elle. Fermez les yeux et prenez de longues inspirations. Ça va peut-être vous revenir.

Murray ferma les yeux. Puis il les rouvrit brusquement.

— Je ne peux pas fermer les yeux, dit-il. C'est comme ça que j'ai des flashs.

Riley réprima un soupir. Elle n'avait pas l'expertise nécessaire pour gérer cette situation.

Elle dit :

— Vous allez peut-être vous en rappeler. Parfois, cela arrive, quand on n'essaye justement pas de se souvenir. Si c'est le cas, appelez-moi, d'accord ?

Murray écarquilla les yeux.

— Vous n'allez quand même pas partir ? demanda-t-il.

Riley était de plus en plus mal à l'aise.

— Je dois y aller, Murray. Je dois trouver la personne qui vous a fait ça. Et quand ce sera fait... Tout ira mieux. Je vous le promets.

Elle vit qu'il ne la croyait pas.

— Je ne peux pas rester ici, dit-elle. Ecoutez, je vais envoyer un agent pour vous protéger.

Murray détourna les yeux et s'emmitoufla un peu plus dans ses couvertures.

— Partez, dit-il d'une voix étouffée.

Riley aurait voulu lui faire comprendre…

— Murray…

— Partez, c'est tout.

Riley hésita, puis quitta la chambre. Le majordome et l'infirmière l'attendaient derrière la porte.

Le visage du majordome était très doux.

— Comment va-t-il ? demanda-t-elle.

Riley ne sut que dire. Elle secoua la tête en silence, puis jeta un regard à l'infirmière, en pensant à ce que Murray lui avait dit.

« Je ne l'aime pas. Il y a quelque chose qui cloche chez elle. »

Riley ne lui trouvait pas l'air sinistre. L'infirmière avait l'air d'une femme qui voulait faire son travail. Au lieu de la laisser faire, on l'avait remisée dans le couloir. Et bientôt, elle ne serait plus là.

Il y avait une dernière chose que Riley voulait faire avant de rejoindre Bill et Lucy sur le campus.

Elle se tourna vers le majordome et dit :

— Vous voulez bien me faire visiter la maison ?

— Bien entendu, dit la femme.

Le majordome commença par lui montrer les spacieuses pièces de l'étage, notamment deux salles de bain plus grandes que la chambre à coucher de Riley. Riley y devina une persistante impression de solitude.

Tellement d'espace et seulement Murray, pensa-t-elle.

Il n'était pas étonnant que Murray ait voulu ramener chez lui un garçon qu'il ne connaissait. Il ne s'agissait pas seulement de sexe. Murray recherchait désespérément la compagnie – un simple contact humain.

Mike Nevins avait dit à Riley que le père de Murray était en Allemagne en ce moment. Voyageait-il souvent ? Riley savait que les Rossum avaient des maisons partout dans le monde. Le père passait-il du temps ici ?

Et la mère de Murray ? Riley ne savait rien d'elle, à part le fait qu'elle avait très peu de contacts avec son fils.

Riley était de plus en plus inquiète pour Murray. Elle commençait à croire que ce n'était pas une si bonne idée de sortir de l'hôpital.

Riley suivit le majordome au rez-de-chaussée, qu'elle balaya du regard. Une fois encore, elle fut frappée par la nudité élégante et blanche de l'espace. La maison ressemblait plus à un décor de photo qu'à un endroit où vivait une famille.

Enfin, le majordome conduisit Riley à l'arrière. A travers de grandes portes vitrées, Riley aperçut une terrasse et une immense piscine. Il y avait des murs tout autour. Tout semblait bien sécurisé. Personne ne rentrerait.

Elle ne pouvait pas voir le garage, mais elle savait qu'il se trouvait de l'autre côté de la terrasse. Quand elle l'avait visité, elle l'avait trouvé également bien sécurisé. C'était la confiance de Murray et sa faiblesse temporaire qui avaient permis au tueur de rentrer.

En retournant vers la porte d'entrée, Riley vit que les membres de l'équipe de sécurité étaient bien organisés.

Elle demanda au majordome :

— A part cette équipe, comment la maison est-elle sécurisée ?

Le majordome montra du doigt des caméras.

— Toute la maison est sous surveillance. Il n'y a aucun angle mort. Et vous ne le voyez pas d'ici, mais il y a un mur avec du fil barbelé autour de la maison. C'est une véritable forteresse.

Riley la remercier pour son aide.

Elle ajouta :

— J'ai dit à Murray que je vous enverrais un agent du FBI. Ce sera l'agent spécial Craig Huang.

La femme esquissa un sourire guindé et hocha la tête.

Riley tourna les talons et s'en alla. Sa visite l'avait mise profondément mal à l'aise. Cela ne paraissait pas convenable d'abandonner Murray dans un tel isolement. Mais elle ne pouvait rien faire de plus.

*

Après le diner, Riley monta dans son bureau et passa en revue sur son ordinateur tout ce qu'elle savait sur le dossier. Rien ne vint.

Elle se leva et se mit à faire les cent pas.

J'ai besoin de place pour réfléchir, pensa-t-elle.

Elle descendit au rez-de-chaussée. La télévision était allumée dans le salon. Jilly et April devaient être là, ainsi que Ryan, peut-être. Gabriela était probablement descendue pour la nuit.

Elle marmonna :

— Pourquoi je n'y arrive pas ? Qu'est-ce que je rate ?

En général, plus elle avançait dans une affaire, plus elle s'approchait du tueur et plus elle l'entendait penser. C'était une sensation terrifiante, mais elle en avait besoin. Elle fondait toute son enquête sur son intuition. Sans son intuition, elle n'allait nulle part.

Sans cesser de faire les cent pas, elle essaya de se glisser dans la tête du tueur.

— Qui es-tu ? se demanda-t-elle à voix haute. Où es-tu ?

Elle n'osait pas poser à voix haute la plus importante question de toutes :

Quand vas-tu frapper à nouveau ?

Les visages des victimes lui apparurent.

D'abord les filles : Deanna Webber, Cory Linz, Constance Yoh, Lois Pennington. Elle ressentit leur terreur comateuse quand le tueur avait glissé un nœud coulant autour de leur cou.

Et puis, il y avait Murray…

Elle savait exactement ce qu'il avait ressenti depuis qu'elle était entrée dans le garage des Rossum. Elle avait traversé avec lui chaque moment de terreur et d'incompréhension – quand il avait pris conscience qu'il pouvait mourir, puis ses efforts désespérés pour se libérer, jusqu'à sa fuite.

Ce qu'elle n'arrivait pas à ressentir, c'était le tueur.

Seulement la terreur de la victime.

— Pourquoi ? murmura-t-elle. Pourquoi ? Pourquoi ?

La voix de Ryan interrompit ses pensées.

— Riley, qu'est-ce que tu fais ?

Riley se tourna vers Ryan qui venait du salon.

Elle poussa un soupir misérable.

— Ryan, je suis bloquée. Je n'arrive à rien.

Ryan s'approcha et lui prit la main.

— Tu devrais faire une pause, dit-il. Tu as besoin de te détendre. Viens dans le salon. Avec les filles, on regarde un film. C'est très drôle.

Riley dégagea sa main.

— Je ne peux pas, Ryan. Je dois trouver ce tueur.

Elle se remit à marcher, consciente que Ryan la regardait en silence.

Elle devait se concentrer.

Puis elle entendit la porte d'entrée s'ouvrir. Elle vit que Ryan avait mis son manteau.

— Où tu vas ? demanda-t-elle.

— Je rentre chez moi. Je n'ai rien à faire ici. Même quand tu es à la maison, tu es ailleurs. Comme avant.

Riley resta bouche bée. Ryan avait passé beaucoup de nuits chez lui. Comment osait-il l'accuser de ne pas être là ?

— Et les filles ? demanda Riley.

Ryan était déjà dehors.

— Va passer du temps avec elle, dit-il d'un ton raide. Tu leur manques, encore plus qu'à moi.

Ryan referma la porte derrière lui. Riley resta stupéfaite.

Et si Ryan avait raison ? S'éloignait-elle vraiment de tous ceux qu'elle aimait ? Si c'était vrai, que pouvait-elle y faire ?

Rien, pensa-t-elle. *C'est mon travail.*

Elle se sentit impuissante. Laissait-elle vraiment son métier gâcher sa vie privée ? Elle avait eu du mal à jongler avec ses différentes responsabilités, par le passé.

Elle marcha vers le salon. Les filles regardaient la télé en gloussant. April tourna la tête vers elle.

— Eh, Maman, l'appela-t-elle. Viens regarder avec nous.

Riley voulut courir vers le canapé, pour glousser elle aussi.

Qu'est-ce qui ne va pas chez moi ? se demanda-t-elle.

Elle devait avoir un terrible défaut de fabrication.

Et elle ne pouvait pas laisser ce défaut la détruire, elle et sa famille.

Elle allait s'améliorer. Quand cette affaire serait terminée, elle passerait plus de temps avec les filles. Peut-être même qu'elle pourrait recoller les morceaux avec Ryan.

Mais une seule pensée la remit au travail.

Combien de temps avant la prochaine victime ?

CHAPITRE VINGT-SIX

Quand elle décida de faire une promenade matinale, Patience pensa à sa rencontre avec les trois agents du FBI. Comme tout cela lui paraissait absurde maintenant ! Ils n'avaient pas eu si beau temps depuis longtemps. Patience ne laisserait pas leurs avertissements ridicules l'empêcher de faire ce dont elle avait envie.

Elle sourit en pensant :

Personne ne va m'assassiner une belle journée comme ça.

Elle inspira longuement l'air frais de la matinée. Il faisait encore un peu frisquet – plus qu'au Mexique. Mais l'air était doux. Demain, il ferait à nouveau très froid.

Après son cours de littérature, elle était donc partie se promener, bien emmitouflée. Elle se dirigeait vers son café préféré. En passant la tête par la porte d'entrée, elle vit qu'il y avait une longue file de clients à la caisse. Patience reviendrait plus tard, quand il y aurait moins de monde.

Elle poursuivit sa route vers le parc. Il n'y avait pas beaucoup de promeneurs. Elle était arrivée au bon moment. Des employés de bureau viendraient plus tard manger le déjeuner sous le couvert des arbres, pour profiter du beau temps.

Elle se dirigea vers son endroit préféré : une tonnelle métallique blanche avec des bancs. Elle essuya les planches avec un mouchoir en papier avant de s'asseoir, en lissant les plis de son manteau.

Elle se rappelait très bien à quoi ressemblait le parc quand elle était arrivée à Byars, en août dernier. La tonnelle était couverte de vignes fleuries. Ça lui avait fait penser à une autre tonnelle, celle qu'il y avait dans l'hacienda de sa famille, au Mexique. Celle-ci était fleurie tout au long de l'année. Ici, à Washington, les plantes desséchaient pendant l'hiver.

Si seulement Papa l'avait envoyée dans un endroit où il faisait plus chaud… Elle aurait préféré avoir la plage. Mais Papa voulait qu'elle aille à Byars. Il lui avait dit qu'elle rencontrait les bonnes personnes là-bas. C'était important pour son avenir.

Effectivement, Patience avait rencontré des étudiants de bonnes familles… Mais elle avait aussi eu affaire à des gens beaucoup plus pauvres. Par exemple, lundi dernier, ces agents du FBI.

Pourquoi avaient-ils voulu l'interroger ?

Surtout cette mexicaine mal-née – l'agent Vargas.

Cette fille avait pris de haut Patience parce qu'elle était agent du FBI. Et les deux autres, l'homme et la femme, n'avaient rien fait pour la remettre à sa place. Pourtant, ils auraient dû savoir.

Ils ne connaissaient sans doute pas le proverbe mexicain :

"No tiene la culpa el indio sino el que lo hace compadre." Ce n'est pas la faute de l'*indio,* mais de celui qui fait de lui un *compadre.*

Cette fille – l'agent Vargas – ne connaissait pas sa place.

Patience ferma les yeux. Elle essaya de s'imaginer à la maison, mais les images ne voulaient pas venir – pas avec cette fraîcheur dans l'air.

Puis elle entendit une voix :

— Je t'ai apporté un petit cadeau.

Elle sourit. Elle savait déjà qui c'était, mais elle ouvrit les yeux. C'était le garçon. Elle lui parlait de temps en temps. Il avait deux gobelets fumants dans la main. Ça venait du petit café.

— Mapache ! dit-elle.

C'était le nom qu'elle lui avait trouvé. Elle ne savait toujours pas comment il s'appelait. C'était bizarre. Après tout, il l'avait invitée à sortir, la dernière fois. Elle avait poliment refusé. C'était un garçon un peu bizarre. Pas son type. Et s'il ne venait pas d'une bonne famille ?

Il avait eu l'air vexé qu'elle refuse. Patience était contente de voir qu'il voulait toujours être son ami.

Il lui tendit un gobelet. Il n'eut même pas besoin de lui dire ce qu'il avait acheté. Elle savait que c'était un délicieux chocolat chaud avec une pointe de cannelle. Elle tapota le banc à côté d'elle et il s'assit.

— Tu vas me dire comment tu t'appelles aujourd'hui ? demanda-t-elle.

— J'aime bien que tu m'appelles Mapache, dit-il.

Patience gloussa. Il ne se doutait pas que *mapache* en espagnol voulait dire raton-laveur. Patience l'appelait comme ça parce qu'il avait de grands yeux noirs. Ce n'était pas un surnom très flatteur. Elle espéra qu'il ne saurait jamais ce que ça voulait dire.

— A quoi tu penses ? demanda le garçon.

Sa voix le réchauffa un tout petit peu. Il n'y avait pas beaucoup de gens qui s'intéressaient à Patience ou à ce qu'elle ressentait. Et ce chocolat chaud était délicieux.

— Tu as entendu parler de ces histoires de meurtres ? demanda-t-elle.

— Meurtres ? Je croyais que c'étaient des suicides.

— Ouais, des suicides, c'est sûrement ça. Beaucoup de panique pour rien. Des gamins qui ne supportent pas la pression. Mon papa serait furieux si je me suicidais.

Le garçon eut l'air surpris.

— Furieux ? répéta-t-il. Il ne serait pas triste ?

Sa question prit Patience au dépourvu. Elle ne sut que dire. On n'était pas triste dans la famille. On n'était pas toujours très heureux non plus. Papa n'était pas un homme très aimant. Serait-il triste si elle mourait ?

Non, il serait juste agacé et vexé, pensa-t-elle.

Papa se mettait facilement en colère. Patience faisait de son mieux pour ne pas le contrarier. C'était difficile de toujours le contenter. Il attendait beaucoup d'elle.

— Tout le monde en parle sur le campus, dit-elle. Tout le monde a peur… Tu n'en avais pas encore entendu parler ?

— Non.

— Eh bien, ça doit faire longtemps que tu n'étais pas venu, dit-elle.

— J'ai été absent quelques jours.

Patience se demanda une fois encore s'il était étudiant à Byars. Elle lui avait demandé deux ou trois fois, mais il s'était contenté de sourire. Il aimait cultiver son jardin secret. Et Patience trouvait assez drôle le fait de ne pas savoir.

— Le FBI est venu m'interroger, dit-elle. Ils n'étaient pas très sympas. Tu as vu le portrait-robot qu'ils ont affiché partout ? Ce serait le visage du tueur.

Le garçon secoua la tête.

Elle but une autre gorgée de chocolat chaud, avant d'enchaîner :

— Ils disent que c'est un grand type. Il n'est pas très beau, en tout cas sur son portrait. Mais les agents du FBI pensaient que je sortais ave lui ! Et il conduit un pickup ! Tu imagines ?

Elle secoua la tête d'un air indigné.

— J'ai appelé Papa pour le prévenir…

Elle se tut. Avait-elle déjà expliqué au garçon combien le travail de Papa était important ? Cela ne ferait pas de mal de le répéter.

— Papa travaille à l'ambassade du Mexique. C'est un homme très haut-placé. Il a beaucoup d'influence. Il était furieux que des agents aient osé me déranger pour ça. Il a appelé le doyen, qui m'a fait venir dans son bureau pour s'excuser. Il a dit que ça ne se reproduirait plus.

Elle but une gorgée de chocolat.

— Qu'est-ce qui te manque le plus du Mexique ? demanda le garçon.

Patience réfléchit quelques secondes.

— Je crois que c'est Rosa, ma *niñera*, c'est-à-dire ma nounou. C'est elle qui m'a élevée.

Elle baissa les yeux vers son chocolat chaud. Rose lui servait de délicieux *atole* quand elle ne se sentait pas bien. Comme c'était loin, tout ça…

Patience dit :

— Rosa, c'est une mère pour moi, peut-être même plus que Mama…

Elle eut soudain l'impression de parler à tort et à travers, sans faire attention à ce qu'elle disait. Elle avait même la tête qui tournait. Mais pourquoi ? Ce n'était pas nécessairement désagréable.

Elle parla du choc qu'elle avait ressenti en venant vivre aux Etats-Unis, et combien le Mexique était merveilleux, combien l'hacienda de sa famille était belle, combien Rosa lui manquait, tout comme son *atole*…

C'était agréable de tout laisser sortir.

C'était aussi un peu bizarre. Elle n'avait pas pour habitude de bavarder comme ça.

Son étourdissement commença à l'agacer.

Le gobelet lui glissa des mains, renversant par terre les dernières gouttes de chocolat chaud.

— Je ne me sens pas bien, dit-elle. Tu pourrais m'aider à retourner à l'école ?

— Bien sûr, dit le garçon. Attends une seconde.

Il se leva et farfouilla dans un sac. Patience voyait flou, à présent. Impossible de savoir ce qu'il faisait.

Il lui prit la main et l'aida à se lever. Elle avait les jambes en coton et faillit tomber, mais il la rattrapa.

Quelque chose ne va pas, pensa-t-elle.

Le monde était en train de tourner sur lui -même. Elle n'arrivait plus à distinguer le haut du bas.

Le garçon passa quelque chose autour de son cou – quelque chose qui lui gratta la peau, tout en lui tirant la tête vers le haut. Pendant quelques secondes, elle vit un peu plus clair et elle compris…

Je suis debout sur le banc…

On la poussa et son corps bascula. La chose autour de son cou se referma et serra fort. Elle était suspendue dans les airs.

Elle essaya de lui demander :

« Pourquoi ? »

Mais elle étouffait. Elle ne pouvait plus respirer.

Et puis….

… Où était-elle ?

Ah oui, elle était au Mexique, assise sous une tonnelle en fleurs. Rosa venait de lui apporter une tasse de son délicieux *atole* pour l'aider à se remettre de ses émotions, et…

Les ténèbres l'engloutirent.

CHAPITRE VINGT-SEPT

Riley était à la bibliothèque de Byars quand son téléphone vibra. C'était un message de Meredith qui lui demandait de le rappeler immédiatement.

Le cœur de Riley se serra. Elle allait recevoir une mauvaise nouvelle. Elle en était certaine.

Elle était en train d'interroger le bibliothécaire de Byars pour savoir s'il avait vu quelqu'un ou quelque chose de suspect – notamment une personne ressemblant au portrait-robot. Lucy et Bill étaient ailleurs, sur le campus. Ils interrogeaient d'autres membres du personnel : secrétaires, gardiens, concierges ou toute personne susceptible remarquer quoi que ce soit. Ils étaient revenus sur le campus tôt le matin, bien décidés à trouver un indice avant qu'un autre étudiant ne soit assassiné.

Riley se détourna du bibliothécaire et appela Meredith.

Il dit :

— Agent Paige, nous avons une nouvelle victime.

Riley poussa un grognement. Ils avaient échoué et le tueur frappait à nouveau.

— Où ? dit-elle. Quand ?

— Le corps a été découvert dans le parc Witmer. Ce n'est pas très loin du campus.

— Une autre pendaison ? demanda Riley.

— Effectivement. Une autre étudiante de Byars. Elle s'appelle Patience Romero.

Riley sursauta.

La fille à qui on a parlé lundi !

— On y va tout de suite, dit Riley à Meredith. Qui est sur place ?

— Quelqu'un a appelé le 911, répondit-il. La zone est sécurisée.

Ils raccrochèrent. Riley fit apparaître un plan du parc sur son téléphone. Elle envoya à Bill et Lucy des messages pour leur dire de se retrouver là-bas. Puis elle traversa le campus en courant à petites foulées. Sur le trottoir, elle retrouva les deux autres agents.

— Que se passe-t-il ? demanda Bill.

Lucy écoutait attentivement. Riley se rappela son malaise pendant l'interrogatoire de Patience Romero. Si Lucy culpabilisait déjà, ce serait encore pire maintenant.

Mais il n'y avait aucune manière d'amortir le choc.

— Il y a une nouvelle victime, dit Riley. C'est Patience Romero.

— Merde, siffla Bill.

Lucy poussa un hoquet de surprise.

— Non ! s'écria-t-elle.

Riley se contenta de hocher la tête. Elle ne voulait pas que Lucy se laisse abattre, mais elle savait qu'il ne servait à rien de lui dire.

Ils se précipitèrent vers le parc. Des véhicules officiels étaient déjà garés dans la rue. Riley savait que des journalistes allaient bientôt arriver.

Riley, Bill et Lucy se faufilèrent vers l'endroit que la police était en train de délimiter avec de la rubalise. Ils passèrent sous la barrière.

Le corps de la fille était toujours en place. C'était un spectacle grotesque : une jolie blonde bien habillée pendue sous une tonnelle. Ses beaux habits étaient froissés et ses cheveux ondulaient sous la brise.

Sa vie de privilèges avait été brutalement écourtée.

Le décor était étrange. C'était un bel endroit pour s'asseoir : une tonnelle élégante avec des bancs. Celui ou celle qui l'avait créée n'imaginait sans doute pas que sa tonnelle deviendrait une scène de crime.

La police scientifique était déjà là. Ils passaient l'endroit au peigne fin. Riley reconnut l'homme qui examinait le corps. C'était l'examinateur médical Ashley Hill. Riley avait déjà travaillé avec lui.

Elle se dirigea vers lui.

— Qu'est-ce que vous pouvez me dire ? demanda-t-elle.

Ashley lui répondit d'un ton amer :

— Elle devait être morte depuis plus d'une heure quand on l'a trouvée. On dirait un suicide mais, bien sûr, tout est fait pour que ça y ressemble. Ce n'est pas un suicide.

Riley n'avait pas besoin de se l'entendre dire, mais elle comprit rapidement pourquoi Ashley en était certain, lui aussi. La corde était attachée au milieu de la tonnelle. Celui qui avait serré le nœud devait être plus agile ou plus grand qu'une jolie fille bien habillée.

Riley se rappela combien elle avait eu peur que cela arrive. Sa peur s'était réalisée. Ils progressaient trop lentement et le tueur accélérait l'allure.

Riley se tourna vers l'équipe de la police scientifique.

— Qui l'a découvert ? demanda-t-elle.

— Le type, là-bas, dit l'homme en pointant du doigt un jeune homme qui restait planté derrière la rubalise.

Riley se dirigea vers lui.

— Dites-moi ce qui s'est passé, dit-elle.

Il pointa du doigt une femme qui l'accompagnait.

— Pearl et moi, on travaille dans une banque pas loin. Comme il faisait beau, on a décidé de venir manger dans le parc. Quand on est arrivés, on a vu…

Les mots lui manquèrent. Il pointa le corps du doigt.

La femme dit :

— Leroy a tout de suite appelé les secours.

— Vous avez fait ce qu'il fallait, dit Riley. Pensez bien à donner vos coordonnées à la police.

Riley rejoignit Bill et Lucy, qui examinaient le corps. On venait de le descendre de la tonnelle. Les sirènes hurlaient dans la rue.

Bill dit :

— Je n'arrive pas à comprendre son objectif ou son mobile. Pourquoi tuer des étudiants privilégiés qui vont tous dans la même école ? C'est une histoire de lutte des classes ? Les gamins sont riches, donc le tueur est jaloux ?

Riley réfléchit à son hypothèse.

— Je ne pense pas, dit-elle. Je pense que le tueur connait les victimes ou qu'il est attiré par ces personnes. C'est personnel.

Si seulement je savais pourquoi, pensa-t-elle.

Lucy était visiblement bouleversée, mais Riley sentit qu'elle ne laisserait pas ses émotions affecter son travail.

— C'est comme s'il était invisible, dit Lucy. Nous avons affiché un portrait-robot dans tout le campus, mais personne ne l'a vu. Il est venu, il a fait ça et personne ne l'a vu.

Riley ruminait en silence. Elle commençait à comprendre que quelque chose clochait dans ce dessin. Elle avait eu un doute dès la première fois qu'elle l'avait vu. Elle l'avait trouvé beaucoup trop vivant et détaillé.

J'aurais dû écouter mon intuition, pensa-t-elle.

Elle avait passé suffisamment de temps avec Murray pour reconnaitre les symptômes de la fabulation et de la mémoire fictive. Ce n'était pas de sa faute, mais il avait donné une description très inexacte de son agresseur. Maintenant, il fallait tout recommencer.

Trey Beeler, le chef de l'unité de recherche scientifique de

Quantico, arriva avec son équipe. La dernière fois que Riley l'avait vu, c'était dans le garage des Rossum, juste après l'agression de Murray. Les sirènes qu'elle avait entendues devaient être celles de son véhicule.

— Merde, dit Trey à Riley. J'espérais qu'on en voyait la fin.

Riley remarqua qu'un des policiers ramassait avec prudence un gobelet en carton tombé sous la tonnelle.

— Je peux jeter un coup d'œil ?

Le policier lui tendit le gobelet. Il y avait encore quelques gouttes à l'intérieur. Riley le donna à Trey, qui comprit immédiatement.

— On va vérifier, dit-il. Je parie qu'il y a de l'alprazolam.

Riley entendit une voix hausser le ton de l'autre côté de la barrière. Elle se tourna vers Willis Autrey qui tressaillait à côté d'un homme plus grand que lui et visiblement très en colère. Riley n'entendait pas ce qui se disait, mais elle détecta un accent hispanique.

En marchant vers les deux hommes, elle remarqua que celui qu'elle ne connaissait pas ressemblait à Patience. Il avait le teint et les cheveux un peu plus sombres, mais la même beauté aristocratique.

Son père, comprit Riley.

Elle passa sous la rubalise et s'approcha.

Le père de Patience était livide. Il hurlait :

— Espèce d'incompétent ! Je vous ai prévenu au téléphone !

Autrey marmonnait, encore et encore :

— Je suis désolé.

Riley les interpella :

— Señor Romero, puis-je m'entretenir avec vous ?

Elle sortit son badge.

— Je suis l'agent spécial Riley Paige, FBI, et…

L'homme s'avança vers elle d'un air menaçant. Riley sentit qu'il était à la fois en deuil et en colère – un étrange et inquiétant cocktail d'émotions.

— Vous ! hurla-t-il. Vous saviez qu'il y avait un tueur, mais vous n'avez rien fait !

— Je comprends que vous soyez bouleversé. Il faut que je vous demande…

— Non ! s'écria Romero.

Il pointa Autrey du doigt et hurla :

— Au FBI, vous êtes aussi incompétents que ce *cabrón.* Je n'ai rien à vous dire. Je vais embaucher quelqu'un pour enquêter. Et vous allez avoir des nouvelles de mon avocat.

Il tourna les talons et partit en trombe avant que Riley n'ait eu le temps de répondre. Autrey resta planté là, stupéfait et blême.

Découragée, Riley rejoignit Lucy et Bill.

— Il n'a pas l'air de vouloir coopérer.

— Je ne suis pas sûre de lui en vouloir, dit Riley en soupirant. Et puis, je doute qu'il sache grand-chose. Allez, retournons à Quantico. Meredith veut sûrement un rapport.

Alors qu'ils traversaient le parc pour retourner vers la voiture, des journalistes se précipitèrent à leur rencontre. Plongée dans le désespoir, Riley ignora leurs questions. Pourtant, elle ne put s'empêcher d'entendre le même mot, encore et encore :

— Pourquoi…. Pourquoi… Pourquoi…

C'était bien la question qui lui tournait en boucle dans la tête.

Pourquoi ?

CHAPITRE VINGT-HUIT

La journée de Riley ne s'améliora pas quand elle rentra à la maison. Elle dina avec April, Jilly et Gabriela, mais sans Ryan. Il n'était pas revenu à la maison depuis qu'il était parti la veille, sous le coup de la colère.

Il avait emménagé moins de deux semaines plus tôt, mais il s'éloignait déjà. April et Jilly ne firent pas de commentaire pendant le diner, mais Riley vit qu'elles étaient tristes et déçues. Elles aimaient bien que Ryan soit à la maison. Il les avait beaucoup aidées ces derniers temps, surtout Jilly.

Après le diner, Riley monta dans sa chambre et appela Ryan chez lui.

— Quand est-ce que tu rentres ? demanda-t-elle. Tu m'en veux toujours ?

Elle l'entendit soupirer.

— Ce n'est pas ça. Tu n'es jamais vraiment là, c'est tout. Exactement comme avant.

Ces derniers mots brisèrent le cœur de Riley.

« Exactement comme avant. »

Avant que leur mariage ne s'autodétruise.

Etait-ce sur le point de recommencer ?

— Je trouve que tu es injuste avec moi, dit Riley.

— Je suis injuste ?

Un silence passa.

Ryan dit :

— Ecoute. J'ai juste besoin d'un peu de temps.

La fissure dans le cœur de Riley s'agrandit. C'était toujours ce qu'il disait quand il s'éloignait d'elle et d'April.

— Tu manques aux filles, dit-elle.

Il ne répondit pas. Elle insista :

— Tu pourrais au moins leur parler ? Leur expliquer ce qui se passe ?

— C'est toi qui devrais leur parler, Riley.

Une bouffée de colère la fit tressaillir. Il recommençait : il rejetait la faute sur Riley.

Des souvenirs remontèrent à la surface. Une pensée particulièrement désagréable lui traversa l'esprit. Quand ils étaient mariés, Ryan l'avait trompée.

— Tu as rencontré quelqu'un ? demanda-t-elle.

Ryan se défendit vivement :

— Qu'est-ce que ça change ?

— Tu pourrais répondre oui ou non.

— Non. Et ce n'est pas la question. J'ai besoin d'espace. Et tu ne le sais peut-être pas, mais tu en as besoin aussi.

Il la salua et raccrocha.

Riley resta bouche bée. Elle prit conscience qu'elle tremblait.

Mais de quoi ?

De colère ? D'amertume ? De peur ? De chagrin ?

Tout ce qu'elle savait, c'était que son émotion n'était pas dirigée contre Ryan, mais contre elle-même. Si seulement elle pouvait rejeter la faute sur Ryan…

Et n'était-ce pas sa faute ?

Mais elle ne pouvait s'empêcher de penser que c'était elle qui avait tort. Terriblement tort.

— Il a peut-être raison, murmura-t-elle.

Qu'était-elle censée faire maintenant ? Ryan lui avait dit de parler aux filles. Peut-être qu'il avait raison. Qui d'autre pourrait l'aider à comprendre ce qui se passait ?

Mais elle n'en avait pas la force.

Les filles avaient dû remarquer son absence.

Riley les repoussait.

Elle repoussait toux ceux qu'elle aimait.

Elle pensa à son ancien voisin, Blaine – un homme charmant avec qui elle aurait pu avoir une histoire. Mais le pauvre Blaine avait été passé à tabac par un tueur que Riley poursuivait. Il avait eu tellement peur qu'il avait décidé de déménager.

April avait également vécu l'horreur.

Et Ryan aussi – ligoté et retenu en otage par un fou qui avait voulu se venger de Riley.

C'est de ma faute, pensa-t-elle avec désespoir. *Ou la faute de mon travail.*

Mais y avait-il une différence ? Elle et son travail. N'était-ce pas la même chose ? Tant que ce serait vrai, comment Riley pouvait-elle espérer construire quelque chose de durable avec une autre personne ?

Et maintenant, elle ne faisait même plus son travail correctement.

Sans son travail, que lui restait-il ?

Rien, pensa-t-elle.

Et d'autres vies étaient en danger. Riley ne savait pas quand le tueur allait frapper à nouveau, mais ce serait bientôt. Elle avait également peur pour Murray, isolé dans sa grande maison. Bien sûr, la sécurité était assurée et elle n'avait aucune raison de penser qu'il était en danger. Pourtant, elle ne pouvait s'empêcher de sentir une sorte de désespoir autour de lui.

Elle avait besoin d'un verre. Elle descendit au rez-de-chaussée, où elle se retrouva seule. Gabriela était descendue dans son appartement et les filles étaient dans leurs chambres en train de travailler.

Tout allait bien.

Tout, sauf Riley.

Elle sortit la bouteille de bourbon du placard de la cuisine et se versa un verre.

Elle rangea la bouteille et tourna les talons. Saisie d'une brusque envie, elle retourna chercher la bouteille qu'elle emmena à l'étage.

Elle s'assit dans son bureau.

Riley sentit qu'elle glissait lentement vers un des recoins les plus obscurs de sa tête. C'était l'endroit où elle gardait ses démons intérieurs – des démons de colère, de violence et de cruauté.

Il n'y avait qu'une seule autre personne dans ce monde qui connaissait cet endroit aussi bien qu'elle.

Elle avala son verre de bourbon d'un trait.

Elle marcha vers son placard et prit sur l'étagère une boîte qui contenait un objet familier : un bracelet chaîne en or.

Tout en se rasseyant, elle fit tourner le bracelet entre ses mains

— Shane la Chaîne, murmura-t-elle.

On lui donnait ce surnom parce qu'il utilisait des chaînes pour tuer ses victimes.

Shane Hatcher portait exactement le même bracelet, en signe de leur sombre amitié.

Riley n'avait jamais porté le sien.

Ses ténèbres intérieures se dilatèrent.

Pourquoi pas ? pensa-t-elle avec amertume.

Elle se versa un autre verre et l'avala d'un trait pour se calmer les nerfs.

Puis elle défit l'attache du bracelet et le passa au poignet pour la première fois. C'était une sensation étrange, comme si le bijou émettait une impulsion électrique. Il brillait sous la lumière du bureau. Ce n'était pas désagréable.

Une fois encore, l'inscription sur un des maillons attira son regard.

face8ecaf

Elle avait résolu l'énigme depuis longtemps. L'inscription voulait dire « face à face » et évoquait un miroir. Après tout, Hatcher était une sorte de miroir – un miroir dans lequel Riley se reflétait et ce qu'elle voyait la terrifiait.

C'était aussi une adresse.

Riley se tourna vers son ordinateur, ouvrit son logiciel de vidéo chat et tapa la commande.

Elle s'attendait à voir le visage de Hatcher apparaître à l'écran et à entendre gronder sa sinistre voix.

Mais il n'y eut aucune réponse à son appel.

Elle réessaya.

Et encore.

Rien.

Il doit y avoir un moyen de le joindre, pensa-t-elle.

Elle se versa un autre verre, en se disant qu'elle le boirait plus lentement. Elle devait rester lucide – du moins, pour l'instant.

Elle chercha le nom de Hatcher sur Internet. Les résultats étaient prévisibles : des articles sur son évasion de Sing Sing, sur sa cavale et sur le fait qu'il était toujours sur la liste des hommes les plus recherchés du FBI. Rien qui permettait de le contacter.

Une idée lui vint.

Il y avait une personne qui pourrait peut-être l'aider.

Elle appela Van Roff par vidéo chat. Quelques secondes plus tard, le corpulent technicien lui répondit :

— Rufus ! s'écria-t-il. On s'éclate à Cancun ?

Riley ne rit pas.

— J'ai besoin de votre aide, Van, dit-elle. Et c'est vraiment quelque chose qui doit rester entre nous.

Van Roff écarquilla les yeux avec curiosité.

— Dites-moi.

— Vous avez entendu parler de Shane Hatcher ?

Van Roff resta bouche bée.

— Merde, évidemment ! Qui n'en a pas entendu parler ?

— J'essaye de le contacter.

Van Roff pâlit.

— Agent Paige, je ne sais pas…

— C'est important.

— J'en suis sûr, mais…

— Mais quoi ?

Van avait l'air inquiet, à présent.

— Agent Paige, vous ne le savez peut-être pas, mais la relation ou le lien – appelez ça comme vous voulez – que vous entretenez avec Shane la Chaîne est devenue une sorte de légende au FBI. Tout le monde dit que c'est dangereux. Tout le monde dit que vous êtes folle de vous associer avec lui. Tout le monde a peur de lui. Une peur panique. Et avec ce que je sais de lui, moi aussi, j'ai peur de lui.

Riley sursauta. Van n'était pas du genre à faire le délicat. Au contraire, il adorait contourner les règles.

— Van, je veux juste que vous me le trouviez. Je ne vous demande pas de lui parler.

Van secoua la tête.

— J'ai bien compris. Ce n'est pas le problème. Agent Paige, je vous aime bien. J'aime bien travailler avec vous. Je vous admire, même. Mais en jouant avec Hatcher, vous jouez avec le feu. Dans votre intérêt, je ne veux pas y participer.

Riley n'en croyait pas ses oreilles.

Van, c'est bien le moment d'avoir des principes, pensa-t-elle.

Mais elle ne lui dirait pas à voix haute.

— Van, j'aimerais que vous…

— Non. C'est tout ce que j'ai à dire. Non. Ça va trop loin, même pour moi. Ecoutez, je vais raccrocher. Je vais oublier toute cette conversation. Si on m'en parle, je dirai que ce n'est jamais arrivé. Vous feriez mieux de faire pareil.

Van Roff raccrocha.

Riley regarda fixement son écran noir, désespérément seule.

Elle avala son verre, puis s'en servit un autre.

*

Riley était plongée dans le noir – les ténèbres d'un immense garage. Des pas résonnèrent dans l'obscurité.

Elle savait à quoi s'attendre – du moins, le croyait-elle.

Elle allait voir une des victimes pendue dans une auréole de lumière, entourée de photos encadrées.

Au lieu de cela, un chalet rustique apparut soudain dans l'obscurité.

Elle le reconnut immédiatement.

C'était le chalet de son père dans les Appalaches.

La porte d'entrée s'ouvrit lentement.

Un vieil homme aigri, vêtu de l'uniforme de colonel des Marines, sortit de la maison.

C'était le père de Riley. Elle n'avait pas l'habitude de le voir en uniforme. N'avait-il pas quitté l'armée depuis longtemps ?

Puis elle se rappela...

... que son père était mort en octobre dernier.

Il s'enfonça dans les ténèbres, sans regarder Riley.

— Papa, appela-t-elle.

Il s'arrêta, mais sans se tourner vers elle.

— Je croyais que tu étais mort, dit Riley.

— Je suis mort, grogna-t-il. C'est pour ça que je m'en vais.

Il pointa du doigt son chalet.

— C'est à toi, maintenant, dit-il. Tu en hérites. Tu devrais y faire plus attention.

Riley se rappela que son père lui avait effectivement légué son chalet. Elle ne savait pas pourquoi. Elle n'avait que des mauvais souvenirs dans cet endroit. Elle n'y était pas retournée depuis qu'il était mort. Elle ne savait pas pourquoi il ne l'avait pas plutôt légué à sa demi-sœur.

— Tu aurais dû le donner à Wendy, dit Riley.

— Pourquoi tu penses à elle ? demanda Papa.

Riley ne sut que dire. En vérité, elle n'avait pas vu Wendy depuis très longtemps. Elle lui avait parlé au téléphone juste après la mort de Papa. Cela ne s'était pas très bien terminé.

— Wendy était à ton chevet quand tu es mort, dit Riley. Tu lui tapais dessus, mais elle est quand même venue s'occuper de toi. Je n'ai jamais été si gentille avec toi. Elle le méritait. Tu aurais dû lui laisser le chalet.

Papa éclata d'un rire tonitruant.

— Ouais, eh ben, la vie est injuste, non ?

Il montra à nouveau le chalet du doigt.

— Peu importe, ce n'est plus à moi, c'est le tien. Si tu n'y va pas, si tu ne vas chercher les réponses, tu seras perdue. Personne ne peut t'aider.

Avec un grognement méprisant, il ajouta :

— Mais je m'en fiche.

Il tourna les talons et s'enfonça dans les ténèbres.

Riley resta debout devant le chalet.

Je dois y entrer, *se dit-elle.*

Mais elle était paralysée.

Elle ne pouvait plus bouger.

Et elle était terrifiée – plus terrifiée que jamais auparavant.

Riley se réveilla quand on frappa à la porte. Une lumière matinale brillait par la fenêtre. Elle avait dû s'endormir sur son bureau.

Elle grogna :

— Entrez.

April passa la tête.

— Jilly et moi, on a préparé le petit déjeuner. On va à l'école.

— D'accord, répondit Riley.

April ne partit pas tout de suite. Elle dévisagea Riley avec inquiétude. Elle avait remarqué la bouteille de bourbon presque vide à côté d'elle.

— Tu vas bien ? demanda April.

Riley se força à sourire.

— Je vais bien, dit-elle. Dépêchez-vous d'aller à l'école.

April s'en alla en refermant derrière elle.

Le crâne de Riley lui faisait mal. Elle avait besoin de se nettoyer un peu. Ensuite, elle descendrait se servir un café. Avant qu'elle n'ait eu le temps de se lever, son téléphone sonna. C'était Bill.

Il dit :

— Je voudrais juste savoir ce qu'on va faire aujourd'hui.

Riley ne répondit pas.

Bill dit :

— Je ne peux pas m'empêcher de penser que le tueur est juste sous notre nez. Toi et Lucy, vous pourriez peut-être retourner interroger l'électricien, Pike Tozer. Et si on s'était trompés sur son compte ? Je vais voir s'il travaille sur le campus aujourd'hui. Sinon, on peut chercher où…

Riley le coupa :

— Je ne viens pas aujourd'hui.

— Quoi ?

Riley chercha ses mots.

Mais elle ne trouvait pas les bons.

— Je ne peux pas, Bill. Pas aujourd'hui.

— Qu'est-ce que tu veux dire ?

Riley ravala des larmes.

— Toi et Lucy, allez-y. Je ne vous servirai à rien aujourd'hui. Vous serez mieux sans moi.

Un silence passa.

Puis Bill demanda :

— Tu as bu ?

Riley ne put se forcer à répondre.

— Merde, dit Bill.

Il avait l'air en colère.

— D'accord, prends ta journée et surtout reprends-toi. Dis-moi quand tu seras prête à revenir.

Bill raccrocha.

Riley resta assise avec son désespoir, pourtant bien décidée à ne pas pleurer. Que faire à présent ?

Elle se rappela son rêve et ce que son père lui avait dit :

« Si tu n'y va pas, si tu ne vas chercher les réponses, tu seras perdue. »

Elle se rappela aussi la terreur qu'elle avait ressentie devant le chalet.

Je dois l'affronter, pensa-t-elle.

Riley se leva et se dirigea vers la salle de bain.

CHAPITRE VINGT-NEUF

Les effets de la gueule de bois se dissipèrent quand Riley traversa Shenandoah Valley au volant de sa voiture. Mais le rêve était toujours là.

Comme toujours, elle fut frappée par la beauté de la campagne de Virginie. Elle avait toujours eu un faible pour cet endroit, surtout en cette saison – ce fin manteau de neige, l'austérité des arbres sans feuilles, la grisaille monochromatique.

Aujourd'hui, il était difficile d'admirer toute la beauté du paysage.

Chaque fois qu'elle était venue voir son père, quand il était toujours en vie, elle avait traversé ce paysage-là. Chaque fois, elle avait eu le sentiment que sa visite finirait mal.

Bien sûr, elle avait toujours raison.

Pourquoi maintenant ? se demanda-t-elle.

Son père n'était plus là. Il n'était plus là pour la provoquer ou exercer son talent naturel pour la cruauté.

Pourquoi avait-elle si peur ?

Puis elle réalisa qu'elle redoutait son absence.

Comme si elle avait une peur irrationnelle que sa cruauté désincarnée hante toujours son chalet.

Elle prit la bretelle d'autoroute en direction des Appalaches. Il y avait plus de neige sur les bords et de la glace dans les cours d'eau, mais les routes de goudron étaient bien dégagées.

Elle traversa une petite ville, puis suivit une route de terre sinuant entre des arbres nus et les rochers. C'était la seule portion de route qui n'avait pas été dégagée, mais cela restait praticable.

La route s'arrêtait devant le chalet – le solide bâtiment en bois qu'elle avait vu en rêve, la nuit dernière. En se garant, elle constata avec surprise que le vieux véhicule utilitaire de son père était encore là, couvert de neige. Du bois de chauffage était empilé devant l'entrée. Il n'avait pas tout utilisé.

Des mauvaises herbes poussaient drues sous la neige. Riley savait qu'elles prendraient le chalet d'assaut au printemps. Elle devait faire quelque chose de cet endroit avant que ça n'arrive.

En descendant de la voiture, elle s'attendait presque à voir son père sortir des fourrés. Il aurait peut-être à la main un ou deux écureuils fraichement abattus, qu'il jetterait aussitôt dans le panier à l'entrée.

Bien sûr, il n'était plus là.

Debout à côté de sa voiture, Riley balaya les environs du regard. Le chalet était entouré d'une épaisse forêt. Elle savait qu'elle avait hérité de quinze hectares de terre à la lisière de la forêt nationale qui appartenait à l'état. Quant à la valeur de son terrain, elle n'y avait même pas réfléchi.

Pourquoi me l'a-t-il légué ? se demanda-t-elle encore. *Pourquoi pas à Wendy ?*

Pauvre Wendy. Riley ne pouvait s'empêcher d'avoir pitié d'elle. Quand Wendy était petite, Papa la battait dès qu'il était de mauvaise humeur. Elle avait fini par s'enfuir. Pourtant, à la fin de sa vie, Wendy était venue à son chevet et c'était elle qui avait organisé la sépulture.

Elle était revenue comme un chien fidèle.

Riley n'avait même pas assisté à la sépulture.

Elle marcha vers la porte d'entrée et la trouva verrouillée. Du temps de son père, ç'aurait été inhabituel. Dans cet endroit isolé, on ne s'inquiétait pas des voleurs ou des intrus.

Heureusement, elle avait la clé. L'avocat qui avait réglé la succession la lui avait envoyée après qu'elle ait signé les papiers nécessaires.

Elle tourna la clé, puis elle hésita quelques secondes avant d'ouvrir la porte.

Elle se rappelait la terreur sourde qu'elle avait ressentie dans son rêve la nuit dernière à l'idée d'entrer dans le chalet.

Elle ressentait un écho de cette peur.

Rentrer dans le chalet lui paraissait soudain une épreuve qu'il était vital de franchir.

Elle prit son courage à deux mains, ouvrit la porte et entra à l'intérieur.

Il faisait sombre. La seule lumière venait de l'extérieur par les petites fenêtres. L'odeur familière et agréable des planches de pin la frappa. L'endroit était un peu à l'abandon, mais rien n'avait vraiment changé. Tout ce qui manquait, c'était la force de vie qu'était la présence de son père.

Mais cette vitalité était déjà sur le déclin quand elle était venue pour la dernière fois.

Elle baissa les yeux vers le tabouret sur lequel il s'était assis. Grisonnant et voûté, le visage crayeux malgré la chaleur du poêle à bois, il avait écorché avec adresse un écureuil, des carcasses empilées à côté de lui.

Elle avait su dès le premier regard qu'il était malade. Il avait toussé pendant toute sa visite, parfois de façon incontrôlable, mais il n'avait pas voulu lui en parler. L'ambiance était morose. Il n'avait pas beaucoup parlé. Ils en étaient venus aux mains. Comme il était très faible, elle l'avait facilement dominé.

Elle pensa à ce qu'elle lui avait dit après ça – les derniers mots qu'elle lui avait adressés.

« Je ne te déteste pas, Papa. »

Ce n'était pas quelque chose qu'elle lui avait dit pour le rassurer. Elle l'avait dit pour le blesser. Et ça l'avait profondément heurté. Il l'avait pris comme un échec.

Même s'il battait Wendy, c'était Riley qui avait le plus souffert. Au lieu de lever la main sur elle, il l'avait rabaissée et insultée de toutes les manières possibles et imaginables. Il avait essayé d'en faire quelqu'un de froid, comme lui – invulnérable aux émotions.

Il avait échoué.

Elle répéta à voix haute :

— Je ne te déteste pas, Papa.

Dans sa tête, elle se représenta sa mine défaite en entendant ces mots.

Tant pis pour lui, pensa-t-elle.

Mais elle ressentit également une persistante culpabilité.

Elle refoula son émotion, en se rappelant qu'elle était là pour une raison bien précise.

Elle était là pour avoir des réponses. C'était ce que Papa lui avait dit dans son rêve.

Elle n'était pas sûre de savoir quelle était la question.

Il y avait un bureau à cylindre près d'un mur. Riley n'avait jamais regardé à l'intérieur. Elle l'ouvrit. Elle resta bouche bée devant la première chose qu'elle vit.

C'était une photo d'elle et de Wendy, en compagnie de leur mère. Riley devait avoir quatre ans sur cette image et Wendy était adolescente. Elles avaient toutes l'air heureux.

Quand avons-nous jamais été heureuses ? pensa Riley.

Elle n'arriva pas à s'en rappeler.

Seuls des souvenirs douloureux remontaient à la surface.

Elle se rappela son désespoir quand Wendy avait quitté la maison pour de bon. Riley n'avait que cinq ans et Wendy en avait quinze. Riley n'avait jamais revu sa sœur. Quel âge avait-elle, maintenant ?

Ah oui, pensa-t-elle. *Cinquante.*

A quoi ressemblait-elle ?

A quoi ressemblait sa vie ?

Riley n'en avait aucune idée.

Le souvenir de la mort de sa mère était encore plus douloureux. C'était arrivé un an après le départ de Wendy.

Soudain, c'était comme si c'était arrivé la veille.

Maman avait emmené Riley dans un magasin de bonbons. Elle l'avait pourrie gâtée en lui achetant tous les bonbons que sa fille de six ans lui avait réclamés.

Puis un homme était entré avec un pistolet et un bas nylon sur la tête. Il avait demandé à Maman de lui donner tout son argent.

Maman était restée paralysée d'effroi.

L'homme l'avait abattue. Elle était morte aux pieds de Riley.

Riley tremblait encore en y pensant.

Papa ne lui avait jamais pardonné – comme si une gamine de six ans aurait pu sauver la vie de sa mère.

Et au fond d'elle, Riley avait accepté d'en prendre la responsabilité.

Riley fouilla dans le bureau. Les tiroirs étaient pleins de reçus ou de listes de toutes sortes. Mais une feuille de papier pliée en quatre sortait d'un classeur, comme si quelqu'un était censé la trouver.

Riley la déplia.

Ce qu'elle lut lui coupa le souffle.

C'était une lettre qui lui était adressée.

Ça disait…

Chère Riley

Le reste de la lettre se constituait de phrases non terminées et barrées de coups de stylo.

~~Tu n'as jamais vraiment été~~
~~J'ai toujours su que tu ne serais jamais~~
~~Depuis que tu es gamine, tu ne sais pas~~
~~J'ai toujours été déçu que~~
~~Je ne sais pas pourquoi j'espérais que tu~~

Il y en avait une vingtaine. A la fin, la courte signature n'avait pas été raturée.

Papa

Riley reçut le message cinq sur cinq.

Son père avait écrit exactement la lettre qu'il voulait écrire.

Et il l'avait laissée ici pour que Riley tombe dessus.

Un sanglot lui remonta dans la gorge. Ses larmes inondèrent l'encre sur le papier.

C'était ça. C'était ce qu'elle était venue chercher.

Dans cette lettre qui ne disait rien, son père avait réussi à écrire tout ce qu'il y avait à dire sur leur relation – pas seulement leur haine réciproque, mais également leur mystérieuse liaison.

Ce n'était pas de l'amour.

Il n'y avait pas de mot pour décrire leur lien sombre et puissant.

On pouvait seulement le deviner derrière des mots barrés.

Riley se calma et replia la lettre qu'elle remit dans sa poche.

Elle balaya le chalet du regard.

— Au revoir, Papa, dit-elle.

Elle savait qu'elle disait également adieu au chalet. Elle n'avait plus besoin d'y retourner. Elle donnerait le terrain à Wendy, si ça l'intéressait. Sinon, elle le vendrait et mettrait l'argent sur un compte-épargne. Ce serait un bon moyen de démarrer un fonds d'études pour envoyer les filles à l'université.

Elle ouvrit la porte.

Elle faillit tomber à la renverse.

Debout sur le perron, un sourire sinistre aux lèvres, se tenait Shane Hatcher.

CHAPITRE TRENTE

Shane Hatcher était toujours aussi perturbant, avec ses yeux sombres, son sourire entendu, sa large carrure et son visage basané. Riley avait l'habitude de le voir débarquer à l'improviste, mais elle trouvait particulièrement inquiétant que ce soit ici.

— Riley Paige, dit Hatcher. Quelle bonne surprise.

Comme d'habitude, il se moquait d'elle en feignant la surprise.

Comment est-il arrivé là ? se demanda-t-elle.

Puis elle remarqua la voiture garée à quelques mètres, le long de la route. Il avait dû la suivre, peut-être depuis chez elle. Bouleversée par la lettre de son père, elle n'avait pas entendu la voiture approcher.

— Ça faisait trop longtemps, dit Hatcher.

— Pas assez à mon goût, dit Riley d'un ton raide.

En fait, cela faisait tout juste un mois qu'ils ne s'étaient pas vus.

Hatcher pencha la tête sur le côté d'un air faussement blessé.

— Oh, Riley, ce n'est pas très gentil de dire ça. Pour moi, ça faisait longtemps. Je me sentais délaissé.

Puis il ajouta avec un rire sarcastique :

— J'ai des sentiments, vous savez.

— Qu'est-ce que vous faites là ? demanda Riley.

Hatcher haussa les épaules.

— J'ai comme l'impression que vous vouliez me parler.

C'était donc ça. Hatcher avait vu qu'elle avait essayé de le contacter, mais il avait ignoré son appel. Il avait préféré la retrouver sur son terrain, sous certaines conditions – face à face et en personne. Et maintenant elle était toute seule au milieu des montagnes en compagnie de l'homme le plus dangereux qu'elle connaissait.

Elle savait que le danger qu'il représentait n'était pas physique.

Comme la cruauté de son père, c'était un danger plus insidieux.

Hatcher plongea les mains dans ses poches d'un air nonchalant et balaya les environs du regard.

— Pas mal, dit-il. C'est la première fois que je viens.

Son sourire s'élargit.

— J'aurais bien aimé rencontrer votre père. Je suis sûr que nous avions beaucoup de points communs.

Riley fut parcourue d'un frisson. Avait-elle déjà parlé à

Hatcher de son père ? Elle ne s'en souvenait pas, mais elle savait que Hatcher faisait des recherches sur elle, comme si c'était une obsession.

Hatcher ajouta :

— Je n'aurais jamais osé venir de son vivant. Il aurait su qui j'étais… Vous lui avez sûrement parlé de moi. Il n'aurait pas appelé les flics, même s'il avait le téléphone, et je pense qu'il n'avait pas le téléphone. Non, il m'aurait abattu d'un coup de fusil, comme un écureuil. Je ne lui reproche rien, d'ailleurs.

Pendant une seconde, Riley se demanda comment Hatcher savait que son père chassait les écureuils.

Bien sûr, c'était une question de bon sens. Après tout, son père chassait pour se nourrir. Il n'était jamais à court de petit gibier.

— Vous me faites visiter ? demanda-t-il. Cet endroit doit avoir une grande signification pour vous. Une histoire particulière.

— Je n'ai jamais vécu ici, répondit Riley.

— Non, vous avez grandi à Slippery Rock, à quatre-vingt-dix miles d'ici. C'est une petite ville. J'y ai passé quelques jours, juste pour visiter. Puis votre famille a déménagé à Lanton, où vous êtes allée à l'université. J'y suis allé aussi. Pas aussi sympa que Slippery Rock, plus grand, plus impersonnel. Vous n'y étiez pas heureuse, je me trompe ?

Riley eut la nausée. Comment savait-il qu'elle n'avait pas aimé déménager à Lanton ? Elle n'était qu'une petite fille à l'époque.

Il en savait beaucoup trop à son goût.

Hatcher poursuivit :

— Mais vos racines sont ici, auprès de votre père, ou plutôt de son fantôme. Il a fait de vous ce que vous êtes, après tout. Cet ancien Marine, si fort, toujours en colère, qui n'a jamais cessé de vous rabaisser… C'est bien lui qui vous a montré votre vraie valeur. Vous lui ressemblez, d'ailleurs.

Riley faillit s'exclamer : *« Comment le savez-vous ? ».*

Bien sûr, il n'avait pas eu de mal à trouver une photo de son père.

— Vous ne m'invitez pas à entrer ? demanda Hatcher.

Sans attendre de réponse, il contourna Riley pour entrer dans le chalet. Riley le suivit. Il s'assit sur le tabouret où son père écorchait des écureuils, puis il balaya la pièce d'un regard intéressé et observateur.

— Alors, voilà votre héritage, dit-il. Qu'allez-vous en faire ?

— Je pensais le donner à ma sœur, dit Riley.

— Ah oui, Wendy. Vous lui avez demandé si elle en voulait ?

— Pas encore.

Hatcher esquissa un rictus entendu.

— Elle n'en voudra pas.

Riley serra les dents. Elle comprit qu'il avait raison. Wendy ne voudrait jamais mettre les pieds ici. Pour se débarrasser du chalet, Riley serait obligée de le vendre. L'intuition de Hatcher était terrifiante.

— Et si on en venait au fait ? demanda Riley.

— Certainement. Mais vous savez que je vais vous demander une faveur en échange.

Riley frémit.

— Que voulez-vous, cette fois ?

— Oh, nous parlerons de ça plus tard.

C'était une histoire familière entre eux. Hatcher voulait toujours quelque chose en échange de ses traits de génie. Riley lui accordait toujours ces faveurs, mais le prix pouvait être élevé.

Souvent, Hatcher ne demandait rien de moins qu'un morceau de son âme.

— Asseyez-vous, dit Hatcher. Discutons un peu.

Riley s'assit dans une chaise en osier inconfortable.

— Alors, dit Hatcher, vous êtes à la recherche d'un tueur qui pend ses victimes, mais il les drogue d'abord avec de l'alprazolam.

Il a bien fait son boulot, pensa Riley.

Elle était certaine que les médias n'avaient pas fait mention de l'alprazolam. Pourtant, Hatcher disposait maintenant des mêmes informations que Riley. Elle savait qu'il avait une fortune quelque part et un réseau de collègues criminels. Parmi eux, il devait y avoir un hacker – un génie de l'informatique qui avait encore moins de scrupules que Van Roff. Hatcher avait accès à toutes les archives : la police, le FBI, Byars… Et il n'avait pas à s'inquiéter de respecter la loi.

Hatcher croisa les bras et poursuivit :

— Voyons voir… Qui avez-vous rencontré jusqu'à maintenant ? Bien sûr, les familles des victimes : les parents de Lois Pennington, la représentante Webber, les Linz… Sans parler de cet aller-retour inutile en Géorgie. J'aurais pu vous dire dès le début que Kirk Farrell s'était réellement suicidé. Et son père est un connard, vous ne trouvez pas ?

Riley ne répondit pas.

— Bien sûr, il y a toutes les personnes que vous avez

rencontrées en chemin : les majordomes, les gardes du corps, les infirmières… Il y a aussi le doyen, Willis Autrey, ce bureaucrate mielleux, et sa secrétaire coincée du cul. C'est bien triste, ce qui est arrivé à Patience Romero. Il parait que son père n'a pas très bien pris la nouvelle. Comme c'est triste.

Riley perdait patience. Et le contrôle de ses nerfs. Mais cela ne dérangeait pas Hatcher.

— Et Pike Tozer ? demanda-t-il. Vous pensez que vous l'avez jugé trop vite ?

Riley ne répondit pas. Elle n'avait pas l'intention de lui dire que Bill et Lucy étaient censés l'interroger une deuxième fois aujourd'hui.

Hatcher se tut quelques instants, avant de reprendre d'une voix pensive :

— Dites, Riley, je suis sûr que vous aimez Oscar Wilde. Quel esprit ! « Je peux résister à tout, sauf à la tentation ». Cela n'engage que moi, mais je pense qu'on le sous-estime. Ce n'était pas qu'un petit malin. Peu de gens savent apprécier la profondeur philosophique de ses plus grandes œuvres. *De Profundis*, par exemple. Il l'a écrit une prison, vous savez. C'est peut-être pour ça que je me sens si proche de lui.

Riley n'était pas surprise que Hatcher ait une telle culture littéraire. Il avait beaucoup étudié pendant ses années derrière les barreaux. Cependant, elle ne comprenait pas où il voulait en venir.

Hatcher renversa la tête d'un air pensif, comme pour se souvenir d'un détail.

— Et ses observations sur la nature humaine… « Il est absurde de diviser les gens en bons et mauvais. En fait, les gens sont charmants ou ennuyeux. » Tellement vrai ! Vous ai-je déjà dit que je vous trouvais charmante, Riley ? Je le suis également. Il n'y a rien d'ennuyeux chez nous.

Il se pencha vers Riley.

— Oscar a aussi écrit sur les faibles… C'est brillant et terriblement honnête et vrai. Bizarre… Je ne m'en rappelle pas. Vous vous souvenez ?

— Non, dit Riley.

Hatcher la regarda droit dans les yeux.

— Je me demandais… Parmi toutes les personnes que vous avez croisées au cours de votre enquête, y en a-t-il une qui soit particulièrement faible ?

Comme Riley ne répondait pas, Hatcher se tapota les genoux

avant de se lever.

— Eh bien, cela m'a fait plaisir de bavarder. On devrait faire ça plus souvent.

Riley se leva à son tour.

— Vous ne m'avez encore rien dit, protesta-t-elle.

Hatcher étouffa un rire.

— Oh si, mais les effets sont un peu lents, c'est tout. Vous finirez par comprendre. Mais est-ce que vous comprendrez assez vite ? Est-ce que quelqu'un d'autre devra mourir ? Ce n'est pas mon problème. Et puis, je dois retourner au travail. Vous aussi, j'imagine.

Il haussa les épaules.

— Peut-être que vous préférez rester un peu ici avec vos souvenirs. Dites-moi, votre papa vous chantait-il des chansons ?

La colère de Riley montait. Elle n'avait jamais entendu son père chanter de toute sa vie. Pourquoi Hatcher voulait-il savoir ?

Puis Hatcher se mit à chanter d'une voix étonnamment mélodieuse.

You're the end of the rainbow,
My pot of gold...

— Arrêtez, grogna Riley.

Mais Hatcher poursuivit.

You're Daddy's Little Girl
To have and to hold...

Il s'interrompt brusquement et esquissa un sourire sinistre. Il regardait le poignet de Riley.

— Je vois que vous portez mon cadeau, dit-il.

Avec un sursaut, Riley réalisa qu'il parlait du bracelet en or.

Elle pensa à ce qu'elle avait dit à Hatcher la dernière fois qu'ils s'étaient rencontrés.

« Je ne le porterai jamais. »

Mais elle l'avait mis pour la première fois la nuit dernière.

Et pour une raison ou pour une autre, elle ne l'avait pas enlevé.

Hatcher ronronna :

— J'allais justement vous demander ma petite faveur. C'est facile. Continuez de le porter.

Il tourna les talons et sortit en silence du chalet. Le corps secoué de tremblements, Riley retomba dans la chaise en osier. Quelques minutes plus tard, elle entendit la voiture de Hatcher démarrer et s'éloigner.

Riley baissa les yeux vers le bracelet à son poignet.

Elle voulait soudain l'enlever pour braver Hatcher.

Mais elle en était incapable.

Elle se demanda si elle pourrait un jour le retirer.

Mais ce n'était pas le moment d'y réfléchir.

Elle avait une affaire à résoudre.

CHAPITRE TRENTE ET UN

De retour du chalet, en conduisant sur l'autoroute balayée par les bourrasques de vent, Riley savait qu'elle devait prendre une décision. Elle voulait revenir sur l'affaire, mais elle n'était pas sûre de savoir comment.

Bill et Lucy étaient sur le campus pour revérifier toutes les pistes. Elle ne leur apporterait rien. Elle pourrait aller à Quantico et harceler Flores pour qu'il lui donne plus d'informations sur les étudiants de Byars. Il y avait également l'employée des Webber qui avait avoué à Cory Linz que la fille de la représentante s'était pendue… Elle semblait avoir disparu de la surface de la terre. Riley espérait qu'elle avait été grassement rémunérée pour son silence et qu'elle vivait confortablement quelque part.

Elle savait que Flores était dans l'impasse. Et Riley n'avait rien de plus à lui donner.

Il fallait qu'elle réfléchisse. Il fallait qu'elle trouve le moyen de comprendre ce tueur. Riley s'arrêta devant un petit café et resta assise derrière son volant un long moment. Elle ferma les yeux et partit mentalement à la recherche du tueur.

Elle ne ressentait que de la peur. Elle ne voyait que les visages terrifiés des filles qui étaient mortes et du garçon qui s'était échappé. Elle secoua la tête et abandonna.

Riley prit une grande inspiration et entra dans le café. Elle s'assit dans un box et commanda une viennoiserie et un café qu'elle sirota longuement en passant en revue tout ce qu'elle savait.

Hatcher avait dû lui dire quelque chose d'utile. Mais quoi ?

« Les effets sont un peu lents. » lui avait-il dit.

Riley soupira. C'était bien Hatcher. Il aimait se moquer d'elle. Elle n'avait pas le temps d'attendre ces effets un peu lents – pas quand un tueur pouvait frapper à tout moment. Elle devait savoir ce qu'il avait voulu dire.

Elle refit défiler dans sa tête toute leur conversation.

« Je suis sûr que vous aimez Oscar Wilde. » avait-il dit.

Puis il lui avait sorti quelques citations, à propos de la tentation d'abord, puis des gens qui étaient soit charmants, soit ennuyeux. Enfin, il y avait eu cette citation dont Hatcher ne se souvenait pas – ou qu'il avait fait semblant d'oublier. Rien n'échappait au piège qu'était l'esprit de Shane Hatcher. Riley était certaine qu'il se souvenait parfaitement de la citation.

Il s'agissait des « faibles ».

« C'est brillant et terriblement honnête et vrai. »

Elle sortit son téléphone et fit une recherche sur Internet : « Oscar Wilde », « citation » et « faible ».

En quelque secondes, elle trouva ceci :

« La pire forme de tyrannie que le monde ait connue est celle du faible sur le fort. C'est la seule tyrannie qui perdure. »

Un frisson glacé de compréhension parcourut l'échine de Riley.

C'était une citation qui devait résonner dans la tête de Hatcher, comme elle résonnait dans celle de Riley.

La faiblesse et le mal étaient intimement liés aux yeux de Riley. Les tueurs qu'elle traquait étaient souvent faibles à l'intérieur, tout comme les politiciens et les bureaucrates qui lui mettaient des bâtons dans les roues. Carl Walder était un bon exemple.

Mais Hatcher avait sûrement voulu lui dire quelque chose de plus précis.

Le tueur devait se caractériser par sa faiblesse.

Qui cela pouvait-il être ?

Jusqu'à maintenant, ils n'avaient interrogé qu'un seul suspect : l'électricien, Pike Tozer.

Riley l'avait-elle trouvé particulièrement faible ?

Physiquement, non. Il était même costaud.

Mais Riley n'avait pas cerné sa personnalité. Elle se rappela que Bill et Lucy avaient eu l'intention de l'interroger à nouveau. Ils avaient peut-être du nouveau.

Riley appela Bill.

— J'ai repris les recherches, dit-elle. Désolée pour ce matin.

— Ce n'est rien, dit Bill.

— Vous avez parlé à Pike Tozer ?

Bill répondit d'un ton découragé :

— Ouais, on l'a retrouvé. Il nous a donné un alibi en béton pour hier matin. Il travaillait sur le campus et il y a des témoins. Ce n'est pas lui qui a tué Patience Romero.

Riley but une gorgée de café.

— Il y a quelque chose qui cloche, Bill, dit-elle.

— Ne m'en parle pas. C'est le portrait-robot. Personne ne reconnait ce visage.

Riley réfléchit.

Elle ferma les yeux.

Les mots résonnèrent à nouveau dans sa tête.

« La tyrannie du faible... La seule tyrannie qui perdure. »

Avait-elle rencontré quelqu'un de particulièrement faible, ces derniers jours ?

Puis une pensée la frappa.

Qui avait-elle rencontré qui ne soit pas *faible ?*

Elle était entourée de personnes qui avaient des faiblesses, suspects ou non.

Une idée germa dans sa tête.

Elle ouvrit brusquement les yeux.

Elle dit à Bill :

— Toi et Lucy, continuez de chercher sur le campus. Je dois y aller. On se rejoint plus tard.

— Quand ça ?

— J'en ai pour trois heures.

Bill eut l'air surpris :

— Trois heures ?

Riley ressentit une pointe d'embarras. Evidemment, Bill ne savait pas où elle se trouvait.

— Je ne suis pas en ville, dit-elle. Je t'expliquerai plus tard.

Ils raccrochèrent. Riley paya l'addition, quitta le café et démarra sa voiture.

*

L'intuition de Riley marchait à plein régime quand elle se gara sur le parking des visiteurs du lycée Franklin Pierce. Elle ne savait pas encore exactement où son instinct cherchait à l'emmener, mais elle savait comme y aller.

Riley fit irruption à l'accueil. Une secrétaire interloquée l'accueillit.

— En quoi puis-je vous aider ? demanda la femme.

Riley lui montra son badge et se présenta.

— J'aimerais savoir où je pourrais trouver Tiffany Pennington, dit-elle. Je dois lui parler.

La femme consulta son emploi du temps.

— Elle est en cours de sport. Je vais l'appeler.

— Non, je sais où se trouve le gymnase, dit Riley en repartant dans le couloir.

Elle fit irruption dans la salle. Des filles jouaient au volleyball, notamment Tiffany et April.

April écarquilla des yeux effrayés.

— Maman ! Qu'est-ce que tu fais là ?

Riley montra son badge au professeur.

— Je dois parler à Tiffany, dit-elle. Dans le couloir. Immédiatement.

Le professeur ébahi hocha la tête et envoya Tiffany dans le couloir. April les suivit.

— Maman, qu'est-ce qui se passe ? Tu es folle ou quoi ?

Riley ne répondit pas. Elle prit Tiffany par les épaules.

— Tiffany, tu oublies forcément quelque chose. Il y a un truc que tu ne m'as pas dit.

Tiffany ouvrit de grands yeux effrayés.

— Qu'est-ce que vous voulez dire ?

Riley prit une grande inspiration pour se calmer.

— Piper, l'amie de Lois, nous a parlé d'un drôle de type. Lois a dit à Piper qu'elle ne savait pas si elle l'aimait bien ou si elle avait pitié de lui.

Tiffany hocha la tête sans dire un mot.

— Tiffany, ta sœur a dû te parler de lui. Réfléchis !

Tiffany écarquilla les yeux.

— Je crois que je me souviens d'un truc. Oh là là !

Riley retint son souffle.

— Oui, Lois m'a parlé d'un type de son cours de poésie. Elle disait qu'il était gentil, mais petit et maigre et il avait un regard bizarre. Il avait de très grands yeux.

Ceux de Tiffany se mouillèrent de larmes.

— Désolée, je ne m'en rappelais pas. Comment j'ai pu oublier ? J'étais tellement mal…

Riley sourit et tapota Tiffany sur l'épaule.

— Ce n'est rien, dit-elle. Tu m'as dit exactement ce que j'avais besoin de savoir.

Elle abandonna Tiffany et sa fille dans le couloir et repartit vers le parking. Elle s'assit derrière son volant et appela le bureau du doyen à Byars. La secrétaire lui répondit.

— Miss Engstrand, Lois Pennington prenait un cours de poésie avant sa mort. J'ai besoin d'avoir la liste des étudiants.

Quelques minutes plus tard, la secrétaire lui lut des noms sur une liste d'un ton agité.

Au début, Riley n'en reconnut aucun. Au dixième nom, un frisson la parcourut.

C'était celui de Murray Rossum.

CHAPITRE TRENTE-DEUX

Quand Riley se gara devant la maison de Murray Rossum, Bill et Lucy l'attendaient dans leur voiture. Ils se précipitèrent vers la porte d'entrée, où le majordome, Maude Huntsinger, les accueillit. Elle refusa catégoriquement de les laisser voir Murray.

— Monsieur Murray m'a donné des instructions très précises, dit-elle. Il veut être seul. Personne ne doit le déranger.

Riley et Bill échangèrent un regard inquiet.

Bill dit :

— Madame, c'est très important.

— Je comprends, monsieur, mais il a été très clair.

Soudain, à sa grande surprise, Riley ne put s'empêcher de s'exclamer :

— Il y a quelque chose qui cloche dans cette maison.

Le majordome écarquilla les yeux.

Puis elle dit à Riley :

— Seulement vous.

Riley secoua la tête :

— Non, j'ai besoin de mes collègues.

Le visage de la femme s'adoucit. Riley vit qu'elle était attachée à Murray. Elle devait utiliser ce sentiment pour entrer dans la maison sans mandat.

— Nous devons le voir immédiatement, dit Riley. Tous les trois.

Le majordome hocha enfin la tête et dit :

— Venez avec moi.

Riley, Bill et Lucy la suivirent dans la maison. Le personnel de sécurité était toujours là. Les agents du FBI montèrent les escaliers. Cette fois, il n'y avait plus d'infirmière dans le couloir.

Le majordome frappa à la porte.

— Monsieur Murray, c'est l'agent Paige qui est revenue.

Avec prudence, elle ajouta :

— Et deux autres agents. Ils veulent vraiment vous parler.

Pas de réponse.

Le majordome frappa plus vivement.

— Monsieur Murray, je suis navrée de vous déranger, mais c'est important.

Riley vit une lueur de panique apparaître dans son regard.

Elle lui murmura :

— Madame, nous devons entrer.

Le majordome hésita. Riley comprit qu'elle n'avait jamais fait irruption dans une pièce de cette maison sans en avoir la permission. Comme elle était inquiète, elle était prête à faire une exception.

Maude Huntsinger ouvrit la porte. Riley entra, suivie de ses collègues.

Le lit était défait, mais Murray n'était pas dedans.

La grande chambre caverneuse était vide. Il n'y avait pas de penderie ou de meuble où se cacher. Le majordome regarda sous le lit.

— C'est impossible, dit-elle avec un hoquet de surprise.

Riley et ses collègues se déployèrent dans la pièce. Riley vit que la porte de la salle de bain était ouverte. Elle passa la tête. Personne.

— Je ne comprends pas, dit le majordome. Il doit bien être quelque part dans la maison.

Elle sortit son talkie-walkie et appela les autres membres du personnel. Elle appela également l'agent Huang qui devait se trouver quelque part dans la maison, devant les écrans de sécurité.

— Personne ne l'a vu, dit la femme d'une voix tremblante.

Riley balaya la pièce du regard. Ses yeux tombèrent sur un pan de mur qui semblait différent du reste. Il y avait une minuscule serrure.

— C'est quoi ? demanda-t-elle.

— C'est la penderie, dit le majordome. C'est là qu'il s'habille. C'est toujours verrouillé. Le personnel n'a pas la clé. Moi, cela fait des années que je ne suis pas entrée.

Riley reprit son inspection. Son regard tomba sur le lit.

Elle se rappela comme il avait eu l'air pathétique la dernière fois qu'elle l'avait vu.

« Je ne peux pas fermer les yeux. C'est comme ça que j'ai des flashs. »

Riley frissonna en pensant à la citation d'Oscar Wilde :

« La pire forme de tyrannie que le monde ait connue est celle du faible sur le fort. C'est la seule tyrannie qui perdure. »

Avait-elle jamais rencontré quelqu'un d'aussi faible que Murray Rossum ?

Riley tapa sur le mur en appelant son nom.

Pas de réponse.

Elle se tourna vers Maude Huntsinger.

— Nous n'avons pas le temps de demander un mandat, dit-elle. Nous devons savoir si Murray est à l'intérieur.

La femme bafouilla :

— Mais sans la permission de monsieur Murray… ou de son père…

Riley la coupa vivement :

— Nous n'avons pas le temps de discuter.

La femme hocha la tête.

— Je comprends, dit-elle. Faites ce que vous avez à faire.

Bill se jeta contre le mur, mais en vain. La porte dissimulée trembla sans s'ouvrir.

Riley tira son arme et visa la serrure. Elle tira un coup de feu de façon à ne pas toucher quelqu'un qui se trouverait à l'intérieur. La porte abîmée s'ouvrit cette fois sans effort.

Il faisait noir dans la penderie, mais la lumière de la chambre s'infiltra dans la pièce. Riley fut d'abord frappée par la taille du placard.

Est-ce vraiment un placard ? pensa-t-elle.

Sans prendre la moindre mesure, elle savait déjà que cette penderie était plus grande que sa propre chambre.

Elle trouva un interrupteur et alluma la lumière.

Murray n'était pas là.

Riley fit un pas à l'intérieur. Lucy et Bill la suivirent de près. Des vêtements et des chaussures de très bonne qualité étaient alignés des deux côtés. Au bout se dressait un miroir. Au milieu de la pièce, il y avait un bureau couvert de paperasse.

La deuxième chose qui attira l'attention de Riley, ce fut le panneau d'affichage. Elle resta bouche bée d'horreur quand elle vit les images épinglées.

Des photographies de jeunes femmes étaient disposées sous des étiquettes à leurs noms…

DEANNA… CORY… CONSTANCE… LOIS… PATIENCE…

C'étaient des photos des filles assassinées.

Il avait dû les prendre avec son portable à leur insu, puis les imprimer et les afficher. Riley reconnut tous les noms, sauf un. En haut à droite, il y avait une étiquette au nom de RACHEL, mais pas de photo.

— C'est lui, dit Lucy avec un hoquet de surpris. C'est Murray le tueur.

Maude Huntsinger poussa un cri d'horreur.

— Mon Dieu ! Non ! C'est impossible.

Mais Riley savait que c'était la vérité.

Riley entendit Bill attirer son attention derrière elle :

— Riley, viens voir.

Elle se retourna et le trouva debout à côté du bureau, en train de lire des documents. Elle se porta à sa hauteur. C'étaient des lettres adressées aux victimes, mais jamais envoyées.

Chère Deanna... Chère Cory... Chère Constance...

Elle ramassa la lettre adressée à Patience. Ça disait…

Je ne comprends pas. Tu m'aimes, mais tu ne m'aimes pas. Tu dis que je suis gentil, mais tu ne veux pas sortir avec moi. Ça m'arrive tout le temps. Les filles ne veulent pas d'un garçon « gentil ». Cette fois, ça me fait encore plus mal parce que c'est toi, Patience. Tu crois que je ne sais pas ce que « mapache » veut dire en espagnol ?

Le reste de la lettre était presque illisible. Des passages entiers avaient été raturés.

Riley pensa à la lettre de son père. Cependant, il y avait une différence fondamentale entre les deux lettres.

Sans rien dire de particulier, son père avait fait passer exactement le message qu'il voulait. Et il avait signé sa lettre. Cette lettre ne portait aucune signature. Elle n'était pas terminée. Murray ne savait pas comment exprimer ce qu'il ressentait. La seule manière qu'il avait trouvée pour communiquer ses sentiments, c'était le meurtre.

Riley ramassa la lettre que Murray avait commencé à écrire à la fille qui s'appelait Rachel. C'était presque la même lettre, le même apitoiement, la même incompréhension que la fille puisse à la fois l'aimer et ne pas l'aimer. Une phrase raturée attira son attention…

Je sais que je ne suis pas très costaud, mais...

Riley cessa de lire.

Elle murmura :

— La tyrannie du faible sur le fort.

C'était comme si un voile s'était levé devant ses yeux.

Elle comprenait enfin ce que son instinct avait essayé de lui dire depuis le début.

Chaque fois qu'elle avait essayé de se glisser dans l'esprit du tueur, elle s'était retrouvée dans la tête de Murray. Elle avait senti un danger planer autour de lui. Elle avait cru que c'était parce qu'il était une victime et parce qu'il était peut-être toujours en danger.

En réalité, le danger venait de Murray.

Enfin, elle pouvait se glisser dans sa tête et ressentir tout ce qu'il avait ressenti, penser tout ce qu'il avait pensé.

Dans le lit… allongé… son regard suppliant… son air si pathétique…

Il jubilait !

Il l'avait manipulée, comme il avait manipulé ses victimes.

Il était allé jusqu'au bout de l'escroquerie – jusqu'à mettre en scène son propre meurtre.

Murray Rossum était sa propre faiblesse.

Sa faiblesse, c'était son obsession et son pouvoir.

Murray tuait par faiblesse.

Sa faiblesse de caractère, c'était ce qui lui permettait de tuer. Mais sa faiblesse physique le forçait à droguer ses victimes.

Shane Hatcher avait tout de suite compris. Il savait que la vérité était sous le nez de Riley. Pourquoi Riley n'avait-t-elle rien vu ?

J'avais pitié de lui, comprit-elle.

Elle avait laissé sa compassion aveugler son jugement.

La faiblesse de Murray avait tyrannisé l'instinct de Riley.

Elle se tourna à nouveau vers le panneau d'affichage.

Pourquoi n'y avait-il pas de photo sous le nom de Rachel ? Il l'avait sûrement suivie. Il avait pris des photos d'elle, qui devaient être sur son téléphone. Pourquoi ne les avait-il pas imprimées ?

Riley comprit soudain.

Il ne l'a pas encore tuée.

Elle se tourna vers Lucy, qui était bouche bée.

— Lucy, appelle Byars immédiatement. Parle au doyen. L'université doit avoir une application pour communiquer avec les étudiants. Dis au doyen d'envoyer un avertissement avec la photo de Murray sur tous les téléphones du campus. Dis-lui aussi de contacter personnellement toutes les étudiants répondant au nom de Rachel. Dis-lui que l'une de ces filles est en danger de mort. Autrey va peut-être faire de la résistance. Ne le laisse pas t'embobiner !

Lucy hocha ma tête, sortit son téléphone et se mit au travail.

Riley se tourna vers le majordome qui sanglotait.

— Où est-il ? demanda Riley d'un ton impérieux. Où est-il en ce moment ?

— Je ne sais pas ! s'écria le majordome. Je n'en ai aucune idée !

— Est-il dans la maison ? demanda Bill.

— Je vous dis que je ne sais pas !

Riley appela Craig Huang, qui se trouvait au sous-sol, devant les écrans de surveillance.

— Agent Huang, vous savez si Murray est dans la maison ?

— Pardon ? s'étonna Huang.

Son incompréhension était légitime. Huang pensait que son travail était de surveiller les intrus, pas de suivre Murray à la trace.

— Je dois savoir s'il a quitté la maison, dit Riley.

— Non. Il n'aurait pas pu. Je surveille toutes les entrées. Et les fenêtres.

— Vous avez les enregistrements ?

— Oui, mais…

— Revérifiez. Immédiatement. Nous descendons.

Riley raccrocha.

— Conduisez-nous à l'agent Huang, dit Riley au majordome.

La femme les fit descendre un escalier jusqu'au sous-sol. C'était un labyrinthe de pièces d'entreposage. Il y avait également des chambres pour les membres du personnel et une salle de repos pour ceux qui ne vivaient pas dans la maison.

Riley demanda au majordome d'ouvrir une des portes. Un coup d'œil lui suffit pour savoir qu'il n'y avait pas de fenêtre. Il ne devait pas y en avoir une seule au sous-sol. C'était construit comme un bunker.

— Il arrive à Murray de descendre ? demanda Riley.

— Non. Le sous-sol est réservé aux membres du personnel. Il ne se sentirait pas à sa place. Et ça ne plairait pas aux employés.

Pas s'il a un complice, pensa Riley.

Peut-être que quelqu'un le cachait.

Allait-elle devoir arrêter tous les membres du personnel ?

Et s'il n'était pas dans la maison ? Si c'était le cas, ils perdaient un temps précieux.

Ils entrèrent dans la pièce où l'agent Huang regardaient des écrans d'ordinateur.

— Je viens de revoir tous les enregistrements, dit Huang. Je suis sûr qu'il n'a pas quitté la maison.

Le groupe réfléchit en silence.

Puis Lucy dit :

— C'est ce qu'on pense du tueur depuis le début. Personne ne le remarque sur le campus. Personne ne le voit dans sa propre maison. C'est l'homme invisible.

Une lueur de compréhension passa dans le regard du majordome.

— Oui, il est parfois comme ça…, dit-elle.

— Que voulez-vous dire ? demanda Riley.

— Ça va vous paraître bizarre mais… Parfois, il disparait. Il est dans la maison, mais personne ne sait où pendant un long moment. J'ai déjà remarqué…

Elle se tut.

— Je le vois quitter sa chambre. Puis je ne le vois plus pendant un long moment. C'est comme s'il disparaissait. Puis il réapparaît, presque au milieu de nulle part.

Lucy commençait à faire les cent pas en regardant de tous côtés.

— Ça me rappelle quelque chose, dit-elle. Il y a quelques années, je suis allée visiter la ville du Mexique dont ma famille est originaire. C'est une vieille ville coloniale. Pendant la guerre d'indépendance, les gens creusaient des tunnels sous les maisons. Les entrées étaient bien camouflées.

C'est ça ! pensa Riley.

— Où est-il juste avant qu'il ne disparaisse ? demanda-t-elle au majordome.

— Je vais vous montrer.

CHAPITRE TRENTE-TROIS

Quelques pas derrière le majordome, Riley sentit que Lucy avait vu juste. Murray avait dû quitter la maison en empruntant un passage secret. La maison était assez vieille pour avoir été construite à une époque où l'on prévoyait ce genre de passage si l'on avait suffisamment de biens immobiliers.

Elle était contente de voir Lucy reprendre du poil de la bête. La jeune femme avait traversé des moments difficiles au cours de l'enquête. Riley la laissa prendre le contrôle de la situation.

Le groupe s'arrêta au pied des escaliers menant au sous-sol.

Le majordome pointa les marches du doigt.

— Ce n'est arrivé que deux ou trois fois et je ne suis même pas certaine… Quand je suis à l'étage, je le vois quitter sa chambre et se diriger vers ces escaliers. Je me dis qu'il va dans la cuisine ou à la piscine. Puis je ne le vois plus. Je ne sais pas où il va.

Le regard vif, Lucy s'approcha des escaliers en tapant sur le mur à chaque pas. Les autres la suivirent.

Devant la première marche, on entendit un son creux quand Lucy frappa contre le mur.

— C'est là ! s'exclama-t-elle.

Elle tapa à nouveau pour vérifier. Le son était vraiment différent.

— Comment ça s'ouvre ? demanda Bill.

Lucy posa les mains sur le mur et poussa. Au prix de quelques efforts, elle parvint à repousser de quelques centimètres une porte dissimulée. Puis la porte glissa sur le côté. Derrière le mur, une volée de marches débouchait sur un tunnel en béton.

Riley demanda au majordome :

— Vous saviez que c'était là ?

Bouche bée, la femme secoua la tête.

— Ce doit être là depuis des années. Peut-être même depuis la construction de la maison, dit-elle. C'est l'arrière-grand-père de Murray qui l'a fait bâtir. Personne ne m'a jamais rien dit.

Lucy appuya sur un interrupteur pour allumer la lumière. Une ampoule nue pendue au plafond éclairait le tunnel. Riley vit qu'il y avait un virage à quelques mètres.

Où cela mène-t-il ? se demanda-t-elle.

Et quelle était l'utilité de ce tunnel ?

Riley, Bill et Lucy tirèrent leurs armes.

— Je vous accompagne, dit le majordome. Je veux voir où ça mène.

Riley hésita, mais elle comprit qu'ils auraient peut-être besoin de ses connaissances sur l'histoire familiale.

— Venez, dit-elle. Mais restez derrière nous.

Tous se faufilèrent dans le tunnel. Au virage, Riley vit qu'il s'étendait sur une trentaine de mètres, éclairé çà et là par des ampoules. Il n'y avait aucun signe de Murray ou de qui que ce soit.

Après un deuxième virage, Riley et ses collègues se retrouvèrent devant une porte close.

— Vous avez la clé ? murmura Riley au majordome.

— Je vais voir, dit la femme.

Elle sortit un trousseau et essaya les clés une par une. Aucune ne fonctionna.

Bill visa la serrure avec son pistolet, mais Riley l'arrêta d'un geste. Elle ne voulait pas faire plus de bruit que nécessaire.

Elle chercha dans son sac le rossignol dont elle se servait pour crocheter les serrures. Elle le fit tourner jusqu'à sentir le mécanisme céder sous ses doigts. Cette fois, la porte s'ouvrit.

Riley et ses collègues se retrouvèrent dans un autre sous-sol.

— Vous savez où on est ? demanda Riley au majordome.

— Je n'en suis pas sûre…

Ils montèrent en silence les escaliers. La porte s'ouvrit sur le rez-de-chaussée d'une maison plus petite que celle des Murray, mais visiblement très chère.

Le majordome poussa un hoquet de surprise.

— Mais cette maison appartient à M. Rossum, le père de Murray ! Il y reçoit parfois des visiteurs ou des amis. Je ne savais pas que les deux maisons étaient reliées par un passage. Elles ne sont même pas sur la même rue.

Les armes au poing, Bill et Lucy montèrent à l'étage. Riley inspecta la cuisine et la salle de bain près du salon. Il n'y avait personne.

— Personne, dit Bill en redescendant du premier étage. Jolie maison, ajouta-t-il.

Il n'était pas difficile de deviner à quoi servait la maison. Les patriarches de la famille – peut-être même les trois générations – l'avaient utilisée comme garçonnière. Le tunnel leur permettait de s'échapper de la maison sans se faire remarquer, notamment par leurs épouses. Ils rencontraient des femmes en toute discrétion dans la maison où ils se trouvaient en ce moment.

Des maitresses ?

Peut-être, mais il s'agissait plus certainement de relations plus désinvoltes avec des prostituées, des call girls ou les épouses d'autres hommes.

C'était un secret qui avait dû passer de père en fils, jusqu'à Murray.

Et maintenant, Murray utilisait ce tunnel et cette maison dans un objectif que ses ascendants n'avaient sans doute pas imaginé.

Il s'échappait de sa propre maison pour commettre des meurtres.

Riley frémit. Il fallait l'arrêter.

— J'ai besoin du numéro de téléphone portable de Murray, dit-elle au majordome.

La femme lui donna aussitôt.

Riley appela Sam Flores, le technicien de Quantico.

— Sam, j'ai besoin que vous fassiez une recherche GPS. On recherche Murray Rossum.

Sam eut l'air surpris.

— Le gamin qui a failli se faire tuer ?

— C'est notre tueur, Sam. Et il a pris pour cible une nouvelle victime.

Elle donna le numéro à Sam et attendit quelques instants.

— Merde, dit Sam. C'est un petit malin. Il a désactivé le système GPS. Je ne peux pas le retrouver.

Riley raccrocha. Elle appela le doyen et mit le haut-parleur. Autrey avait l'air inquiet, mais prêt à coopérer. Il commençait visiblement à comprendre que tout ceci était bien réel.

— Vous avez appelé toutes les étudiantes répondant au nom de Rachel ? demanda Riley.

— J'ai essayé. Nous en avons sept. Nous les avons toutes prévenues, sauf trois.

Une montée d'adrénaline fit battre le cœur de Riley.

— Donnez-moi leurs noms et leurs coordonnées, dit-elle à Autrey. Nous devons les retrouver. Le plus vite possible.

CHAPITRE TRENTE-QUATRE

Bill se précipita dans l'immeuble, puis dans les escaliers. Lui, Riley et Lucy s'étaient séparés. Une fille nommée Rachel était en danger de mort et trois étudiantes portant ce prénom n'avaient pas répondu aux avertissements du campus. Le FB les avait localisées par GPS dans un quartier non loin de Byars.

Celle que cherchait Bill, Rachel Reeves, était forcément là – du moins son téléphone portable y était. Elle se trouvait dans les étages supérieurs.

Mais était-ce la bonne Rachel ?

Si c'était le cas, était-elle dans un danger immédiat ?

La situation était désespérée. La fille était peut-être déjà morte. Ou il ne lui restait plus que quelques secondes à vivre.

En montant les escaliers, Bill entendit de la musique résonner dans les étages supérieurs. Cela venait peut-être du deuxième étage.

Une fête ? se demanda Bill.

C'était probable : l'immeuble était plein d'étudiants.

Mais il était également possible que le tueur ait mis de la musique pour couvrir les bruits.

C'était plutôt à l'avantage de Bill. Personne ne l'entendrait approcher. Quand il atteignit le deuxième et dernier étage, il suivit le signal GPS jusqu'à l'appartement D.

La musique qui venait de l'intérieur était assourdissante.

Bill hésita sur le pas de la porte.

Que devait-il faire ?

Dans la panique, ils n'avaient pas pris le temps de réclamer des mandats et ses collègues ne savaient pas s'ils allaient devoir effectuer des recherches.

Fallait-il sonner et s'annoncer ?

Non, pensa-t-il. *Une fille est peut-être en train de se faire assassiner là-dedans.*

Si ce n'était pas la bonne Rachel, il assumerait les conséquences de ses actes plus tard.

Il tira son arme. Le tueur n'était sans doute pas armé, mais la menace d'un pistolet pourrait le contraindre à arrêter ce qu'il était en train de faire.

Il tourna la poignée. La porte n'était pas fermée à clé. Il poussa le battant.

Il s'étouffa presque en inspirant des vapeurs de marijuana. Ses yeux se mirent à piquer. Quand son regard s'ajusta à l'obscurité, il vit sept jeunes gens, probablement des étudiants, stupéfaits et défoncés.

Certains étaient assis par terre, d'autres sur le canapé.

Ils levèrent les mains en l'air, bouche bée, les yeux écarquillés. Certains se redressèrent en titubant.

Avec un grognement de découragement, Bill rangea son arme.

— Eteignez-moi cette musique ! hurla-t-il.

Un jeune homme s'exécuta, puis regard fixement Bill.

Un autre murmura :

— Oh, putain, c'est la merde…

— Je te le fais pas dire, répondit un autre. On est mal.

Bill montra son badge du FBI et se présenta :

— Je cherche une fille qui s'appelle Rachel Reeves.

Une rouquine au visage constellé de taches de rousseur leva timidement la main.

— S'il vous plait, ne m'arrêtez pas. Mes parents vont me tuer.

Bill la regarda droit dans les yeux.

— Vous avez reçu l'avertissement ? L'administration a essayé de contacter toutes les étudiants appelées Rachel.

— Ouais, je l'ai eu, dit Rachel. Je vais bien, merci.

— Pourquoi n'avez-vous pas répondu ? demanda Bill.

Rachel haussa les épaules.

— Je sais pas. Je le connais même pas, ce Murray Machin. C'est quoi, le problème ?

— Oh, moi, je le connais, dit un autre. C'est un pauvre type.

— Moi aussi, renchérit un troisième. J'aurais pas cru que c'était un tueur…

Bill fulminait de colère et de frustration. Il avait envie de secouer Rachel Reeves comme un prunier.

— Vous m'avez obligé à me déplacer, dit-il. Je pourrais vous poursuivre pour obstruction, entre autres choses. Pendant ce temps, une fille nommée Rachel est en danger de mort. Au lieu de lui sauver la vie, je me retrouve dans un appartement avec des étudiants défoncés.

Les gamins avaient l'air contrit – mais cela ne changeait rien.

— Peu importe, grogna Bill. Profitez de votre petite fête.

Il quitta l'appartement et redescendit les escaliers. Derrière lui, la porte se referma et la musique redémarra à fond.

Bill espéra que Riley et Lucy avaient eu plus de chance.

Je vais les appeler, songea-t-il en sortant son téléphone.

CHAPITRE TRENTE-CINQ

Rachel avait l'air de s'ennuyer. Murray savait qu'elle n'aimait pas beaucoup passer du temps avec lui, même si elle faisait de son mieux pour ne pas le montrer.

— Où on va ? demanda-t-elle à Murray tout en marchant.

— Dans un endroit sympa, répondit-il. Tu verras.

Il faisait un peu frais. Murray regardait Rachel siroter son chocolat chaud. Il but à son tour une gorgée dans son propre gobelet. Le médicament n'avait encore aucun effet sur elle.

Il n'avait plus le temps et il le savait. Il avait reçu l'avertissement sur son téléphone. Cependant, Rachel ne l'avait pas vu – pas encore. Il l'avait retrouvée après les cours et il savait qu'elle éteignait toujours son téléphone en classe.

Ce n'était pas maintenant qu'elle allait le rallumer : Murray lui avait subtilisé discrètement son téléphone et l'avait jeté dans un buisson. Elle n'avait pas encore remarqué son absence. Avec un peu de chance, elle ne remarquerait rien avant qu'il ne soit trop tard.

Si seulement il avait le temps d'infliger une dernière punition avant que la sanction ne tombe.

L'étau se resserre, pensa-t-il. *Ou plutôt la corde.*

Il savait ce que cela faisait d'avoir la corde au cou. Sa fausse tentative de suicide avait très bien marché, surtout sur l'agent Paige. Il n'avait eu aucun mal à gagner sa compassion et sa confiance !

Mais c'était fini.

Il relança la conversation :

— Je t'ai déjà raconté mon voyage dans les îles grecques ? demanda-t-il.

— Non, répondit la fille. Dis-moi.

Il commença à lui parler des plages nudistes au bord de la mer Egée – une histoire intéressante, de son point de vue. Mais il vit qu'elle n'était pas très intéressée.

Elle était seulement polie.

Rachel était comme ça – toujours polie.

Les filles étaient toujours polies.

Murray détestait ça.

Il ne voulait pas de leur politesse : il voulait être aimé et désiré.

Mais cela n'arrivait jamais.

Elles le trouvaient gentil.

Le mot « gentil », c'était comme le baiser de la mort.

Pour Murray, c'était seulement une métaphore.

Pour les filles, c'était réellement le baiser de la mort.

Il poursuivit son récit sans lâcher la fille du regard. Le médicament n'avait toujours aucun effet visible. Il espérait qu'elle serait capable de marcher jusqu'à leur destination. Il ne fallait pas qu'elle tombe sur le trottoir. Il était prêt : le nœud coulant était dans son sac à dos.

C'était de la folie. Il prenait un risque énorme, alors qu'il était recherché.

Qu'est-ce qui lui passait par la tête ?

Rien, bien sûr.

Il suivait une pulsion, comme d'habitude.

Comment faire autrement ?

Il avait eu de la chance jusqu'à maintenant, avec Deanna, Cory, Constance, Lois et Patience.

Et il avait le pressentiment que sa chance n'allait pas tourner.

Il n'avait plus qu'à tuer celle-là et disparaître.

Il avait un billet d'avion pour le Venezuela dans une heure et demie.

S'il parvenait à s'échapper de la scène de crime et à monter dans l'avion, il ne reviendrait jamais.

Il ne savait pas ce qu'il deviendrait ensuite, mais il avait les ressources nécessaires pour bien vivre n'importe où.

Toutes les bonnes choses ont une fin, pensa-t-il.

Il sourit en pensant :

Tout comme la vie de Rachel.

CHAPITRE TRENTE-SIX

Riley pressa le pas en s'approchant du charmant bâtiment de briques, avec des volets aux fenêtres.

Avait-elle localisé la bonne Rachel ?

Sur l'auvent, il était écrit : ROSEDALE BOUTIQUE INN. Ce n'était pas très loin du campus. La maisonnette ressemblait à tous les autres magasins ou résidences du quartier.

Le signal GPS venait de l'intérieur. Bill venait d'appeler Riley pour lui dire qu'il s'était retrouvé dans une impasse. Il avait parlé à Lucy qui, elle, suivait toujours son signal GPS.

Maintenant, c'est cinquante-cinquante, pensa Riley.

Elle entra dans le lobby. Un concierge assez âgé était assis derrière le comptoir. Riley sortit son badge et se présenta. Il examina son badge à travers des lunettes épaisses, comme s'il n'était pas sûr de savoir ce qu'il était censé répondre.

Puis elle lui montra une photo de Murray Rossum sur son téléphone.

— Ce jeune homme a-t-il pris une chambre ? demanda-t-elle.

— Je ne pourrais pas vous dire, dit l'homme en montrant ses yeux. Je ne vois pas bien les visages. Dégénérescence maculaire.

— Il s'appelle Murray Rossum.

Le concierge consulta le registre avec une loupe.

— Je n'ai pas ce nom, dit-il.

— Il n'a peut-être pas utilisé son vrai nom, dit Riley. Il serait venu avec une jeune femme, une étudiante de Byars nommée Rachel Hawk.

L'homme esquissa un rictus dédaigneux.

— Et même s'il est venu avec une fille ? dit-il. Madame, on est au vingt-et-unième siècle.

— Monsieur, Murray Rossum est un tueur en série, expliqua Riley. S'il est venu avec elle, il va sans doute l'assassiner. Si ce n'est pas déjà fait.

Le concierge haussa de gros sourcils broussailleux.

— Un jeune homme vient de rentrer avec une jeune fille, dit-il. Il a pris sa chambre ce matin, au nom de Toby Seton.

Il décrocha le combiné de son téléphone.

— J'appelle sa chambre.

— Non, dit Riley. Je ne veux pas qu'il soit prévenu. Conduisez-moi à sa chambre.

L'homme hésita.

— Vous avez un mandat ?

Riley ravala un grognement de frustration. Ils n'avaient pas le temps pour les formalités.

— Monsieur, vous avez déjà trouvé un cadavre pendu dans une de vos chambres ? Parce que ça pourrait bien arriver si nous ne faisons rien.

L'homme pâlit. Il ramassa un trousseau de clé et conduisit Riley dans les escaliers. Il ouvrit une des portes des chambres.

Riley entendit une fille pousser un hoquet de surprise et un garçon crier :

— Oh merde !

Deux gamins nus se recroquevillaient sous un drap. Le garçon n'était pas Murray Rossum. C'était une chambre petite, mais confortable.

— Qu'est-ce que vous voulez !? s'exclama la fille.

Riley montra son badge et se présenta.

La fille eut l'air paniqué.

— Madame, je vous en supplie, ne dites rien à mes parents. Ils auraient une attaque. Toby est venu de New York juste pour me voir et…

Son histoire n'intéressait pas Riley.

— Vous êtes Rachel Hawk ? demanda-t-elle.

— Ouais, pourquoi ?

— Vous avez lu vos messages sur votre téléphone ?

La fille secoua la tête.

— Pas depuis un moment. Pourquoi ?

— Byars a une application pour envoyer des avertissements aux étudiants, dit Riley. Vous devriez l'utiliser.

La fille tendit la main vers son téléphone au moment même où Riley quittait la chambre et refermait la porte derrière elle. Elle entendit Rachel pousser un cri d'horreur quand elle comprit ce qui se passait. Bien sûr, l'avertissement ne lui servait plus à rien.

Riley remercia le concierge ébahi et quitta le bâtiment.

Et maintenant ? se demanda-t-elle en s'éloignant.

Elle et Bill avaient rayé deux Rachel de la liste. Cela signifiait que Lucy suivait la piste de la véritable cible de Murray Rossum.

Riley sortit son téléphone pour la prévenir.

*

Rachel ne se sentait pas très bien. Elle était mal à l'aise et un peu étourdie.

— Où on va ? demanda-t-elle encore à Murray.

— Tu verras, répéta-t-il.

Murray se remit à lui raconter ses voyages autour du monde. Il était en train de la baratiner sur Paris.

Il la conduisait dans un endroit reculé. C'était un sentier bordé de buissons qui devaient être fleuris au printemps. Des branches nues s'enchevêtraient au-dessus de sa tête.

Rachel n'était jamais venue ici et l'endroit ne lui plaisait pas beaucoup. Le sentier était trop étroit et il y avait des plantes grimpantes partout. En plus, il faisait un peu frais pour se promener. Rachel avala d'un trait ce qui lui restait du chocolat chaud que Murray lui avait apporté, mais ça ne la réchauffa pas.

C'était aussi la compagnie de Murray qui la mettait mal à l'aise. Pour commencer, elle trouvait ses histoires ennuyeuses.

Pourquoi n'arrivait-elle pas à lui dire en face ?

La réponse était simple. Elle ne voulait pas le blesser. Elle avait un peu pitié de lui. Elle savait qu'il venait d'une famille riche – bien plus riche que la sienne. Et c'était un gentil garçon, ce qui était rare à Byars. Pourtant, il n'était pas très populaire et il ne devait pas avoir de copine.

Elle ne voulait pas sortir avec lui.

Mais elle ne voulait pas non plus se montrer cruelle.

Ses amis lui disaient toujours qu'elle était trop polie.

« T'es une bonne poire, Rachel. » disaient-ils.

Ils avaient raison. C'était un défaut qui la rendait vulnérable aux gens bizarres.

Elle était particulièrement mal à l'aise en compagnie de Murray. Une fois, il était même venu la voir chez elle, à Bethesda, un week-end. Il lui avait dit qu'il voulait l'emmener au cinéma. Elle lui avait répondu que sa famille avait d'autres projets. C'était un mensonge et elle s'en était voulu immédiatement. Et Murray avait eu l'air terriblement blessé.

Elle ne voulait plus jamais lui faire de mal.

Fallait-il mettre fin à tout ça ?

Il était grand temps de ne plus être une bonne poire.

Il était temps de lui dire qu'elle voulait retourner sur le campus.

Il serait déçu, mais elle ne pouvait rien y faire.

Dès qu'elle ouvrit la bouche pour parler, elle fut prise d'un vertige. Ses genoux flageolèrent et elle faillit tomber à la renverse.

Son gobelet lui glissa des mains.

Murray la rattrapa par le bras.

— Ça va ? demanda-t-il.

— Je ne sais pas, répondit-elle.

Il la conduisit vers une souche sous les branches.

— Assied-toi là, dit-il.

Elle s'exécuta. Sa tête ronronnait et le monde tournait autour d'elle.

Mais que se passe-t-il ? se demanda-t-elle.

Elle avait l'impression d'avoir de la brume dans la tête.

Elle avait également le pressentiment qu'elle était en danger.

Elle avait besoin d'aide.

Elle chercha son téléphone dans sa poche de veste.

Il n'était plus là.

L'avait-elle laissé dans sa chambre ?

Non, elle l'avait en classe, elle en était certaine. Elle l'avait éteint avant le début du cours.

Murray était toujours debout. Il fouillait dans son sac à dos.

Qu'est-ce qu'il fait ?

Un terrible souvenir remonta à la surface.

Plusieurs étudiantes de Byars avaient été assassinées – droguées puis pendues.

On avait affiché partout un portrait-robot du tueur.

Elle se souvenait bien du dessin – un homme grand aux cheveux hirsutes.

Murray ne ressemblait pas à ça.

Il ne pouvait pas être le tueur.

Pourtant, c'était bien lui. Elle le savait maintenant.

Elle essaya de se lever de la souche, mais un vertige la fit basculer sur le côté.

Elle savait qu'elle aurait dû avoir peur, mais elle était trop désorientée. Et ce n'était pas une bonne chose. La peur aurait pu l'aider. La peur lui aurait donné l'énergie de s'échapper.

Maintenant, Murray passait quelque chose autour de son cou.

C'est le moment d'avoir peur, pensa-t-elle.

Sans la peur, elle savait qu'elle allait mourir.

CHAPITRE TRENTE-SEPT

Les nerfs à vif, Lucy suivait la piste du signal GPS qui la conduisait au téléphone portable de Rachel Mackey.

L'agent Paige venait de l'appeler pour lui dire qu'elle et l'agent Jeffreys avaient éliminé les deux autres Rachel.

Lucy savait maintenant avec certitude qu'elle était à la recherche de la prochaine victime.

Les agents Paige et Jeffreys étaient en route pour la rejoindre, mais Rachel ne devait plus être très loin, à en croire le signal GPS. Les collègues de Lucy n'arriveraient pas avant qu'elle ait trouvé la fille et le tueur.

C'est à moi de me débrouiller, pensa-t-elle. Elle espérait qu'elle en serait capable.

En baissant les yeux vers les instructions du GPS, elle comprit que quelque chose n'allait pas.

Rachel devrait être juste là, pensa-t-elle.

Lucy s'arrêta net et tourna sur elle-même.

Il n'y avait personne.

Puis un rectangle de plastique attira son regard sous un buisson. Elle s'accroupit pour le ramasser. C'était un téléphone portable. Celui dont elle suivait le signal.

Le téléphone portable de Rachel ! Le tueur avait dû le lui voler et le jeter.

Une vague de désespoir étreignit Lucy.

Depuis combien de temps Murray et sa victime étaient-ils passés par ici ?

Où pouvaient-ils être et à quelle distance ?

Lucy se mit à courir sur le sentier, entre les buissons. Elle ralentit devant une fourche. Il y avait trois chemins.

Elle les regarda tour à tour.

Murray avait pris un de ces chemins.

Mais lequel ?

Il y avait des traces de pas, certaines plus fraiches que d'autres.

Lesquelles étaient les plus fraîches ?

Le cœur de Lucy battait la chamade. Elle n'arrivait pas à se décider. Etait-elle trop agitée pour avoir les idées claires ?

L'agent Paige n'aurait jamais eu ce problème-là !

Lucy prit une longue inspiration, s'agenouilla et examina les traces plus attentivement.

Elle ne voyait tout simplement pas la différence.

Elle prit le chemin du milieu en croisant les doigts.

Puis elle s'arrêta net dans sa course quand elle crut entendre du bruit sur la droite.

Elle se retourna. A quelques mètres, elle vit quelque chose bouger furtivement.

— Murray Rossum ! s'exclama-t-elle.

Maintenant, elle en était certaine : il y avait du mouvement.

Devait-elle retourner sur ses pas et suivre le chemin sur la droite ?

Non, elle n'avait plus le temps.

Lucy s'élança dans les branchages.

Elle fit irruption dans une clairière.

La fille était là.

Elle était pendue par le cou à une corde attachée à la branche d'un arbre, les pieds à une cinquantaine de centimètres du sol. Murray avait dû la pousser de la souche.

Son visage avait pris une teinte bleue comme de la peinture.

Elle ne bougeait pas.

Elle est morte ? se demanda Lucy.

Puis elle se rappela que les autres victimes avaient été droguées. Si la fille ne se débattait pas, cela ne voulait pas dire qu'elle n'était pas encore en vie.

Ce fut alors que Lucy vit une silhouette s'éloigner sur le sentier.

— Murray ! hurla-t-elle.

Il ne s'arrêta pas. Lucy n'avait pas le temps de lui courir après. Elle se précipita vers Rachel et enroula ses bras autour de ses hanches pour la soulever.

A cet instant, le corps de la fille sursauta et elle toussa.

Rachel était encore vivante !

Mais comment Lucy allait-elle la faire descendre ?

Pour détacher le nœud, elle serait obligée de relâcher le corps dans le vide. Et si elle faisait ça, la corde se resserrerait sur le cou de Rachel. Cette fois, ce serait peut-être fatal.

A peine réveillée, Rachel poussa un grognement.

— Reste avec moi ! s'exclama Lucy.

Mais elle vit que la fille perdait à nouveau connaissance.

Lucy secoua le corps, mais Rachel ne répondit pas.

Elle va mourir ! pensa Lucy.

Sans lâcher la fille, Lucy leva un bras et tendit la main vers le nœud pour essayer de le desserrer.

La corde était très serrée autour de son cou. La respiration de Rachel était rauque et erratique. Elle devait avoir la circulation sanguine coupée. Lucy se sentit désespérément impuissante et maladroite, une main empoignant la fille et l'autre griffant le nœud.

Pendant une seconde, elle crut qu'elle était en train de le desserrer.

A sa grande horreur, elle se rendit compte qu'elle était en train de le serrer, au contraire.

Rachel ne respirait plus du tout.

Lucy n'osait plus toucher à rien. Elle n'avait fait qu'aggraver les choses.

Elle ne pouvait pas sauver Rachel toute seule.

Par-dessus les battements de son cœur, elle crut entendre des voix et des bruits de pas.

— Je suis là ! hurla-t-elle. Je l'ai ! Aidez-moi ! Elle va mourir !

Pendant quelques secondes, elle n'entendit plus rien du tout.

Ses oreilles lui avaient-elles joué des tours ?

Mais les agents Paige et Jeffreys firent irruption dans la clairière.

— Elle est en vie ! hurla Lucy. J'ai besoin d'aide.

L'agent Jeffreys aida Lucy à supporter le poids de la fille. Ils la soulevèrent.

L'agent Paige monta sur la souche, tendit les mains et défit le nœud. Elle retira la corde autour du cou de la fille.

Lucy et l'agent Jeffreys allongèrent prudemment le corps de Rachel sur le sol.

— Où est Murray Rossum ? demanda l'agent Paige.

Lucy pointa du doigt le sentier.

— Parti par là, dit-elle. Allez-y. Je m'occupe de Rachel.

Les agents Paige et Jeffreys s'élancèrent, pendant que Lucy appelait les urgences.

CHAPITRE TRENTE-HUIT

Murray escalada les branches les plus basses de l'arbre qui surplombait le chemin. Il tenait dans les mains le nœud coulant qu'il gardait toujours sur lui. Depuis le début, il savait qu'il serait peut-être obligé de l'utiliser sur lui-même.

C'était fini, et Murray en avait conscience.

Le chemin se terminait là. Il n'y avait pas moyen de s'échapper.

Il avait vu l'agent lui courir après. Elle ne l'avait pas suivi pour sauver la fille.

Murray esquissa un sourire.

Elle était sûrement arrivée trop tard.

Il avait eu le temps d'infliger une dernière punition.

Ça lui suffisait pour être satisfait, une bonne fois pour toutes.

Il s'était bien amusé.

Il avait surtout bien profité de la compassion de cette femme, l'agent Paige.

Il n'avait eu aucun mal à lui faire croire qu'il était une victime !

Bien sûr, c'était ce qu'il était – une victime.

Si les gens avaient essayé de le connaître ou de le comprendre, personne n'aurait été obligé de mourir.

Les filles l'avaient bien mérité.

Et maintenant, toute cette histoire allait se terminer comme il l'avait décidé. Personne ne choisirait à sa place.

Il attacha la corde à une branche en hauteur et passa la tête dans le nœud coulant. Il serra la corde autour de son cou. Il ne lui restait plus qu'à faire un pas dans le vide. La chute ne lui briserait pas le cou, mais il étoufferait jusqu'à la mort.

Il hésita.

Mais pourquoi ?

Il savait parfaitement que c'était ainsi que ça devait se terminer.

Il n'avait aucune raison d'avoir peur.

Et pourtant…

… il avait peur.

Il gardait un souvenir viscéral de sa fausse tentative de suicide. Il se rappelait sa terreur instinctive, son angoisse frénétique et ses mains griffant le nœud pour se libérer.

Il avait une peur panique à l'idée de revivre ce moment.

C'était étrange d'avoir peur de quelque chose qu'il voulait vraiment.

Mais il ne pouvait pas s'en empêcher.

Il sauta dans le vide. La corde l'arrêta net dans sa chute et le nœud se referma sur son cou.

Il ne pouvait plus respirer. Et il sentit immédiatement la diminution d'afflux sanguin dans son cerveau.

Comme il l'avait prédit, ses mains griffèrent le nœud, ses pieds pédalèrent dans le vide.

Puis il vit cette femme… L'agent Paige.

Etait-ce une hallucination ?

Il n'en savait rien.

CHAPITRE TRENTE-NEUF

Dans la précipitation, Riley et Bill s'étaient séparés à un embranchement. En débouchant dans la clairière, ce fut Riley qui retrouva Murray.

Il se trouvait à quelques mètres, suspendu à une corde attachée à la branche d'un arbre.

Ses jambes pédalaient dans le vide et ses doigts griffaient le nœud coulant.

Sa première réaction fut de se précipiter pour l'aider, comme elle l'avait fait pour Rachel.

Ça ne serait pas difficile. Il lui suffisait de grimper jusqu'à la branche, de le hisser en douceur, puis de le détacher.

Elle fit quelques pas vers lui et tendit la main.

Le bracelet que Shane Hatcher lui avait donné attira son regard.

Il était lourd et elle n'y était pas encore habituée. Elle n'avait pas réussi à le retirer pour braver Hatcher.

Elle s'arrêta net et regarda Murray se tortiller comme un ver. Il avait les yeux exorbités et il la fixait du regard.

C'était un regard désespéré et implorant.

Que voulait-il qu'elle fasse ? Qu'elle le détache ? Qu'elle le laisse mourir ?

Que se passait-il dans son esprit dérangé ?

Il voulait mourir. Sinon, il n'aurait jamais fait ça.

Pourtant, son corps se débattait.

Riley se rappela une citation de la Bible :

« L'esprit est prompt, mais la chair est faible. »

C'était une phrase qu'elle comprenait, maintenant.

De tous les tueurs que Riley avait poursuivis, Murray était certainement le plus faible.

Et maintenant, il combattait pour la dernière fois sa propre faiblesse.

Riley combattait un autre démon. La faiblesse de sauver la vie de ce garçon.

Ou celle de réclamer une vengeance.

Une vengeance pour les filles qu'il avait assassinées avec tant de cruauté.

Une vengeance contre les juges qui le déclareraient pénalement irresponsable en raison d'un trouble psychique.

Une vengeance contre la fortune qui lui permettrait d'engager les meilleurs avocats du monde et de sortir de prison dans quelques années, voire quelques mois.

Elle resta debout, en proie à ses démons intérieurs.

Lentement, les gestes de Murray ralentirent. Son corps se détendit et ses yeux se fermèrent.

Son visage prit une teinte d'un bleu étrange sous les yeux de Riley.

Puis il ne bougea plus du tout.

Riley non plus.

Un long silence s'étira autour d'elle.

En regardant en silence, Riley pensa soudain à la question que lui avait posée Shane Hatcher :

« Suis-je déjà ? Ou vais-je devenir ? »

Il avait même répondu lui-même à la question :

« Vous êtes en train de devenir *ce que vous avez toujours été, au fond. Appelez ça un monstre, ou comme vous voulez. Et bientôt, vous* serez *cette personne. »*

Elle ne comprenait toujours pas très bien ce que Hatcher avait voulu dire.

Mais elle frémit en songeant qu'il lui avait dit la vérité.

Ce fut alors que Bill fit irruption dans la clairière.

Riley comprit qu'il avait abandonné les recherches de l'autre côté et qu'il était venu la rejoindre.

— Mon Dieu…, murmura-t-il en voyant le corps.

Cette fois, il était certain que Murray Rossum était mort.

Bill regarda Riley droit dans les yeux.

Elle savait qu'il lui demandait en silence :

« Tu l'as laissé faire ? »

En lui renvoyant son regard, Riley lui répondit.

Bill hocha imperceptiblement la tête.

Il lui disait qu'il comprenait.

Et qu'il aurait peut-être fait la même chose.

— Détachons-le, dit-il.

CHAPITRE QUARANTE

Tôt le lendemain matin, Riley était assise dans son bureau de l'Unité d'Analyse Comportementale. Meredith avait prévu une réunion pour boucler l'affaire et Riley voulait passer quelques coups de téléphone avant de commencer.

Elle appela d'abord son amie Danica Selves, le médecin légiste. Elle la remercia pour son aide inestimable.

Ensuite, elle composa le numéro de Mike Nevins.

Il était enthousiaste :

— J'ai appris la nouvelle ! Il faut que je te félicite !

— Je dois te remercier, dit Riley. Sans ta lettre, ce dossier n'aurait jamais décollé. Je suis contente que tu aies voulu m'aider.

Mike répondit avec embarras et humilité :

— Oui, mais… Je ne suis pas sûr d'avoir donné le meilleur de moi-même. Je n'arrive pas à croire que j'ai interrogé ce gamin sans me rendre compte que c'était le tueur.

— Il m'a dupée, moi aussi, dit Riley. C'était quelqu'un de faible. Il a fait ce que font toujours les plus faibles : il nous a manipulés. Il s'est attiré notre sympathie et notre compassion.

— Et il était doué, répondit Mike. La compassion, c'est compliqué à gérer dans notre travail… La compassion peut aveugler notre jugement, mais on devient facilement un monstre sans elle.

Riley fit la grimace.

Mike touchait un point sensible au plus profond d'elle.

Ce que lui avait dit Shane Hatcher résonna dans sa tête :

« Vous êtes en train de devenir *ce que vous avez toujours été. »*

Riley remercia Mike et raccrocha.

Il y avait un dernier coup de fil qu'elle voulait passer. Elle se rappela qu'il était encore très tôt à Seattle, mais Van Roff n'avait pas des horaires réguliers. Il n'était sûrement pas en train de dormir. Et s'il dormait, cela ne le dérangerait pas d'être réveillé.

Elle composa son numéro. Comme Mike Nevins, Van Roff avait entendu la nouvelle.

— Je n'aurais pas réussi sans vous, Van, dit-elle.

— Ce n'est rien. Toujours un plaisir de n'en faire qu'à ma tête.

Riley pensa à leur dernière conversation téléphonique, qui s'était terminée de façon embarrassante. Van avait refusé de l'aider à contacter Shane Hatcher. Elle ressentit le besoin de s'excuser.

— Van, à propos de ce que je vous ai demandé de faire…

— Quoi ? De quoi vous parlez ? Je ne vois pas du tout.

Riley sourit. A sa manière, Van Roff lui répondait de ne pas s'en faire.

Riley était toujours au téléphone quand Bill passa la tête dans son bureau.

Il dit :

— Walder veut voir tout le monde dans la salle de conférence immédiatement.

Bill disparut aussitôt.

— Oh merde, dit Riley à Van.

— Qu'est-ce qui se passe ?

— C'est le grand patron. J'ai désobéi à toutes ses instructions, encore plus que d'habitude. Je vais avoir des ennuis.

— Vous allez vous en tirer, dit Van Roff. Nous, les fauteurs de trouble, on s'en sort toujours.

Riley le remercia et se dirigea vers la salle de conférence.

Toute l'équipe était là : Bill, Lucy, Craig Huang, Sam Flores, Brent Meredith et Walder lui-même. A la grande surprise de Riley, son visage poupin constellé de taches de rousseur était éclairé d'un sourire joyeux.

— Très bon travail, Paige, dit-il. Vous tous également.

— Merci, monsieur, répondit Riley avec prudence.

Non sans ravaler un rire sarcastique, elle ajouta :

— Venant de vous, ça veut dire quelque chose.

Walder tint sa cour quelques instants, distribuant des compliments à toutes les personnes présentes. C'était une extraordinaire performance. Walder avait visiblement oublié à quel point il avait été furieux que Riley insiste tant.

Il avait un talent inouï pour le déni.

Bien sûr, le déni était un outil qu'un homme faible comme Walder utilisait pour asseoir son autorité.

« La seule tyrannie qui perdure. » songea Riley.

Après le départ de Walder, Meredith organisa un debriefing de routine. Murray Rossum était mort – un véritable suicide suite à quatre meurtres et une fausse tentative. Rachel Mackey était à l'hôpital, contusionnée mais hors de danger – du moins physiquement. Riley savait qu'elle aurait du chemin à faire pour surmonter le traumatisme émotionnel.

Si elle le surmonte, pensa-t-elle.

A la fin de la réunion, Bill demanda en plaisantant :

— Vous pensez qu'on devrait appeler Willis Autrey pour le

rassurer et lui dire que tout va bien ?

Meredith éclata d'un rire grondant.

— Je ne pense pas, dit-il. Je suis certain qu'il ne veut plus jamais entendre parler de nous.

*

Dans l'après-midi, Riley rentra à la maison. Les filles venaient de revenir de l'école. La dernière fois qu'elle les avait vues, c'était avant d'arrêter Murray Rossum. La veille, Riley était rentrée dans la nuit, quand les filles étaient déjà couchées, et elle était repartie le lendemain matin avant qu'elle ne se réveillent. Tiffany était avec April et Jilly. Toutes se précipitèrent vers elle dès qu'elle passa la porte d'entrée.

— Tu l'as trouvé ? demanda April.

— C'était le type du cours de poésie ? voulut savoir Tiffany.

— Il est en prison ? demanda Jilly.

— On l'a trouvé, répondit Riley. C'est terminé, maintenant.

Elle retira son manteau et s'assit sur le canapé. Les filles s'agglutinèrent autour d'elle.

— Il est mort, dit-elle. Il ne fera plus de mal à personne.

Jilly demanda :

— Tu lui as tiré dessus ou quoi ?

Riley secoua la tête.

— Il s'est suicidé. Par pendaison. Il savait que c'était fini.

Tiffany ouvrit de grands yeux. Puis elle éclata en sanglots.

— Oh, merci, merci ! dit-elle à Riley. Merci de m'avoir crue.

April la prit dans ses bras pour la réconforter.

Riley ressentit une pointe de culpabilité. La vérité, c'était qu'elle n'avait pas cru Tiffany tout de suite – ni même sa propre fille.

La prochaine fois, je ferai plus attention, pensa-t-elle.

— Alors, raconte ! dit Jilly en sautillant d'excitation. Comment tu l'as retrouvé ?

Riley soupira.

— Je suis désolée, mais je suis fatiguée, dit-elle. Je vous raconterai plus tard, promis.

April dit :

— Les parents de Tiffany disent qu'elle peut rester dormir. Ça te va, Maman ?

Riley sourit.

— Bien sûr que ça me va, dit-elle.

Tiffany remarqua alors le bracelet au poignet de Riley.

— C'est joli, dit-elle. Vous l'avez eu où ?

Riley ressentit le besoin urgent de baisser sa manche pour cacher le bijou, mais c'était trop tard.

— C'est un cadeau, dit-elle.

— D'un admirateur ? demanda April d'un air espiègle.

Riley frissonna. Au lieu de répondre, elle dit :

— Allez donc vous amusez, les filles.

En bavardant et en gloussant, les filles filèrent. Leurs voix enjouées réchauffèrent le cœur de Riley. Peu importait ce qui allait se passer avec Ryan, les filles allaient bien. April aidait Jilly à trouver sa place dans sa nouvelle vie, et toutes deux aidaient également Tiffany à surmonter le traumatisme de la mort de sa sœur.

Riley était fière d'elles.

Elle entendit Gabriela chanter dans la cuisine une chanson guatémaltèque tout en préparant le diner. Qu'il était bon d'être à la maison.

Riley vit alors qu'il y avait un message sur le répondeur.

C'était Ryan.

— Salut, tout le monde. Désolé de ne pas être très présent, mais j'ai beaucoup de travail à Washington. Je reviendrai dès que je pourrai. Je vous aime.

Le message se termina sur un bip.

Riley soupira. Elle pensait que Ryan était parti pour de bon, cette fois, et elle avait essayé de l'accepter. Mais qu'allait-il se passer maintenant ?

C'était difficile à suivre.

*

Riley se dirigea vers son bureau. Elle avait un autre coup de téléphone à passer. Elle devait appeler sa sœur, Wendy. Il était grand temps de régler ce qui n'avait pas été réglé.

Riley entendit Wendy pousser un hoquet de surprise quand elle sut qui l'appelait.

— Riley ! dit-elle. Que se passe-t-il ? Il y a un problème ?

Riley était sur le point de tout lui raconter – que Papa avait commis une erreur en lui léguant le chalet et que ce chalet appartenait désormais à Wendy, si elle en voulait.

Mais elle eut soudain l'impression que ce n'était pas une conversation qu'il fallait avoir au téléphone.

C'est le moment de guérir, pensa Riley.

Elle répondit simplement :

— On devrait se voir pour discuter.

Wendy eut l'air à la fois surpris et heureux. Elles décidèrent de se retrouver un week-end, prochainement.

Dès que Riley raccrocha, son téléphone vibra.

C'était un texto anonyme qui disait…

Parfois, c'est le plus fort qui gagne.

Riley frémit.

Elle sut immédiatement qui lui avait envoyé ce message.

C'était Shane Hatcher qui lui adressait ses félicitations.

C'était la première fois qu'il lui envoyait un texto.

Riley devait-elle y répondre ?

Elle décida de n'en rien faire. De toute manière, elle n'aurait su que dire.

Au moins, maintenant, Riley savait qu'elle avait le moyen de le contacter.

Etait-ce une bonne ou une mauvaise chose ?

Riley n'en savait rien.

UN PLAT QUI SE MANGE FROID
(Une enquête de Riley Paige — Tome 8)

« Un chef-d'œuvre de suspense et de mystère. Pierce développe à merveille la psychologie de ses personnages. On a l'impression d'être dans leur tête, de connaître leurs peurs et de célébrer leurs victoires. L'intrigue est intelligente et vous tiendra en haleine tout au long du roman. Difficile de lâcher ce livre plein de rebondissements. »
– Books and Movie Reviews, Roberto Mattos (à propos de SANS LAISSER DE TRACES)

UN PLAT QUI SE MANGE FROID est le 8ème tome de la populaire série de thrillers RILEY PAIGE, qui commence avec SANS LAISSER DE TRACES.

C'est l'affaire classée qui hante la carrière de l'agent spécial Riley Paige. C'est une affaire qui reste toujours là, dans un coin de sa tête, et qui réclame son attention, encore et encore. La seule affaire qu'elle n'a jamais résolue. Elle pensait avoir enfin tourné la page…

C'est alors qu'elle reçoit un coup de téléphone de la mère de la victime.

Riley est obligée de replonger dans le dossier. Cette fois, elle ne s'arrêtera pas avant d'avoir trouvé les réponses.

Riley n'a même pas le temps de reprendre son souffle qu'on lui donne une piste pour résoudre une autre affaire classée. Une affaire classée dont le mystère lui fait encore plus mal, même si cela parait impossible. C'est une piste qui pourrait lui permettre d'élucider le meurtre de sa propre mère.

Cette piste lui vient de Shane Hatcher.

Sombre thriller psychologique au suspense insoutenable, UN PLAT QUI SE MANGE FROID est le huitième tome de la série. Vous vous attacherez au personnage principal et l'intrigue vous poussera à lire jusqu'à tard dans la nuit.

Le tome 9 sera bientôt disponible.

Blake Pierce

Blake Pierce est l'auteur de la populaire série de thrillers RILEY PAIGE. Il y a sept tomes, et ce n'est pas fini ! Blake Pierce écrit également les séries de thrillers MACKENZIE WHITE (cinq tomes, série en cours), AVERY BLACK (quatre tomes, série en cours) et depuis peu KERI LOCKE.

Fan depuis toujours de polars et de thrillers, Blake adore recevoir de vos nouvelles. N'hésitez pas à visiter son site web www.blakepierceauthor.com pour en savoir plus et rester en contact !

www.ingramcontent.com/pod-product-compliance
Lightning Source LLC
LaVergne TN
LVHW021947220826
846091LV00015B/4117

9781640296466